刘正光 ◆ 著

认知诗学十讲

TEN LECTURES

ON

Cognitive Poetics

上海外语教育出版社
外教社 SHANGHAI FOREIGN LANGUAGE EDUCATION PRESS

图书在版编目（CIP）数据

认知诗学十讲 / 刘正光著. -- 上海：上海外语教
育出版社，2025. -- ISBN 978-7-5446-8330-2

Ⅰ. I207.2-53

中国国家版本馆CIP数据核字第202483MD44号

出版发行：**上海外语教育出版社**
　　　　　　（上海外国语大学内）　邮编：200083
电　　　话：021-65425300 (总机)
电子邮箱：bookinfo@sflep.com.cn
网　　　址：http://www.sflep.com
责任编辑：杨　洋

印　　　刷：上海叶大印务发展有限公司
开　　　本：635×965　1/16　印张 17.25　字数 282 千字
版　　　次：2025 年 5 月第 1 版　　2025 年 5 月第 1 次印刷

书　　　号：ISBN 978-7-5446-8330-2
定　　　价：72.00 元

本版图书如有印装质量问题，可向本社调换
质量服务热线：4008-213-263

前 言

　　认知语言学的三个特点与文学阅读具有很大的契合性。认知语言学的体验哲学观充分强调人的感知经验与人类认知的内在联系，文学基于生活而高于生活，二者具有相同的认知基础和认知取向，文学阅读过程也是培养学生感知能力和抽象能力的过程。认知语言学的"基于使用观"在探索语言所蕴含的认知共性的同时，也重视语言与认知的文化属性与文化差异的影响。这对我们探索和理解作品的继承性和创新性具有重要的启示意义。认知语言学认为人类最基本的认知能力是"识解"，即从不同的视角看待世界的能力，它体现出人类认知的主观能动性，能有效解释读者主体性、经典的时代内涵、理解的偏离甚至误读等问题。认知语言学认为，人们获取话语或作品意义的过程是一个动态建构的过程。在此过程中，不同的心理空间同时参与建构活动，达致概念合成。概念合成能够很好地服务于文学批评中的认知主义路径。

　　"认知"和"认知诗学"在文学批评中，有广义和狭义之分。以色列著名学者罗文·索尔（Reuven Tsur）1992 年开始正式在专著中使用 Cognitive Poetics 这个术语。不过他的"认知"涵盖了整个认知科学的研究成果，是广义的"认知"。彼得·斯多克维尔（Peter Stockwell）等人提倡的认知诗学是狭义的（Stockwell 2002），主要指运用认知语言学的基本原理分析文学作品。本书的"认知"是狭义的。

　　本书的主要目的是让读者了解认知语言学的基本原理和方法，能够将这些原理和方法有效地运用到文学作品的分析与欣赏过程中，或者说培养读者文本细读的能力，在细读中感受语言的张力、作品的魅力与深度。文本细读能力是正确理解的基础，没有理解，何谈欣赏与批评。因此，文学批评理论问题不是本书的主要关注点所在。

　　这种意图也体现在了本书的写作安排上。前面几讲对认知语言学的基本概念和方法介绍得比后几讲稍微充分一些和细致一些，后面几讲对概念的阐释相对简化了一些。当然，全书一直聚焦分析作品的语言、语言结构和语言表达方式所蕴含的文学意义，遵循先理解消化、后运用的基本思路。

　　本书所分析的作品例子来自汉语、英语的比例大致相同。这样做有两个目的：一是培养融会贯通的能力，二是培养比较的意识。文化的异同、作品的优劣，在对比中能够认识得更清楚、更深刻、更全面，更有利于培养跨文化交际能力、国际视野、文化自信。

关于本书的结构安排，有必要交代一下。虽然认知语言学认为，隐喻是人类思维与语言运行的基本方式，那么"隐喻"部分应该置于起始，而不是作为结尾一讲；但本书的依据是，前面几讲涉及的认知能力都是局部的分项能力，而隐喻能力是通用能力，隐形于方方面面的认知能力之中。将它作为结尾既起到层层推进中收的作用，又留给读者广阔的探索空间。

本书的书名，一直在两个名称之间犹豫：一个是《认知诗学十讲》，另一个是《认知语言学与文学作品欣赏》。《认知诗学十讲》可能更学术化，更具研究性；《认知语言学与文学作品欣赏》的读者面可能广一些，更贴近读者。

犹豫有三个原因。一、本书是十多年讲课的集成。从 2010 年开始，笔者在硕士研究生中开设了"认知语言学与文学作品欣赏"这门课程。开课后，学院一些文学教授听了几节，认为很有启发。2015 年起，笔者在学院本科生中先后以"认知语言学与文学作品欣赏""文学作品的语言学分析"为名开设了这门课，由选修课升级为必修课。学生们认为该课程教会了他们怎样去创造知识。二、"文学作品的语言学分析"2023 年获批国家一流课程，就课程验收而言，"认知语言学与文学作品欣赏"更吻合课程名称。三、本课程不仅仅是介绍入门性知识和基本概念与方法，还带有研究的性质，也在国内著名刊物上发表了几篇相关论文。

本书的写作不求面面俱到，而是围绕核心概念，深入阐释其内涵和启发意义，希望可以帮助读者掌握学术阅读的方式，实现深度阅读，既了解学科基本知识与方法，又培养研究意识和创新能力。

本书作为国内首部将认知语言学的基本原理与文学阅读过程研究有机融合的著作，只是一个开拓性的探索而已，抛砖引玉，以求教于方家。

最后，感谢湖南大学教务处和研究生院的支持，将本书立项为学校教材建设项目。

目 录

认知语言学与文学阅读共同的哲学基础:体验性

现代语言学（费尔迪南·德·索绪尔 ［Ferdinand de Saussure］的结构主义语言学）产生以来，语言学理论与文学研究如影随形，文学研究一直深受语言学研究影响（史伟 2021）。从形式主义、英美新批评主义、结构主义、符号学、阐释学一直到女性主义文论，语言学研究成果具有重要影响（张首映 1999：135），因为无论哪种式样的文学都是以语言为载体的，对语言了解得越深，对文学也随之了解得越深（Lester 1969）。因此，其他任何学科都不如语言学那样能给文学研究提供合适的理论工具（Aldama & Hogan 2019：32）。概括来说，以下三种文学研究范式体现着语言学的深刻影响（罗建生 2007；封宗信 2020）。

俄国形式主义。文学批评中的形式主义是在索绪尔的结构主义影响下产生的。1916 年，索绪尔所著《普通语言学教程》的出版给人文社会科学研究带来了深远的影响。它所提出的"语言"与"言语"、共时语言学与历时语言学、内在因素与外在因素等概念给俄国形式主义者极大的启示。他们认为，文学的本质在于其形式，文学分析必须关照形式。他们将语言学、修辞学的概念和术语，如隐喻、转喻、明喻、暗喻、象征、对话、词语、句子等，用作文学的重要概念和术语，对作品中的语言、语言结构、细节、情节进行了细致的语言学分析，使文学、文学批评具有浓厚的语言学色彩（张首映 1999：131-133）。他们提出的"文学性""陌生化""文学性史观"对文学研究产生了广泛、持久的影响。

英美新批评主义。新批评主义强调用细读（close reading）的方法解读作品，精细地分析和阐释作品各组成部分之间的复杂关系和多重意义，重点落在处理文字、修辞手段和符号的意义与关系，了解语言上的细微差别和主题的组织结构，强调结构与意义的有机整体性。英美新批评主义者们高度重视文学的形式构成，认为可以通过谐音、节奏、格律，语言结构格、文体规则，意象、隐喻等来探索作品的不同层面。新批评还用"张力"的概念来说明作品的内在构成。根据语义学的解释，张力就是内涵与外延相协调。内涵指词的隐含意义，词所附带的感情色彩；外延指词的词典意义、概念意义。"张力"意味着文学作品既要有丰富的联想意义，又要有明确的概念意义（张首映 1999：150-161）。

法国结构主义。结构主义虽然由索绪尔所创立，但后来成为一种理论流派的代名词，并涌现了不同分支，它们各自都作出了不同的贡献，如罗曼·雅各布逊（Roman Jakobson）代表的布拉格音位学学派，路易·叶尔姆斯列夫（Louis Hjelmslev）代表的哥本哈根语符学学派，列昂纳德·布龙菲尔德（Leonard Bloomfield）代表的美国描写结构主义学派，诺姆·乔姆斯基（Noam Chomsky）创立的转换生成语法学派。这些不同分支都认同语言是一个符号系统，强调语言的共时性，注重语言内在结构的研究分析。法国学者克洛德·列维-斯特劳斯（Claude Lévi-Strauss）、米歇尔·福柯（Michel Foucault）、罗兰·巴特（Roland Barthes）等将结构主义思想引入人类学、文艺批评等领域，开创了新的研究范式，发展了结构主义理论。结构主义接受并采用索绪尔式的二项对立的分析方法，如共时与历时、聚合关系与组合关系、语言与言语、能指与所指等等，以叙述文学作品为主要研究对象，强调整体模式分析，追踪深层结构，注重高度抽象（张首映 1999：169-188）。

但这些范式都有各自的缺陷。雅各布逊等俄国形式主义学者试图用语言学研究文学问题，他们失败的原因是依赖语言/言语的差异来区分诗歌语言（文学性）和日常语言。捷克斯洛伐克和丹麦学者继续高举结构主义大旗，并努力让结构主义语言学更为科学，但日益科学化的语言学则难以进入文学研究所关注的领域。以弗朗兹·博厄斯（Franz Boaz）、布龙菲尔德、爱德华·萨丕尔（Edward Sapir）为代表的美国结构主义学者强调了语言描述的重要性，但仍然难以找到与文学研究的联通之处。泽利格·哈里斯（Zellig Harris），乔姆斯基等学者运用纯理的、数学的方法推动了语言学的革命，其结果是当下的语言学很难被非专门人士弄懂。此外，乔姆斯基的学说自我的革新和修正很多，文学学者更难以及时把握（刘正光、邓忠 2019：XX）。

认知语言学的语言观、哲学基础和基本原理能够有效地弥补以上不同的缺陷，尤其是其体验哲学观对文学阅读和研究具有更直接的价值与意义。

下面主要介绍认知语言学所持的体验哲学的主要内涵，即认知无意识、体验心智和隐喻思维三个主要方面。

第一节　认知语言学的哲学基础：体验哲学①

1.1　认知无意识

认知有两个截然不同的解释（Lakoff & Johnson 1999：11）：一是指能精确研究的所有心理运算或结构，大多数这类运算或结构被发现是无意识的，如听觉、视觉、语言与思维的方方面面；二是在哲学传统内仅指概念或命题结构以及在这些结构上的规则运算，认知意义指真值条件。Lakoff & Johnson（1999）持第一种观点，但有别于弗洛伊德的被压抑的无意识，因为思维大多在认知无意识下进行，且运行得太快而难以聚焦。认知无意识的观点大大地扩展和丰富了我们对意识本质的理解。它意味着大脑中的大多数思维活动是无法直接知道的，表明通过哲学思辨可达及人类的思维与理解的深入只是一种幻想。思维的领域是有意识的内省无法直接达及的。有意识的思维只是冰山之巅而已，95%的思维在表层意识之下进行，并塑造与结构我们所有的思维（Lakoff & Johnson 1999：13）。认知无意识内容丰富，结构复杂，不但包括自主的认知活动，而且包括所有的隐性知识。所有的知识与信念都由主要存在于认知无意识的概念系统架构。无意识概念系统就像无形的大手，决定我们怎样将经验的方方面面概念化。它将形而上的思辨（metaphysics）建立到我们日常的概念系统中。它创造的实体，如友谊、谈判、失败、谎言等，存在于认知无意识中，并为我们的日常无意识推理所运用，从而决定我们怎样自动地、无意识地理解我们的经验。

1.2　体验心智

在进化论诞生之前，西方哲学理论认为，理性是自主的，独立于感知、运动、情感和其他身体能力，并以此区分人类与其他动物，但是认知科学的发现表明以上观点是错误的（Lakoff & Johnson 1999：17）。认知科学的进化认识观认为：人类推理是一种动物推理，与我们

---

① 本节内容改写自刘正光（2007）《隐喻的认知研究：理论与实践》，17–27。

的身体和大脑的特殊结构紧密相关；人的身体、大脑以及与环境的相互作用提供了日常思辨的无意识基础，即关于"真"的意识。

体验心智指感知和运动系统在构成特定的概念过程中起作用，如颜色概念、基础水平概念、空间关系概念和事件结构概念等，而在使用概念的推理中指推理由大脑中的神经结构来完成，大脑的神经结构网络决定我们所拥有的概念和推理的类型。当神经元集以不同的输入提供同样的输出时，就产生神经元范畴化。因此，范畴化就是体验的结果，人类具有范畴化能力，是因为我们有大脑、有身体，与所生存的世界相互作用（Lakoff & Johnson 1999：18）。

范畴、概念与经验三者之间彼此不可分离。Lakoff & Johnson（1999）认为，既然人是神经元组成的人，那么范畴是通过体验形成的，范畴成为经验的一部分，它们将经验区分为可感知的种类的结构。因此，范畴化就不仅仅是发生在经验之后的理性思维的结果，而是经验的内容。概念是能允许我们将范畴和推理典型化的神经元结构。每一种原型都是能允许我们进行与某一范畴相关的推理与想象的神经元结构。以原型为基础的推理构成了绝大部分的推理（Lakoff & Johnson 1999：19）。

范畴、概念与经验之间的关系同时决定了现实、推理与体验之间的关系。关于世界的范畴决定了什么是"真"，概念决定着对这些范畴的推理方式。因此，Lakoff & Johnson（1999：22）认为，传统的西方主流哲学将人类推理、概念视为独立于心智、大脑和身体而描绘一个客观的外在的现实世界是错误的。相反，它们是相互依存、彼此决定的。没有理由相信世界已完好地切分为范畴，或者说心智中的范畴就是现实世界的范畴，推理是没有体验的推理。人类概念不仅仅是外在世界的反映，而是极大程度地取决于我们的身体、大脑，尤其是感觉运动系统。也就是说，概念是体验的概念（Lakoff & Johnson 1980，1999：20；Lakoff 1987）。为了证明这一点，Lakoff 从以下四个方面进行了举证：颜色概念、基础水平范畴、空间关系概念和空间与运动概念的神经元模型。

1.3　隐喻性抽象思维

人类的主观精神生活无比丰富，如对重要性、相似性、难度和道德的主观判断，对渴望、情感、亲密和成就的主观体验等。然而无论这样的经验多么丰富，人类将它们概念化，对其进行推理和视觉化的绝大部分方式都来源于感知运动领域。隐喻提供了将主观经验领域用感知运动领域的约定性心理意象来描绘的途径。比如，当我们无法理解时（主观体验），我们会形成物体从身旁或头顶经过（感知运动经验）的意象。概念隐喻充盈于思维和语言中，很难想象出常见的主观体验不是通过隐喻概念化的。可是，为什么会存在如此丰富的概念隐喻？怎样学会的？隐喻推理的机制是什么？哪些隐喻具有普遍性？为了回答这些问题并阐明人类主体经验的概念化方式，Lakoff & Johnson（1999：45-60）提出了"基本隐喻综合理论"，由四个部分组成：

1）Johnson（1987）、Johnson（1997）的并存（conflation）理论：对儿童来说，主观体验和判断与感知运动经验在经验中通常都是并存的，不加区分，如"关爱"的主观体验总是与被抱于怀中的温暖相对应。在并存时期，儿童会自动建立起两个领域间的联系，即概念隐喻的映射。由于这种长期的联系，儿童长大以后就会说 a warm smile，a big problem，a close friend 等。

2）Grady（1997）的基本隐喻理论：所有的复合隐喻都由基本隐喻组成。每一基本隐喻都有一最小结构自然地、自动地、无意识地以并存的方式产生于我们的日常经验。并存的过程中形成跨领域联系。复合隐喻由概念合成构成。

3）Narayanan（1997）的神经（neural）网络理论：并存时期形成的联系通过神经网络的作用同时激活而体现出来，并形成起界定概念领域作用的神经网络间的永久性神经联系。这些联系构成源域到靶域激活的解剖基础，而以上激活则构成蕴含。比如，神经激活 A 引起进一步的激活 B，便产生神经水平上的蕴含。如果 B 与规定另一概念领域的神经网络中的神经束 C 相连，则 B 能激活 C 产生隐喻蕴含。B 激活是直义蕴含；由于 C 存在于另一领域，并隐喻性地与 B 相连，C 激活是隐喻蕴含。

4）Fauconnier（1997），Fauconnier & Turner（1998a）的概念合成理论：不同的概念领域可以同时激活，并在一定条件下形成跨领域的联系，产生新的推论。Lakoff & Johnson（1999：45-47）认为，人在生命的早期，由于生存方式的作用，会自发地、无意识地获得一个庞大的基本隐喻系统；同时由于并存时期形成的神经联系而使用无数的基本隐喻进行思维。在其理论系统中，"并存理论"处于十分重要的地位。它一方面说明感知运动经验对主观体验的结构作用，另一方面构成基本隐喻理论的基础。基本隐喻将主观体验和判断与感知运动经验匹配起来。基本隐喻，从神经理论角度看，是通过同时激活主观体验和判断领域与感知经验领域而掌握的神经联系，从而获得主观领域的推理结构；从概念映射角度看，它是跨领域映射（源域：感知运动领域；靶域：主观体验领域）并在靶域中保持源域的推理结构（Lakoff & Johnson 1999：91）。

　　神经网络理论使基本隐喻从以下三个方面具有体验的性质（以 MORE IS UP 为例）：一、人在现实世界的生活经历形成主观体验和判断与感知运动经验之间的对应或关联，如 MORE 对应于 UP；二、源域产生于人体的感知运动系统；三、对应联系通过神经联系在体内形成。虽然语言和思维中充满了隐喻，但 Lakoff & Johnson（1999：59-60）还是客观地认为，主观体验和判断有时候难以充分细致地表达，只能粗略地表达。事实上，最重要的抽象概念，无论是爱情、因果关系，还是道德等，都是通过多个复合隐喻概念化的。复合隐喻则由基本隐喻构成，并结构我们的抽象概念。这正说明这样三个事实：认知无意识、体验心智和隐喻思维。

1.4　体验现实——认知科学与以往哲学的分野

　　Lakoff & Johnson（1999：74）指出，将认知无意识、体验心智和隐喻思维作为认知科学的研究成果必然导致以下两点反对意见。首先，并不是所有的认知科学家都接受它们为"成果"。许多在分析哲学传统下成长起来的认知科学家认为概念是直义的、无体验的（disembodied），不存在什么隐喻概念，身体和大脑不能强加和界定理性结构。其次，许多后现代和后库恩哲学家都否认认知科学能取得提供批判某一哲学观点的基础的"成果"。相反，他们认为，认知科学唯一能做的就是在文化话语的基础上提出一些主张而已。激进的后现代观认为所有科学，包括认知科学，都必定以某些决定所谓结果的重要哲学假说为基础。Lakoff & Johnson（1999：75）认为，以上分歧区分出两种不同的认知科学观和两代不同的认知科学。第一代认知科学与第二代认知科学的第一个根本差别是关于意义的观点。第一代认知科学认为，意义仅仅是符号间或符号与现实世界的抽象关系；而第二代认知科学认为，体验在理解意义的各方面以及思维的结构和内容过程中起中心作用。

第一代认知科学的核心观点是心智是无体验的。认知科学源于传统的英美哲学。第一代认知科学产生于 20 世纪五六十年代，主要研究符号的计算理论（Lakoff & Johnson 1999：75），全盘接受当时盛行的观点——推理是无体验的、直义的，就像形式逻辑或符号系统的运算一样。第一代认知科学观的产生皆因当时的科学背景使然。早期人工智能、信息处理心理学、形式逻辑、生成语言学和认知人类学都对当时的英美分析哲学研究产生了程度不同的影响。自然，研究的重点集中在心智（mind）的功能之上，而忽略了产生这些功能的身体与大脑的作用。早期的认知科学持严格的二元论观点，认为心智可以独立于身体，用形式功能来刻画。况且，人工智能、形式逻辑和生成语言学的研究成果——思想（意义）可以用形式符号系统表征——更是为其壮了声势。

第一代认知科学对意义持两种观点：一是完全从符号的内在关系出发定义意义，认为符号本身没有意义，思想（意义）是根据形式规则对符号计算的结果；二是描述意义的符号是外在世界的内在表征，即符号的意义是通过外在世界的所指关系确定的。因此，心理表征也就随之具有了两层意义：表征被认为是概念的表征，而概念反过来又由其与形式系统内的其他概念的关系来界定。因此，表征纯粹是形式系统内在的符号表达而已。在此概念下，心智在整个意义计算过程中所起的作用微乎其微，而且思想（意义）被认为是直义的，没有想象力的参与。这实际上是笛卡尔关于理性的现代翻版。笛卡尔认为理性是超验的、普遍的、无体验的、直义的。

第二代认知科学从 20 世纪 70 年代中期开始形成（Lakoff & Johnson 1999：77-79），对第一代以英美分析哲学为基础的认知科学的基本观点提出了疑问与反对，认为：1）概念与理性强力依赖于身体；2）想象过程，尤其是隐喻、意象、换喻、原型、框架、心理空间等，在概念化和推理中具有中心作用。第二代认知科学的体验心智观的主要观点如下：

——概念结构产生于感知运动经验和神经结构。概念系统中的"结构"概念的典型特征是意象图式和运动图式等。

——心理结构因与身体和体验经历的联系具有内在意义，不能用无意义的符号恰当地表征。

——有一个概念的基本水平，部分地产生于运动图式、格式塔感知和形成意象的能力。

——大脑具有结构以将感知运动区域的激活模式投射到更高级的脑皮层区，构成基本隐喻。此类投射能使我们根据与身体直接相连的感知运动中的推理模式将抽象概念概念化。

——概念结构包括各类原型：典型的、理想的案例，社会范式（stereotypes），显著例证，认知指称视点，级阶终点等，大多数概念形成时并不同时需要必要条件和充分条件。

——推理具有体验性，因为推理的基本形式产生于感知运动和其他基于身体的推理形式。

——推理具有想象性，因为身体的推理形式由于隐喻的作用被映射到抽象的推理模式上。

——概念系统是多元的，而不是一元的。通常抽象概念由多个常常互不相容的概念隐喻来界定。

第一代认知科学与第二代认知科学的第二个根本差别在于研究方法。第一代是先作出具体的哲学假设，然后寻找客观事实验证假设。这一研究方法虽有其长处，但也有其致命弱点：研究结果有先入为主之忧，缺乏多渠道的共同证据共证假设（Lakoff & Johnson 1999：78-80）。第一代认知科学对概念、推理和意义的具体假设有：

功能主义：心智基本上是无体验的，只要通过由符号表征出来的概念之间的功能关系就可以完全独立于身体和大脑研究心智。

符号操作：认知操作，包括所有形式的思维活动，都是与意义无关的对符号的形式操作。

意义表征理论：心理表征具有符号性，其意义是由与其他符号或与外部世界的关系确定的。

经典范畴理论：范畴同时由必要条件和充分条件界定。

直义观：所有意义都是直义的，基本上没有意义是隐喻性的或想象性的。

第二代认知科学则强调在最广泛的证据的基础上最大限度地减少结果的先入为主的可能性，并努力实践自己提出的三个具体原则（Lakoff & Johnson 1999：81-87）：

1）认知现实性：关于概念和推理的充分的理论必须提供认知和神经方面现实的说明；

2）共同证据：关于概念和推理的充分的理论必须尽可能多渠道地寻找共同证据；

3）抽象与广度：任何充分的理论都必须对最大范围的事实作出实

际抽象概括。

　　体验现实的观点具有以下理论与现实意义（Lakoff & Johnson 1999：88-93）：明确了第一代分析哲学的认知主义的局限性，否定了哲学作为科学命题的最终仲裁的作用；否定了科学是纯客观的朴素的观点，认为科学具有社会性、文化性和历时性，即库恩所提出的科学不总是客观知识的线性增长，科学并不是理解万事万物的终极手段，人文知识在科学中也应有一席之地；人在进化过程中与环境的互动所形成的基础水平概念体验系统是体验现实的里程碑，从而获得体验的科学现实；体验的科学现实既强调科学知识的稳定性，又强调科学革命在理论发展中的重要性；否定了绝对主观和客观的二元对立，指出了这种二元对立的错误。

1.5　现实与真理

　　从古希腊开始，"什么是真理"和"我们怎样了解真理"一直是哲学界关心的问题。亚里斯多德认为，大脑中的思想与客观物质本质之间存在同一性，本体与认识之间没有分开。可是，笛卡尔认为，虽然身体属于客观物质世界，但心智不是，也不会直接与客观世界发生联系。思想不是外在世界的内在表征，远离现实，但对应于现实。比较起来，体验哲学更接近希腊哲学，与笛卡尔哲学和英美分析哲学存在根本区别。古希腊哲学家认为现实世界具有客观性、直接性和绝对性。体验哲学接受前两点，否定第三点；分析哲学接受第三点，否认其余两点。如前所述，体验哲学认为真理是动态的、运动的、相对的。约翰·杜威（John Dewey）和莫里斯·梅洛-庞蒂（Maurice Merleau-Ponty）认为身体与心智不是彼此分离的思辨实体，经验是体验的而不是缥缈的。当我们使用"心智"与"身体"这两个词时，我们人为地对构成我们经验的正在进行的综合过程施加邻接的（bounded）概念结构（Lakoff & Johnson 1999：91），而分析哲学关于现实与真理的对应理论将命题与现实之间的关系分解为以下三条鸿沟：

　　1）自然语言与代表自然语言的形式语言的符号之间的鸿沟；

　　2）形式语言的符号与语言的集理论模型中的任意抽象的实体之间的鸿沟；

　　3）世界的集理论模型与世界本身之间的鸿沟。

形式语言学试图填补第一条鸿沟，但是其有限的研究范围解释不了意象图式、基本水平、范畴、原型、辐射性范畴、颜色概念、体（aspectual）概念、概念隐喻等现象。

形式模型理论同样填补不了第二条鸿沟，因为集理论模型并不具有适应于体验意义的合适结构——没有运动图式，没有视觉和想象机制，没有隐喻。分析哲学对第三条鸿沟视而不见。

Lakoff & Johnson（1999：102）认为，我们对世界的理解取决于多种因素——感觉器官、行为能力、大脑结构、文化以及与环境的关系等，简而言之，取决于对情境的体验。体验可分为相互联系并以神经层次为基础的三个层次：

1）神经层次：神经层次的体验描述概念与认知操作的结构，赋予经验以物质属性；

2）现象学层次：能意识到的所有的一切；

3）认知无意识层次：结构所有的认知经验并使之成为可能的心理操作，是认知冰山的水下部分，包括语言的运用与理解。

体验的层次性理论向经典的真理对应论提出了挑战。经典对应论认为，某一层次上的真理见解与另一层次的真理见解不相容。以颜色为例，在现象学层次，颜色是物质内在的属性。比如，在"grass is green"与"the sky is blue"中，green 和 blue 是 grass 和 sky 的一元谓词。在对应论看来，grass 命名世界中的物质，green 命名其内在特征。可是从神经生理学角度看，颜色不是特质的内在特征，而是由色锥体、神经回路和反射物体及其光环境的波长共同创造的。也就是说，在神经学层次，green 等是多元互动特征。显而易见，两个不同层次的真理相互矛盾，原因在于分析哲学的对应理论没有区分不同层次上的体验与真理。该矛盾表明，只强调在某一层次描述真理都有失充分。以埃德蒙德·胡塞尔（Edmund Husserl）为代表的现象学只揭示了意识可达及的那一部分经验，而以乔姆斯基为代表的形式派只强调人类语言与思维的认知无意识解释，以帕特里夏·丘奇兰德（Patricia Churchland）为代表的排除主义实在论者（eliminative materialist，认为只有物质上实际存在的才是真的）只将神经层次的解说当作唯一的、终极的解释。与他们相反，体验哲学认为真理的解释依赖于人的理解与体验，因而既不是绝对主观，也不是绝对客观。体验哲学建立的语言神经理论（Neural Theory of Language，NTL）提出的大多数认知科学家共同接受的范式是：

顶层：认知的——对认知结构和机制的描述。

中间层：神经计算的——将顶层与底层联系起来建立大脑结构的神经模型，并以此解释思维、语言和其他认知功能的方方面面。

底层：神经生物的——从神经生物学角度对大脑神经系统进行描写。排除主义实在论认为真理的解释是单向的（从上到下），只有神经生物学的实体才是真。NTL 认为所有层次都是真，解释是双向的（从上到下或相反），解释必须置于更大范围的生态与进化观照之下才是恰当的。

1.6　隐喻与真实

要证明隐喻具有表述真实的价值就必须批判传统隐喻理论的错误。传统隐喻理论的存在已长达两千多年，其影响根深蒂固，它认为隐喻与世界的本质和我们对世界的认识不相关，具体可表述为：

1）隐喻是词层次而不是思维层次的活动。当词不被用来表达正常情况下表达的内容时，隐喻产生了。

2）隐喻性语言不属于日常的约定性语言；相反，属于新颖（novel）语言，通常用于诗歌、修辞等。

3）隐喻性语言是变异（deviant）语言，在隐喻中词语不是用其本义。

4）日常语言中的约定性隐喻是"死喻"，即曾经是隐喻性的，现在已固化为直义词语。

5）隐喻表达相似性，即在本体与喻体之间早已存在相似性。

传统隐喻理论还认为，世界由物体与生命体组成，世界存在的方式只有一种。语言由表达直接吻合世界的观点的词组成。语言的主要功能就是表达与交流这些关于世界的基本真理。就基本水平概念而言，这种理论基本上是正确的，并被认为属于客观主义理论。客观主义理论认为，所有意义都是直义的，隐喻没有表达真理见解的能力。同时，隐喻表达相似性的观点也意味着，所有的概念必须是直义的，必须命名客观存在的事物和客观存在的范畴，相似性必须由客观存在的共同特征来界定。

Lakoff & Johnson（1999：122-127）从体验现实出发，对以上关于隐喻的五点认识逐一进行了批判。他们认为：隐喻性语言是隐喻性思维的反映；隐喻思维是首位的，隐喻性语言是次位的，是日常语言的一部分；隐喻思维是常规的，而不是变异的；表达概念隐喻意义的某一个词可能失去隐喻意义，但是其概念隐喻却可以保持其活力。

他们还列举了四条理由批驳隐喻表达相似性的观点：相似性不是早已存在的，而是创造出来的；源喻与靶喻之间的共通之处并不能保证隐喻表达相似性；相似性是个对称概念，既然如此，源喻与靶喻就没有区别；概念可以通过不同的概念隐喻以并不一致的（inconsistent）方式隐喻性地表达出来（Lakoff 1987；Lakoff & Johnson 1980，1999；Lakoff & Turner 1989）。总之，隐喻性特征并不只局限于哲学思维，所有人类抽象思维，尤其是科学，都是如此。它是我们理解经验的最重要的方式。

文学欣赏的特点产生于这种对立统一的辩证关系中，主要有三点：

1）主体介入性。文学欣赏是人们感受、理解和评判文学艺术作品的审美活动和过程，是感性活动和理性活动的协调统一，是欣赏和批评的综合（吴俊忠 1999）。作为文学欣赏主体的欣赏者，在欣赏过程中要充分发挥自己的主观能动性，调动自己思想、文化、知识和生活经验等各个方面的储备，并借助联想、想象等思维方法，加深对文学作品的理解，由此展开对文学作品的欣赏。

2）共鸣性。文学欣赏的共鸣是审美心理上的共鸣，指读者在欣赏作品时激起的强烈的情感反应和产生的心理认同现象。人与人之间寻求情感的共鸣，本来是最基本的生存要求，也是文学最基本的原始动力（寇程鹏 2014）。

3）再创造。欣赏者作为审美主体在欣赏过程中必然要依据自身的思想感情、人生体验、艺术观和审美观进行形象的再创造（吴俊忠 1999）。德国著名美学家沃尔夫冈·伊瑟尔（Wolfgang Iser）在论述文学接受的主客体关系时，曾提出一个形象、生动的理论概念——"召唤结构"。他认为，文学作品作为鉴赏的客体由于其意义的"不确定性"和留下的"空白"在客观上召唤着读者"去寻找作品的意义"和"参与作品意义的构成"。读者作为鉴赏主体则必然会回应作品的"召唤"，在想象中发掘、充实作品的内涵意蕴，按自己的理解确定意义并填补空白，实现对作品的现象体系的再创造（吴俊忠 1999）。通俗地说，再创造就是欣赏者根据自己的生活经历、情感体验和文化修养等，通过对欣赏对象的想象、联系、加工和补充，把作品中的形象转化为自己头脑中的形象。

第二节　认知语言学对语言本质特征的新认识

认知语言学指出，语言是一个由约定性符号单位组成的清单库（Langacker 1987：73，78）。约定性指的是语言的使用特征和文化差异的属性。符号单位（构式）的本质特征是形式和意义构成的整体，形式和意义不可分割，是语言的基本单位。构式或型式（pattern）就是这样的形义整体，如：

（1）a. It appears that she is quite smart.（好像她很聪明伶俐。）①
　　　b. She appears to be quite smart.（她表现得聪明伶俐。）

以前，这类句型转换被认为是没有改变意义的。其实，本族语者还是会区别使用的。（1a）中的"It appears（seems, etc.）that ... "结构更多表示客观评价，因为形式主语是表示无生命事物的 it，这样的主语本身不能对随后的谓语所表示的行为事件具有意愿性或致使能力。（1b）是一个 SVC 结构。SVO 或 SVC 结构都是语言中的典型结构。最典型的主语（S）是生命度最高的人称代词或指人名词，对其后行为的动词（V）或事件具有意愿性、主动作为性或致使性，因而可以对其行为负责，"to be quite smart"是主语主动、有意识的行为。因此，这句话暗含着主语（她）多少有点"作"或故意为之的意思。

认知语言学对语言本质特征的认识区别于结构主义语言学，尤其是生成语言学。认知语言学的三个本质特征是结构都有意义，语义是核心，语言基于使用。下面简要介绍其基本内涵。

2.1　结构都有意义：语言的理据性

既然语言是一个符号系统，语法（结构）并不只是形式而已，而是由形式和意义匹配而成的符号结构。自然，任何结构都有它内在的意义。

语法的本质是表达概念化的方式，体现在以下几个方面：1）语法体现为型式，即将低一级的表达式组合成更复杂的表达式（构式）；

---

①　本书的大部分例句来自参考文献。为节省篇幅，不一一注明。

2）语法规则是不断由低级图式（构式）向高一级图式抽象的过程；
3）规则由于识解（语言使用者的主观能动性或创造性）的作用而产生消解；4）形式上的任何变化都以语义的变化为基础；5）语法结构具有原型效应；6）语法结构的变化有隐喻和转喻的作用；7）语法结构具有多功能性（多义性）。比如：

(2) a. It is pretty through the valley. （一路看过去［来］，峡谷的景色美不胜收。）

b. The forest is getting thicker and thicker. （越往里走，森林越茂密。）

(3) a. The man killed the lady. （那位男子杀了那女士。）

b. Smoking kills. （吸烟有害健康。）

(4) a. There are <u>freckles</u> on the boy's face. (minimal scope) （雀斑长满了男孩的脸。）（存在构式）

b. <u>The boy's face</u> has freckles on it. (mid scope) （男孩的脸上长雀斑了。）（SVO 构式）

c. <u>The boy</u> has freckles on his face. (greatest scope) （男孩脸上长雀斑了。）（话题构式）

(2a) 如果译为"峡谷的风景美不胜收"，则只领会了该句一半的意思。该句由一个静态构式和一个动态构式组成。英语中，be+predicative（表语）表达主语的状态或特征（性质），是一个静态构式；而介词 through+NP 则是一个动态构式，表示动态的运动，同时隐含了一个说话人。上面的译文只表达出了静态的意义，动态的意义被扼杀掉了。(2b) 也是由两个基本构式组成的复杂构式：一是进行体构式，表示变化过程或短时状态，同时隐含了一个运动的说话人；一个是比较级构式，表示程度和数量的变化，同时暗含着一个变化的过程。这就解释了翻译时为什么要加词，"越往里走"补充出了暗含的那个变化过程（刘正光 2021：336-337）。例（2）体现了语法本质的第 1 点和第 2 点。

如（3a）所示，kill 本是一个高及物性行为动词，其行为一旦发生，就定会产生一个结果，即 the lady 死亡。但（3b）里没有带宾语，表示 kill 的行为并没有发生，而是表示一种可能性或事件的特征，即抽烟具有损害健康的可能性或特征。译文虽然准确传达了原文的意思，但在形式上译成了动宾构式，是不对等的。例（3）说明了语法本质的第 3 点和第

4 点。

（4）中的三个句子表达"存在"图式，但不同的三种表达方式反映的是说话人注意力关注范围的不同，内部句法结构也不一样，集中体现在主语的差异上。正常情况下，句子的主语是注意力焦点，称之为"图形"（figure）。（4a）关注的范围最小，即男孩脸上的雀斑；（4b）的注意力范围比（4a）大一些，关注的是男孩的脸；（4c）的注意力范围最大，关注的是整个男孩，脸上长雀斑只是他整体特征的某个方面。翻译成汉语，三个句子都可以翻译为"男孩脸上长雀斑了"（存在图式意义），但这样就抹杀了三个不同构式关注焦点范围的差异。括号中的译文充分体现出关注焦点的差异。（4a）是 freckles 充当存在构式主语。（4b）（4c）均为 SVO 构式，但翻译成汉语以后，（4b）是 SVO 结构，（4c）是话题结构。（4c）实现了语义功能上的对等，但形式上不对等。这说明，对于（4）这样表领属意义的存在构式，**英语可以通过领有主语的变化来体现说话人注意力关注点细微的变化，而汉语却只注重"存在物"的存在与否，存在处所的关注度都被认为是给定的**。（4）说明了语法本质的第 4 点和第 5 点。

2.2　语义是核心：认知的主观能动性[①]

认知语言学坚持语义的核心地位，体现在以下三个方面：1）多义性，语词项形成多重彼此关联的语义网络（Hudson 2008），各种变体或变化也包含其中，同时也反映出社会规约和概念的制约（Srinivasan & Rabagliati 2015）；2）词的意义包含了文化、百科和看待世界的方式；3）意义由识解方式确定，具有主观性。我们重点阐释第三个方面，因为其他两个方面都可以从中得到体现。

识解指人们看待或理解事物的不同方式。同一个事件不同的人可以有不同的理解，体现出说话人的主观能动性与语言表达的互动作用（Langacker 2008；刘正光 2021：334-340）：

（5）a. John met a woman at the party last week. Her name was Linda.
　　　（名字说是琳达。）

　　b. John met a woman at the party last week. Her name is Linda.

---

① 本节的大部分内容来自刘正光（2021）《英汉认知语义对比研究》，338-341；刘正光、邓忠、邓若瑜（2020）"认知对等及其认识论意义"《外国语》43（1），34-37。

（她的名字叫琳达。）

（6）a. The company's president keeps getting younger. （公司的总裁
［一任比一任］年轻。）

　　b. His car is always different. （他每次开的车都不一样。）

（5）描述的是 John 在上周一次聚会上认识了一个叫 Linda 的人。笔者询问过很多学生和老师，他们把两句话都翻译成"她的名字叫琳达"。如果两句话作相同的理解和翻译，那么，它们使用的时态差异就失去了意义。（5a）使用的是过去时，而（5b）使用的是现在时。为什么会有两个完全不同时间域的时态？（5a）是客观回忆当时发生的事情，强调了一问一答的交流过程。（5b）则是说明说话人和 Linda 之间的一种认识，强调了两人之间的互动关系，两人说不定现在已经很熟了。

（6a）中的 the company's president，根据语法，按照字面应该理解为一个现实存在的、确定的"总裁"，因为名词前面使用定冠词，根据一般的语法规则和原理，这样的用法特指某个特定的对象。照此，它与"keeps getting younger"在逻辑语义上相互矛盾冲突，因为它违反了生物学原理。人的年龄不可能越活越小，虽然在日常语言和礼节性话语中可以这样说。那么，the company's president 不是表达该公司实际的某个总裁，而是在这个位置履行过总裁职责的所有总裁，表达的是"总裁身份"（role），履行这个身份或位置的不同的人在不同的阶段体现这个身份不同的年龄值（values）。因此，理解和翻译时，**应加上"一任比一任"以凸显职位与年龄的变化关系**。此处的"定冠词+NP"说明语词或语言结构在动态的语言使用中会产生多义性，同时也体现出说话人对语词意义的选取视角的变化，从"总裁"到"总裁身份"，说话人的主观识解影响着话语意义的生成与理解。

（6b）的理解类同于（6a）。句中的车（car）使用的是单数形式。无论是从常识还是逻辑上来讲，一部车不可能天天都不一样，除非车主是一个玩车狂，每天把车刷成不同的颜色。那么，这句话又是怎样形成其内在的逻辑或合理性的呢？句子的频率副词（always）暗示了不同的时间点，即在不同的时间，他会开不同的车。

（6）中的两例在形式上，与我们所学的基本语法知识是相悖的。但如果考虑到语词所在特定话语语境，那么就可以从语义上获得自洽的内在一致的逻辑解释。

　　人在认知事物时注意力视角位置的差异也会体现识解的主观能动性，如（Talmy 2000：69）：

（7）a. The lunchroom door slowly opened and two men walked in.
　　　　（进来）

　　　b. Two men slowly opened the lunchroom door and walked in.
　　　　（进去）

　　（7）反映的是观察者位置的影响，（7a）表明观察者是在餐厅里的，（7b）是在餐厅外的，视角位置的差异刚好说明注意力方向相反。

2.3　语言基于使用：意义的文化性和动态性

　　（8）是我们熟知的"所有格构式"。传统教学望文生义，认为该构式表达的就是一种"拥有"关系。其实不然，我们可以作出如（8b）—（8f）中的其他各种理解，甚至更多：

（8）Sam's house（山姆的房子）

　　a. the house Sam owns

　　b. the one he lives in

　　c. the house he owns and rents out

　　d. the one he dreams of owning someday

　　e. the one he designed

　　f. the one he is scheduled to paint next week

　　　……

（8）是一个看似简单，实则语义非常多的一个结构。从高度抽象的层次看，该结构表示物体与领有者的相互存在关系。事实上，我们以前所知的"拥有"只是该构式的意义之一，也许是最典型的意义。仔细深入考察会发现，该构式最本质的意义就是建立起两个事物之间的联系或者说讨论事物的"参照点"，即领有者充当讨论领有物的一个基本出发点，如（8）所示。在古代社会，社会关系相对比较简单，一般而言，领有者与领有物之间的关系就只有"拥有"关系。但今天，社会结构和社会关系已经非常多元，因此领有物（房子）与领有者（Sam）之间可以存在许多不同的关系。也就是说，Sam 提供了一个我们了解"房子"的基本出发点。二者之间的语义关系取决于 Sam 本人与"房子"所发生的联系，他可能是拥有者、设计者、租房者、维修者、打算购买者、房东等等。多义性的增加反映出意义的文化性和动态性。虽然我们可以实现形式上的对等，译为"Sam 的房子"，但其**实际表达的意义是模糊的，其准确的意义随说话的环境和说话人身份的不同而不同**（刘正光 2021：342-343）。

第三节　认知诗学与文学阅读

3.1　两种不同取向的文学阅读类型

　　文学阅读对于大多数非专业人士来说，可能就是一个获得愉悦、知识、消遣，了解社会生活、社会历史等的过程。这样的阅读强调的是读者个人的体验和自我感受。即使没有机会与人讨论所读的作品，不去探求其创作的技巧，不把阅读感悟上升为某种理性知识，不把自己的阅读感受放到某个理论框架去说明来龙去脉，读者本人仍然感觉是乐在其中的。因此，本质上，它更属于阅读个体的行为，强调的是阅读过程中的个人感知。这是大多数人阅读的自然状态（Stockwell 2002：2-3）。

　　然而，当我们把文学阅读作为一门课程来教授时，则是一种完全不同的阅读取向。这样的阅读强调的是读者解读或获取意义的心理认知过程以及可以从不同读者和不同文本中抽象出来的阅读型式，从而可以将文学阅读的感悟清晰地传递给他人。事实上，这是将个人性阅读转化为社会性阅读了。那么，这种阅读关注的是阅读中获取或解读文本意义的方法与过程。从某种意义上来说，这是关于文学阅读的科学（Stockwell 2002：2）。下面我们以毛主席的《卜算子·咏梅》为例：

　　（9）风雨送春归，飞雪迎春到。已是悬崖百丈冰，犹有花枝俏。
　　　　俏也不争春，只把春来报。待到山花烂漫时，她在丛中笑。

　　作为个体私人阅读，我们能理解毛主席这首词表达的是梅花傲雪迎春，在高光来到的时刻仍然低调的高尚品格，也许就感觉读懂了这首诗，达成了阅读的目的。

　　但是作为社会性阅读，则需要阐释清楚其解读（interpretation）的认知基础。笔者曾于 2020 年湖南大学外国语学院第七届青年教师论坛上以毛主席这首词作为会议总结，标题是"待到山花烂漫时，她在丛中笑"。这次总结的基本主题是：激烈竞争是社会进步的需要与必然。我们作为湖大外院有为的青年一代，一定要在激烈竞争的困难中，拒绝躺平，做强自己，成就自己的美好未来。下面把笔者的解读过程呈现如下：

图 1　笔者在 2020 年湖南大学外国语学院第七届青年教师总结发言时的 PPT

　　整首词是一个隐喻。梅花作为源域投射到青年教师，上阕表面上是描述梅花的生长环境。这种充满风雨和飞雪的环境作为源域，被投射到靶域——青年教师今天的工作环境，包括挑战性很强的教学工作、竞争激烈的学术空间、顶天立地的家庭责任。"春归""春到"本来指梅花生长时间的往复，投射到今天青年教师工作的时间往复。"百丈冰""花枝俏"作为源域本身表达环境的险峻，但梅花依然绽放，投射到靶域（今天的青年教师应有的工作态度），则表示坚守初心、傲霜斗雪（克服困难）、爱学乐教（做好本职工作）、迎春吐艳（作出出色的成绩）。"俏也不争春，只把春来报"作为源域指梅花的低调奉献的品格，投射到靶域，指今天青年作为教师应为培养人才、落实立德树人根本任务默默工作奉献。"山花烂漫""丛中笑"作为源域指梅花在高光时刻仍然谦逊，投射到靶域，象征青年教师要实现自己的高光时刻必须要努力进取，积极作为。梅花能够傲雪迎春、芬芳烂漫，是因为梅花自己在恶劣条件下坚强地吸收养分才能实现自己的美好。

在上面的解读过程中，隐喻不再是一种修辞手法，而是一种认知方式，可以细致地描述思维的过程以及对认知对象的概念化过程。在认知语言学里，隐喻称之为概念隐喻，就是因为它能够有效地描述人类在认知世界时，是怎样一步一步地将不同认知对象关联起来，并赋予或解读其意义的。

这首词的新解读，离不开语境或百科知识的作用。这个语境或百科知识，在认知语言学里即认知域。在这个认知域里，生长环境是一个重要的因素。"山花"的环境比"大棚"鲜花的环境要艰难很多，必须要靠自己坚强地吸收养分。这是这首词新解读的关键。它意味着青年教师要茁壮成长，成就一番事业，必须要靠自己坚守初心，不断积累，集腋成裘。

这个例子说明了个体性阅读的特征，即作者本人的应景理解与解读，也体现了社会性阅读的一面，即运用概念隐喻的投射过程来说明其个体性解读意义的认知过程。

3.2　认知语言学指导下文学阅读的创新性

如前所述，认知语言学的理论出发点和理论目标与其他语言学理论都有很大的差别。因此，相比之下，采用认知语言学路径分析文学作品具有以下不同或理论与方法论上的优势（转引自 Stockwell 2002：1-4）。

第一，认知语言学能够顺应新时代、新媒体、新受众的新要求，更好地阐释作品的结构与文学阅读的心理与社会效应之间的关系（Steen & Gavins 2003：1），如联想、意象、感受、情感、社会态度等之间的新联系都将是认知语言学在文学阅读中可以提供有效解释的工具和方法。

第二，认知语言学对文学本质的认识不同，它认为文学也是一种认知与交流。因此，文学阅读中所获得的解读也相应地用语言与认知处理过程的普遍原则来进行解释，那么，就有必要将文学与语言学、心理学和认知科学关联起来（Steen & Gavins 2003：2）。

第三，认知语言学是多维度、综合性地阐释文学阅读中意义的加工过程，如文本本身、背景、环境、使用场合、相关知识、信念等，以便更好地理解文学作品的价值、地位与意义，而不是简单地对文本做语言形式上的技术分析，以确定其作品的文学性，如：

（10）We that had loved him so, followed him, honoured him,

　　　Lived in his mild and magnificent eye,

　　　Learned his great language, caught his clear accents,

　　　Made him our pattern to live and to die!

形式主义路径会对其韵律学形式进行深入的分析。第一行是重轻轻四音步（dactylic tetrameter），但随后三行引入了微小的变化以打破这种形式，在第二行和第四行的结尾处省略了两个轻音节，以强调 eye 和 die 的韵脚，第三行两次省略了轻读音节，以在行中创造出一个重音停顿。对词语意义的强调在这种音步节奏的安排中便得以创立和证实，从而阐释清楚本诗的创作技巧。

显而易见，这样的文学文本分析方式，无法体现读者是怎样解读作品意义的。

第四，认知语言学路径分析文学作品看重文学阅读中意义和文学效果的产生方式及过程的解释，上面我们对（9）的简要解释就可以窥一斑而知全豹。与此不同的是，其他语言学路径分析文学作品则类似文学语言学，或者说文体学，更注重对语言符号本身及其表现形式和方法的阐释，从而获得作品的意义。

第五，认知语言学看重"统一解释"，将其他语言学视角无法解释或零散解释的问题进行统摄视域下的研究。具体而言，认知语言学理论可以选用概念化、图形·背景理论、隐喻等工具对文学作品进行统一分析，从而以某一个理论视角一以贯之地解决问题，而其他语言学视角则不一定可以做到这一点。例如，就诗歌中多样化修辞手法的运用及其效果，认知语言学可以聚焦概念化或图形·背景理论予以充分解释（如通过概念化视角，可以寻找所有修辞手法在图式层面的共性和差异；运用图形·背景视角，可以讨论不同修辞手法在图形和背景设置上所实现的文学效果的异同），而其他语言学理论则难以用比较成熟的理论工具给出统一解释，针对不同的修辞手法，常常有不同的解释。

第六，也是最重要的，认知语言学强调主客体的统一，即体验认知，心智是体验心智。人类的思维方式和行事方式都与人的心智和身体相关，与我们的生物环境相关。这样就与笛卡尔所认为的主客体分离的理性主义截然不同。认知语言学的体验观意味着人类的经验、知识、信仰、愿景都与语言的型式相关，且也只能通过语言型式表达出来。这样的语言型式又植根于我们的物理经验。比如，无论是在英语还是汉语中，"上（up）"总是与"好、多"等正面的积极意义相关，而"下（down）"总是与"差、少"等负面意义相关。因为，在我们的生活经验中，当物的数量越大、越多时，体积、标量总是往上的。人的从众心理也总是以"多"为"好"的。

本讲小结

本讲主要阐述了认知语言学与文学阅读共同以具身哲学为认识基础的基本内涵与表现方式，认知语言学对语言本质特征的新认识，认知语言学基本原理或认知诗学对文学阅读过程的阐释作用。本讲是全书的理论基础或理论出发点。

本讲扩写自刘正光（2003）"认知语言学的哲学观：认知无意识、体验心智与隐喻思维"《湖南大学学报》（社会科学版）17（3），75-80。

思考题

1. 认知语言学的哲学观和语言观与结构主义哲学观和语言观的主要异同有哪些？
2. 认知语言学的哲学观和语言观与文学批评有哪些契合之处？
3. 认知语言学认识论与方法论对文学批评有何启示？

拓展阅读参考书目

Lakoff, G. 1987. *Women, Fire, and Dangerous Things: What Categories Reveal about the Mind.* Chicago: University of Chicago Press.

Lakoff, G. & M. Johnson. 1980. *Metaphors We Live by.* Chicago: University of

Chicago Press.

Lakoff, G. & M. Johnson. 1999. *Philosophy in the Flesh: The Embodied Mind and Its Challenge to the Western Thought.* New York: Basic Books.

Lakoff, G. & M. Turner. 1989. *More Than Cool Reason: A Field Guide to Poetic Metaphor.* Chicago: University of Chicago Press.

原型理论:文学阅读的认知基础

人类不但面对一个千奇百态的物质世界,而且同时还体验着一个繁纷复杂的经验世界。因此,人类认识的一个基本任务必然首先是将物质世界和经验世界进行分类,否则,人类不可能有效地存储和利用知识,无法应付千奇百态的世界。通过分类的手段,不同的对象可以视为等同。这个分类的过程就是范畴化的过程(刘正光 2006:9)。然而,人类在范畴化的过程中,有一种天然的倾向,他们可能只注意感知环境的某些特征,并在所感知的事件、需要与感知对象的功能之间建立起复杂的联系(Rosch & Lloyd 1978:1)。范畴化是人类最基本的认知能力。最有影响的范畴化理论是经典范畴化理论和原型范畴化理论。经典范畴化理论更具有二元对立的特征,而原型范畴化理论强调范畴内的程度差异,能够更好地解释事物之间的复杂性和彼此之间的细微差异,更适合阐释文学的阅读过程。

第一节　经典范畴化理论①

范畴化理论有三个代表性理论:经典范畴化理论、家族相似性理论和原型范畴化理论。一般而言,家族相似性理论和原型范畴化理论的基本精神是一致的,所以我们把它们统称为原型范畴化理论。范畴化是认知语言学研究的首要问题,原型范畴化理论对认知语言学产生了深远的影响(Taylor 2002:9-10)。

1.1　经典范畴化理论的基本特征

经典范畴化理论在整个 20 世纪,一直在心理学、哲学、结构语言

① 本讲第一节和第二节来自刘正光(2006)《语言非范畴化——语言范畴化理论的重要组成部分》,12-39。

学和生成语言学领域中居于主导地位。它是根据柏拉图和亚里斯多德的范畴化理论发展和建立起来的。其主要理论原则是：1）范畴由一组必要条件和充分条件/特征（feature）来定义；2）特征是二分的；3）范畴间的分界是明确的；4）范畴内所有成员的地位相等。如图1所示（Givón 1986）：A 表示标准性（criterial）特征，确定范畴成员的资格；B 表示具备标准性特征，属于 A 所代表的范畴；C 表示不属于范畴的成员，不具备标准性特征。

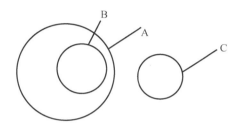

图 1　经典范畴化理论的特征

以人的这一定义为例："人是两足动物。"在该定义中，"两足"和"动物"分别都是必要条件，其中任何一个条件的缺失都将使该定义无效。如果某个实体不具备这两个必要条件，该实体就不属于"人"这个范畴。同时满足这两个条件，就足以确定某个实体属于"人"这个范畴。由此可以看出，特征要么参与定义，要么排除在外。既然如此，某一实体要么属于，要么不属于某个范畴，其边界十分明确。由于范畴内成员都满足了必要条件和充分条件，因而具有平等的地位。再比如数学中的素数。素数只能被 1 和它本身整除。满足这些特征条件的就是素数，如 2、3、5、7、11。像 4 等就不是素数，因为 4 还可以被 2 整除。

经典范畴化理论首先应用于音系学。在此过程中，"特征"又派生出如下假设：1）特征是最基本的（primitive），不可再分解；2）特征是人类语言的普遍属性；3）特征是抽象的；4）特征是内在的或天生的。经典理论后来被运用到逻辑（形式）语义学以及句法等领域。经典理论的基本方法是用"特征理论"分析语言事实。

经典理论的理论优势与实际意义是能够经济有效地为语言系统建立起各种结构关系。例如，"单身汉"可以由四个特征来表征：［人类］、［男性］、［成年］和［从未结过婚］。只要违反了其中任意一个特征，就不能说是"单身汉"。在语义分析中，经典理论体现出以下三个优势（Taylor 1989/1995：30-37）。1）经典理论为词库系统建立起相互关系，如男孩/女孩，丈夫/妻子，叔叔/婶婶等。这些成对词里的对比性特征是男性/女性。"男人"与"单身汉"的语义关系，如类内包关系和上下义关系也可以由特征分析确定下来。"男人"的特征［人类］、［男性］、［成年］包含在"单身汉"里，"男人"是"单身汉"的上位范畴的词，"单身汉"是"男人"的下义词（hyponym）。2）特征分析有利于定义自然类中的物体，便于表明语义的选择限制，如我们不能说 married bachelor，Sincerity admires John。3）经典理论有利于确定句子之间的语义关系，如蕴含关系、矛盾关系、因果关系等。比如，"老李是个单身汉"蕴含"老李是个男人"，与"老李结婚了"构成矛盾关系。

1.2 经典范畴化理论的不足

经典理论的缺陷和理论优势同样明显。第一，由于该理论强调范畴内全体成员的平等地位和必须共享所有特征，必然有许多实体被排除在范畴之外，只能说明范畴化的很小一部分内容（Lakoff 1987：5）。以游戏这个范畴为例。有的强调竞争性与胜负，有的强调娱乐，有的强调运气，有的强调技巧，有的是技巧和运气兼而有之，如金拉米（gin rummy：一种纸牌游戏）。在以上游戏中，无法概括出一个特征作为一个标准性特征充当判别的标准。

第二，由于特征的二分性，它只能说明与解释具有对比差异的范畴内的现象，对大量的中间现象和边缘范畴成员无能为力，如两性人、变性人属于哪一种性别。

第三，必要条件和充分条件并不能保证准确地界定范畴成员的意义与属性，如"单身汉"是否包括教皇、和尚、离婚男子等。

第四，只能静态地说明语言范畴化的过程，对语言与认知过程中的创造性无法提出动态的解释。

第二节　原型范畴化理论

家族相似性理论和原型范畴化理论的基本精神一致。它们认为，范畴不一定能用一组必要充分条件/特征来定义，在区别一个范畴时，没有一个属性①是必要的。在实体的范畴化过程中，好的、清楚的样本构成范畴化的基础，其他实体根据与这些样本在某些/一组属性上的相似性而归入该范畴。

2.1　家族相似性理论

Wittgenstein（1953）在《哲学研究》(*Philosophical Investigations*) 这部著作中批判了经典范畴化理论。作为对经典范畴化理论的批判，他提出了"家族相似性"理论，认为范畴既不是离散的，也不是绝对的，而是边界模糊的、邻近性的，范畴的确定取决于语境、交际目的，而不是必要条件和充分条件。家族相似性关系存在于同一范畴中各成员之间，如 a 像 b、b 像 c、c 像 d 等，而 a 和 d 之间可能不存在任何相似性。Lakoff（1987：16-17）将以上观点概括为家族相似性理论的三个要点：1）家族内的成员的相似性可以用各种不同的方式体现在许多不同的方面，家族内的成员之间没有共享特征；2）范畴的边界可以扩展；3）有中心成员与非中心成员之别（如整数与其他数：分数、小数等）。但是，Givón（1986）指出，在家族相似性理论中范畴内各成员之间处于平等的地位。他用图 2 表示它们之间的这种关系：

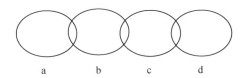

a　　b　　c　　d

图 2　家族相似性理论特征图

由于 Wittgenstein（1953）没有进一步展开对家族相似性理论的论述与说明，因此，该理论是否就是我们现在所一般认为的原型范畴化理论仍存在争议。Rosch & Mervis（1975）将其引入认知心理学的研究奠定了该理论在原型范畴化理论中的地位。他们认为，家族相似性对原型范畴化理论的主要贡献在于，它可以充当原型的内在结构原则：范畴原型的形成以及范畴成员的等级差异可以由家族相似性来约束。

然而，Givón（1986）认为，家族相似性理论，由于当时的理论背

---

①　Taylor（1989/1995：40-41）对特征（feature）和属性（attribute）作了如下简要的区分：特征更具有内在的性质，用于经典范畴化理论；属性更具有外在的性质，用于非经典范畴化理论。

景的影响以及修正经典范畴化理论的需要，犯了矫枉过正的毛病。二者都走向了极端。这可以理解为，经典理论对范畴成员的资格要求太高、太严；而家族相似性理论则要求太松、太宽泛。

2.2 原型范畴化理论

原型范畴化理论是经典理论和家族相似性理论这两种极端理论的折中（compromise）（Givón 1986），其基本发展过程是从 Berlin & Kay（1969）的认知人类学到 Rosch 等人的认知心理学研究再到 Lakoff 等人的认知语言学研究。Berlin & Kay（1969）在研究颜色词时，提出了基本颜色词的概念，认为在颜色词的范畴中，有些颜色词具有焦点颜色的特征，如红色。

2.2.1 概念原型及其基本特征

认知语言学认为，语言范畴以原型为组织结构。所谓原型，通俗一点来说，就是某一概念范畴的最佳范例。**好的、清楚的样本即原型/典型，充当非典型实体范畴化的参照点。根据典型实体类比而得出的范畴即原型范畴**。原型范畴化理论有以下四个基本假设：1）原型范畴内成员的原型属性特征具有不平衡性，范畴内成员的地位是不平等的；2）原型范畴表现出家族相似性结构，即结构中的不同成员以辐射（radial）的形式束集在一个或几个显性成员周围；3）原型范畴的边界是模糊的；4）原型范畴不能通过一组必要条件和充分条件来界定。比如，床、沙发、凳子、椅子、办公桌、书桌、饭桌、碗柜、衣柜、电视机、冰箱、微波炉、钢琴等都属于家具这个范畴，但是没有一个属性是所有这些物品共享的。显然，家具作为一个类，并不是因为每一种家具都具有家具的共同特征，而是因为每一种家具都和其他几种家具有某种家族相似性。相似性越大，越占据中心成员的地位。另外，家具是一个开放性的系统，不断有新成员加入进来，如微波炉、冰箱、电视机等，有的可能被称为"家用电器"而不是家具。这正好说明这两个范畴的边界模糊性。

原型范畴化理论在认知心理学领域的拓荒者是 Rosch。Rosch（1978：30-35）指出，范畴化在纵向和横向两个维度上运作。纵向维度关注范畴的容纳（inclusiveness）水平（如"动物"这个范畴所能够包容的不同对象），或者说范畴结构能够抽象出来的层次，以建立基本的范畴分界线。纵向维度有三个范畴化的层次：上位范畴、基本水平范畴和下位范畴。

　　基本水平范畴代表范畴的中心成员，因为物体间的差异可以在很大程度上被忽略，同时也能集中反映出不同范畴间的差异。与基本水平范畴（如"狗"）相比，上位范畴（如"动物"）更泛化（general），同时也是异质性的（heterogeneous），因为它可以包含几乎各种不同次类的动物，如猫科类、哺乳类等。因此，在这个层次上更难以发现物体之间的相似性。下位范畴（如"牧羊犬"）比基本水平范畴更具体（specific），因此，这个层次的物体相似性相当高。

　　横向维度主要考察范畴的内在结构。该维度表示范畴以最佳范例为组织结构。范畴的确定以最佳范例为参照对象（如在"鸟"的范畴化过程中，知更鸟可以充当最佳范例）。

　　处于基本水平层次的范畴实体具有原型效应。上位范畴过于抽象，经过认知加工，上升到了理性概括层次；下位范畴过于细化，难以集中体现本范畴的主要特征，在文学中多用于细节描写。

　　Rosch 等人的主要贡献在于：1）对经典理论提出了全面的挑战，并通过可以复制的实验研究证实了范畴化过程中原型效果和基础水平效果的存在（Lakoff 1987：42）。2）他们在研究中发现，儿童在语言习得过程中首先完整掌握的是基础水平范畴化的能力，上位范畴化能力（普通逻辑思维能力）的掌握是后来的事情。该研究结果否定了经典范畴化理论关于三岁左右的儿童没有掌握范畴化的能力的观点。

2.2.2　具有原型效应的认知模型

2.2.2.1　理想认知模型

　　在认知语言学领域，原型范畴化理论的最主要代表是 Lakoff。他提出了"理想认知模型"（Idealized Cognitive Model，下文简称 ICM）作为知识的结构与表征模型，而范畴结构和原型效果只是这个模型的副产品。ICM 包含以下四个结构原则或认知模型（Lakoff 1987：68）：

　　命题结构：说明成分的内容、特征及其之间的相互关系，这是我们许多知识结构的存在形式。以"火"为例，在命题结构中，必然包括"火"表示危险的知识。

　　意象-图式结构：说明图式性意象的具体内容，如"蜡烛"的意象图式知识包括它是长的、细小的物体的知识。

　　隐喻映射：说明一个领域的命题结构或意象图式结构映射到另一

个领域的理据与联系，如"管道隐喻"与通信联系之间的映射，"人生"与"旅行"之间的映射。

转喻映射：实际是隐喻映射中的一种，但加上了模型中成员的功能，即用成员的某一显著特征指代该成员或该成员的某部分，如"北京"指代中国政府。

此外，他提出了辐射性范畴作为范畴的结构方式。辐射性范畴即本书所讨论的原型。"母亲"是一个辐射性范畴，由以下模型构成：生产模型（说明母亲是生某孩子的这个人）、基因模型（说明母亲是孩子的生命基因的提供者）、养育模型（说明母亲是抚养者）、婚姻模型（说明母亲是与父亲结婚的那个女性）、谱系模型（说明母亲是最近的女性长辈）。这些不同的母亲模型构成一个复杂的中心范畴，所有的关于母亲的模型都汇集在这个中心范畴周围。然后再是边缘范畴及其扩展的意义，如养母、继母等。它们在不同的维度上与中心意义相关。

关于"继母"的概念，我们在 2004 年播放的电视连续剧《保卫爱情》的第三集中发现了两个很有意义的例子。一个小男孩的父母离异后，其父亲又先后和两个越来越年轻的女子结婚。这个男孩分别称她们为"阿姨妈"和"姐姐妈"。"继母"本来是根据"婚姻模型"划入"母亲"范畴的。该男孩将继母与父亲的婚姻关系降为次要因素，而将年龄因素上升到重要地位，以区分不同的继母。这两个例证的幽默与讽刺意义恰好产生于此。这是因为，在"母亲"的辐射模型中，"年龄"不能成为判断母亲之间的相似性的因素，而该男孩却偏偏以此为条件作为区分的参照系数，以便建立一个今后能继续使用的参照模型。

由此可以看出，ICM 既具有抽象性，又具有灵活性和想象性。这样很多难以解释的现象就能得到合理的解释。人对世界的认识具有程度之别，如完全、十分、相当、比较理解，理解较差、差或根本不理解等。ICM 具有的认知弹性能很好地与之适应起来，如"单身汉"这个语义范畴包不包括"教皇""和尚"和"离婚者"的问题（详细解释，参看 Lakoff 1987：70−71）。

2.2.2.2　认知图式

除了"理想认知模型"以外，认知图式（cognitive schema）也是具有原型效应的认知模型，与此内涵大同小异的还有社会常规（social stereotype）、脚本或桥段（script or scenario）等。

认知图式与原型不同。原型是一个范畴中的最佳范例，而认知图式是将范畴成员的共性特征抽象概括出来，而细节内容作为个性化特点保留在各成员自身。认知图式本质上是一种知识模块，包含对世界、事件、人物、行为等的知识（Eysenck & Keane 2000：352）。正如其定义所示，认知图式实际上体现的是某个范畴的一组上位概念，因而其内涵具有复杂性和丰富性，但各不同复杂概念之间的共性特征又使得它们构成一个整体性的上位概念。它属于我们长时记忆里的知识，因而具有百科知识的属性，同时也会有社会文化的因素蕴含其中。举一个简单的例子，一个人从远处看，我们看到的是一个图式化的人体，从近处看则是某个具体的人，这实际上就体现出图式与个例的关系。

认知图式有四个基本特点（Eysenck & Keane 1997：321）：1）包含的信息种类各种各样，从最简单的到最复杂的。2）图式具有层级性。3）图式的运行方式是从上到下，即从宏观到微观。4）图式具有档位性，有些档位具有固定价值和意义，有些档位是开放的、灵活的。比如，婚姻的不变的档位意义是自由的限制，灵活的档位意义是表现的载体。因此，英国的古语云："结婚仿佛金漆的鸟笼，笼子外面的鸟想住进去，笼内的鸟想飞出来；所以结而离，离而结，没有了局。"而法国思想家、散文家米歇尔·德·蒙田（Michel de Montaigne）则更加丰富了其内涵，说道："Marriage may be compared to a cage：the birds outside despair to get in and those within despair to get out."。钱锺书则借苏文纨之口说："法国也有这么一句话。不过，不说是鸟笼，说是被围困的城堡，城外的人想冲进去，城里的人想逃出来。"

下文我们将进一步讨论认知图式在塑造人物性格时的作用。

2.2.3　语法原型

语法原型的基本含义可以理解为，在不同的语言中与一定的形态句法特征相联系的一定的语法标记、构式（construction）或事件类型。下面分别介绍不同的类型的语法原型。

2.2.3.1　原型语法成分

语法成分里最主要的是主语、宾语和谓语。它们的变化也比较大。

原型（最典型的）主语（施事），往往是有生名词或代词，对句中的行为事件或动作负责，即能够主动地做出某种行为动作，动作发生与否具有控制能力和意愿性。

原型宾语（受事）能够承受谓语动词所产生的影响，宾语名词个体性越高，越接近原型宾语。

原型谓语往往是表达行为事件发生的动词。事实上，动词可以分为不同的小类，如行为动词比状态动词更接近原型，行为动词中终止性动词比延续性动词又更接近原型：

(1) a. He bought a car.

　　b. He has a car.

(2) a. He visited his friends yesterday.

　　b. He visited the Great Wall yesterday.

（1a）中的主谓宾都是原型性的。"He" 可以主动做出是否买车的决定并实施买车的行为，bought 是表达具体行为动作的动词，动作一旦发生就会产生一定的结果，car 是一个具体的物品。但（1b）中的 has 就不是典型的谓语，因为 has 只表示"拥有"的状态或关系。（2a）中的主谓宾都是典型的主谓宾语。（2b）中的宾语却不是典型的宾语，因为 the Great Wall 不是一个具体的人，更重要的是其承受能力远远超过了主语的行为能力。

一个典型的主谓宾句子构成一个典型的行为链（action chain）。在行为链中，主语是能量的发出者，谓语表达能量的传递方式，宾语表达能量的消耗者（Langacker 1999b）。主语（施事）和宾语（受事）的关系是不对称的，从施事到受事的能量传递中，主语和宾语形成一种语义上的逆对（adversative）关系，即二者是旗鼓相当的。这样就能解释（2b）不能转换成被动语态，如（3）所示：

(3) *The Great Wall was visited by him.

he 作为个体无法对宾语 the Great Wall 产生多大的影响，也就是主语的能量远比宾语小，因此转换成被动语态不可接受。但主语如果是复数，表达众多人参观了长城，则可能产生足够的影响，可以用被动语态：

(4) The Great Wall was visited by many people last year.

逆对关系也能很好地解释下面这两个形式上一样，但解读完全不一样的例子：

(5) a. 斗牛（人与牛斗）

　　b. 斗鸡（鸡与鸡斗）

逆对关系还可以很好地解释下面句子中状语提升为宾语的差异：

(6) a. He rode on the horse. （骑在马背上）

　　 b. He rode the horse. （驭马）

(7) a. He entered into the room. （进入房间）

　　 b. He entered the room. （［强行］进入房间）

在中文和英文里，为了传递力量和生动性，地点状语、对象状语等成分往往升格为宾语，凸显其挑战度和反作用，尤其是在电影片名和新闻标题用语中，如：

(8) a. 人民解放军强渡长江。

　　 b. 血战台儿庄。

　　 c. 张飞大战马超三百回合，不分胜负。

2.2.3.2　原型及物性事件

及物性事件作为语法原型的语义句法特征是"施事＋V＋受事"。Givón（1984）指出，原型及物性事件有三个核心要素：1）两个参与者；2）其中的一个（主语或施事）对另一个（宾语或受事）做出某种意志性的行为；3）受事完全受该行为的影响。

(9) a. 他经常打老婆。

　　 b. 他像他父亲。

(10) a. He resembles his father. （他像他父亲）

　　 b. He resembled his father. （他曾经像他父亲）

　　 c. *He resembled his father. （他像他父亲）

　　 d. *He is resembling his father. （他正在像他父亲）

　　 e. He is more and more resembling his father. （他越来越像他父亲）

　　 f. *His father is resembled by him.

(9a) 是一个原型及物性事件，能够充分体现以上特征：两个参与者、施动性和意志性。相比之下，(9b) 虽然也是一个 SVO 结构，但并不是及物句式的最佳范例。首先，动词"像"表达的不是一个事件，而是一种关系或状态。其次，施事没有对受事做出意志性的行为，受事并不受施事的影响。因此，它在形态变化等方面受到许多限制。原型不及物事件只有两个要素：一个参与者，有意志地参与某种行为。

如果将及物性看成一个连续体的话，原型及物性和不及物性事件构成连续体上的两端，而其他的现象，如中动结构、反身结构则处于连续体的中间。从标记性的角度看，处于连续体两端的原型及物和不及物事件是无标记的。

（10）能够集中体现及物性事件的连续体性质。如前所示，状态动词尽管是及物动词，但及物性低，所以不能转换成被动语态，所能结合的时态也受限制，如（10c）和（10d），但随着状态动词动作性的增强，则又可以和进行体连用，如（10e）。

谓语动词的原型性还与时间性的强弱有关系。谓语动词表示过程或关系，具有时间性；非谓语动词没有时间性，介词短语、形容词和副词短语没有时间性。在谓语动词内部，行为动词时间性强，状态动词时间性弱。各种时态里，一般过去时比一般现在时和一般将来时的时间性强。总之，谓语动词的时间性越强，越接近原型谓语。

确定一个事件的及物性高低，可以依据主谓宾以下 10 个方面的特征，特征数量越多，则及物性越高（Hopper & Thompson 1980）：

表 1　及物性分解

构成要素	及物性高	及物性低
a. 参与者	两个或更多（施事与宾语）	一个
b. 行为	行为	非行为
c. 体	完成的（telic）	非完成的
d. 瞬时性	瞬时性（punctual）	非瞬时性
e. 意志性	有意志性	无意志性
f. 肯定性	肯定	否定
g. 方式	真实行为	非真实行为
h. 施动性	可能性高	可能性低
i. 宾语受影响程度	完全受影响	不受影响
j. 宾语个体化程度	高度个体化	没有个体化

另外，句子的原型性还受以下因素的影响：1）在陈述句、疑问句、感叹句、祈使句四类句子中，陈述句因描述事实而更有助于句子的原型效应；2）肯定句比否定句更有利于原型效应；3）有定性成分比无定性成分更具原型效应，因为无定成分难以识别。

第三节　理想认知模型与文本解读的文化认知理据

理想认知模型既体现认知过程中的原型效应，又能反映人类信息加工的工作机制，还能反映认知过程中的文化差异。这样的认知模型一方面能够解释为什么读者们对一个作品的解读既有整体上的大致相同，也有细节或部分上的差异。下面我们以 20 世纪英国著名诗人 W. B. 叶芝（W. B. Yeats）的《丽达与天鹅》（"Leda and the Swan"）来体现理想认知模型的运用方式。①

（11）　**Leda and the Swan（W. B. Yeats）**

> A sudden blow：the great wings beating still
> Above the staggering girl，her thighs caressed
> By the dark webs，her nape caught in his bill，
> He holds her helpless breast upon his breast.
> How can those terrified vague fingers push
> The feathered glory from her loosening thighs？
> And how can body，laid in that white rush，
> But feel the strange heart beating where it lies？
> A shudder in the loins engenders there
> The broken wall，the burning roof and tower
> And Agamemnon dead.
> Being so caught up，
> So mastered by the brute blood of air，
> Did she put on his knowledge with his power
> Before the indifferent beak could let her drop？

叶芝这首诗的创作背景是，一战后的欧洲政治腐败，民不聊生。此时，正好一个政治性评论刊物的主编乔治·罗塞尔（George Russell）向叶芝索稿。出于对当时社会政治的忧虑，叶芝在诗中表达了这样的创作思想：要改变欧洲乃至世界的这种局面，只能进行自上

---

① 分析参考杨恒达主编（2010）《外国诗歌鉴赏辞典 3 现当代卷》，上海：上海辞书出版社，28-29。

而下的剧烈变革。那么这首诗为何又能传达叶芝的这种创作思想呢？下面我们以理想认知模型中的四种结构为例逐一解释。

在理想认知模型里，命题结构知识和意象图式结构知识构成认知信息加工的基础，隐喻映射模型和转喻映射模型解释信息加工的认知方式。

命题结构知识。本首诗的命题结构知识包括以下几个方面：1）丽达和天鹅是希腊神话中的故事。主神宙斯化形为天鹅，同斯巴达王廷达瑞俄斯之妻丽达结合，丽达产蛋后生下了绝世美女海伦和克吕泰涅斯特拉。这两个女儿都带来了灾难。为争夺海伦，特洛伊人与希腊人爆发了著名的特洛伊战争。克吕泰涅斯特拉则因与人通奸而杀死了自己的丈夫——希腊联军统帅阿伽门农。2）一战后的欧洲社会政治经济一片萧条，陷入了深深的危机当中。整个 20 世纪 20 年代和 30 年代初期，叶芝无可避免地受到他的国家以及整个世界动荡局势的影响。其创作由浪漫主义转向了现实主义。

意象图式结构知识。两个不同的情爱意象构成叶芝前八行创作的起点，即宙斯（天鹅）强奸丽达和克吕泰涅斯特拉与人通奸。但叶芝的创新之处在于，他只是以此为起点，并没有沿用这两个意象的内容。所以，叶芝在这里描写的媾和场面不是温柔浪漫的，而是充满暴力的。诗人在前八句中向读者展现了一幅人禽狎昵的惊心动魄的画面："天鹅"突然袭击扑向了美丽的"少女"，他是那样的迅猛、蛮横、肆虐，使少女无法反抗。诗人用了一系列色彩浓烈、节奏急促、对比鲜明的描写：一边是少女娇美的"大腿"（thighs）、纤秀的"颈项"（nape）、丰腴的"胸脯"（breast）、"被惊呆"（terrified）而无力推拒的手指；一边是拍动的"巨翅"（the great wings）、摩挲的"黑蹼"（the dark webs）、紧衔的"鹅喙"（beak）……

隐喻映射模型。此诗中，有三个维度的隐喻映射传递诗人的创作思想：1）天鹅与丽达的媾和孕育新的生命映射为不同力量的交汇带来新的变化或改变；2）媾和过程中的"迅猛、蛮横、肆虐"映射为剧烈的、强大的力量；3）"残垣断壁、焚毁的城楼"（The broken wall, the burning roof and tower）则是二重隐喻映射。第一次是象征着因为海伦而引起的特洛伊之战，它给城邦和人民带来了巨大的灾难和难以愈合的创伤。其次，特洛伊战争本身又作为源域映射到靶域（第一次世界大战），象征它给全世界带来的创伤与灾难。

转喻映射模型。在希腊神话中，"天鹅"宙斯作为宇宙的最高神，代表着力量与智慧。然而，宙斯却化身天鹅强奸丽达，代表着暴力对美好的摧毁。海伦代表着优雅、美丽、聪明，但为了争夺她却引发了特洛伊之战。克吕泰涅斯特拉则导致了阿伽门农之死和屠城之祸（因果转喻）。而这两大悲剧的发生都是由于"天鹅"播下的恶果。

全诗作为一个整体隐喻，一方面喻指超凡的力量所具有的破坏力，另一方面又喻指要实现根本的改变，又必须依赖超凡的力量。

该诗作为一首十四行诗，本身就是一个隐喻。十四行诗是一种形式严谨的诗体。但就全诗的结构而言，诗人却在前面一部分用莎士比亚体，后面一部分用彼特拉克体。诗歌的最后三行又分解成三行半，由严谨转向了随意，完整转向了不完整。这样的表现形式的变化性隐喻着认识上的不确定性。从内容的角度而言，前面部分主要描写发生的事情，后面部分则抒发诗人的感想、困惑和疑问。从人物而言，前面写神，后面写人。诗人在隐喻性地追问在神与人，生与死，创造与毁灭，崩溃与坚持，混乱与秩序，清醒与糊涂等的混战中，人类能否把握推动历史的力量，拥有足够的智慧和清醒？

第四节 认知图式与人物个性刻画

原型与认知图式都具有原型效应。原型以典型个例来表达原型效应，认知图式以成员之间的共性特征体现原型效应。但认知图式一方面在保留个性的基础上抽象共享特征，另一方面则有社会文化因素蕴含其中，文学中的经典形象或原型又可以各具特征与鲜明个性。世界文学经典塑造了一组性格鲜明的吝啬鬼形象。吝啬鬼实际上就是有关某个特定人群的认知图式，其共性特征是贪婪。但不同的吝啬鬼又有不同的贪婪表现方式和个性化特征。

下面我们比较一下莎士比亚、莫里哀、巴尔扎克、果戈理笔下吝啬鬼的异同。[①]

冷酷狠毒的夏洛克。夏洛克出自英国戏剧家莎士比亚的喜剧《威尼斯商人》，是犹太人、高利贷放贷者。他的贪婪、吝啬最集中体现在

---

① 这四个吝啬鬼的概述参考陈智勇（2004）"试论莎士比亚、巴尔扎克、果戈理笔下的三个吝啬鬼的艺术形象"《西南民族大学学报》（人文社科版）（9），154-156；陈惇（1980）"'高度悲剧性'的喜剧——读莫里哀的《悭吝人》"《北京师范大学学报》（2），26-33。

其冷酷和狠毒上。他不但对别人冷酷狠毒，对自己也是如此。

夏洛克对别人的狠毒体现在有名的"pound of flesh"这个习语上。威尼斯商人安东尼奥慷慨大度，乐于助人，憎恶高利贷者。他在向夏洛克借高利贷时，契约规定如果到期不能还款，就从其胸前割取一磅肉作为还款。最后安东尼奥果然不能还款，在法庭上，夏洛克坚持"我向他要求的这一磅肉，是我出了很大的代价买来的，它是属于我的，我一定要把它拿到手里"。

他极力限制女儿杰西卡与外界交往，唯恐因此财产受损，无情地虐待仆人，甚至连饭也不让人吃饱。

他对自己的狠毒体现在虽然腰缠万贯，却从不享用，一心只想着放高利贷。

苛刻的守财奴阿巴贡。阿巴贡出自法国剧作家莫里哀的喜剧《悭吝人》（有的译为《吝啬鬼》），是个典型的苛刻的守财奴。他认为钱是世界上最神圣的东西，他爱钱胜过一切，极其厌恶"赠送"，就连"赠你一个早安"也舍不得说，而说"借你一个早安"。他常常饿着肚子上床，半夜饿得睡不着觉便去马棚偷吃荞麦，打算娶一个年轻可爱的姑娘却不愿花费分文。儿女的婚姻大事也是他攫取财富的筹码，他执意要儿子娶有钱的寡妇，要女儿嫁有钱的老爷。他把吃素的斋期延长一倍，想方设法扣发仆人的赏钱，请客的时候让厨师用八个人的饭菜招待十个客人，并在酒里多掺水。当他的钱财被盗窃后，他呼天抢地，痛不欲生。

认钱不认人的葛朗台。葛朗台出自法国作家巴尔扎克的长篇小说《守财奴》（也译为《欧也妮·葛朗台》）。葛朗台的吝啬体现在一生只恋着金钱，金钱高于一切。他直到弥留之际也一心想着金子，想把神甫镀金的十字架抢过来。他的最后一句话也是吩咐女儿守好家产向他交账。他妻子生命垂危之际，他唯一想到的是治病"要不要花很多的钱"。葛朗台的妻子死后，他根本无所谓，而在乎的却是他女儿可能会继承妻子的遗产，因而心里发慌，便绞尽脑汁地抢夺女儿对母亲财产的继承权。他为了财产逼走侄儿，折磨死妻子，剥夺独生女对母亲遗产的继承权，不许女儿恋爱，断送她一生的幸福。

腐朽没落的泼留希金。泼留希金出自俄国作家果戈理的长篇小说《死魂灵》。虽然他的贪婪吝啬与葛朗台不相上下，但其个性特征是腐朽没落。他虽为富豪，但却像个乞丐。他的吃穿用度极端寒碜，住处难以让人相信里面住着的是活人。家存万贯的泼留希金不仅对自己吝啬，对他人更吝啬。他逼得大女儿出走，儿子进入联队，小女儿夭折。他想给来看他的外孙送一点礼物，却只肯送捡来的纽扣。他聚敛的粮食、布匹等堆积如山，甚至已经腐烂了。地窖里的面粉因为存放太久硬得像石头一样，只好用斧头劈下来……然而他还不满足，仍只想着"不停地占有"，把看到的一切东西都捡回家。经他走过的路，甚至用不着打扫。他还偷别人的东西，如果主人找过来，他就诅咒发誓，说是他买的或是祖传的。

　　以上关于吝啬鬼的认知图式实际上与社会常规几乎是同义的。它是关于人的社会知识的抽象。

第五节　认知脚本铺垫文本意义解读的通道

　　脚本或桥段，其实也是认知图式，是更具体的场景或知识结构，同样具有原型效应。作为知识结构，脚本是日常生活中发生的事情已经常规化了的行为序列。比如经常去餐馆吃饭的人，就会知道这样的行为序列，包括进店、点菜、吃、付账、离店。序列中的每一环又可细分为一些行为。这实际上就是图式的层级性了。现在脚本指电影戏剧拍摄的依据，其实就是其常规化的特征所决定的。脚本的功能与桥段有一定的相似，即提供给读者某种暗示或激活某种知识，读者由此获得对文本的理解。

　　脚本在文学描写里经常使用，它能够架起读者的知识结构与文本之间的关系，为读者建立起理解文本的桥梁或通道，如：

（12）... one day I was walking along Tinker Creek thinking of nothing at all and I saw *the tree with the lights in it*. I saw the backyard cedar where the mourning doves roost charged and transfigured, *each cell buzzing with flame*. I stood on the grass *with the lights in it*, grass that was *wholly fire*, utterly focused and utterly dreamed. It was less like seeing than like being for the first time seen, *knocked breathless by a powerful glance. The flood of fire* abated, but I'm still spending the power. Gradually *the lights went out in the cedar*, the colors died, the cells unflamed and disappeared. I was still ringing, I had my whole life as a bell,

and never knew it until at that moment *I was lifted and struck.*
(Dillard 1971：35，转引自 Gibbs 2003)

　　希腊神话中"火"的意义有"光、热、温暖、生命力、知识、文明、灵感"的意思。普罗米修斯取火给人，是人类的恩人，却又落入悲惨命运——"接受苦刑"。但因为有火，人类开始了文明，所以火和光在西方具有净化灵魂、代表希望的意思。(12)是安妮·狄勒德（Anne Dillard）在《汀克溪的朝圣者》（"Pilgrim at Tinker Creek"）中对自己心灵顿悟的心路历程的描写。作者似乎在自己的脑海里突然看到了后院雪松树上发出了一道道光芒，随后栖息在树下的鸽子变形。目睹着院子里的草丛变成一片火海，然后随着火慢慢地熄灭，自己随之而升华。作者借"火"与"光"的出现与消失来比喻自己灵魂净化、心智顿悟的过程。这样的场景是典型的"心灵顿悟"的场景。了解了西方文学中这样的"桥段"，读者就很容易理解作品所要表达的真正意义。

　　在中国文学和影视作品里，脚本屡见不鲜，以下是一些常用的脚本或桥段（田长友 2016：105-114）：

1）听到噩耗，手上的碗一定会掉到地上碎掉。

2）遭遇突变、伤心难过时冲到外面，天气一定是打雷下暴雨。

3）直觉一般总是对的，不祥的预感总是应验得特别准，算命先生的话一般也挺准。

4）临死前的话一定说不完，或者是断断续续。"呃……我，我不行了……你们……"

5）不敲门闯进去一般会遇到两件事中的其中一件：上吊或洗澡。

6）女扮男装被识破一般有以下四种方式：帽子被打掉，掉进水中，碰到胸部，换衣服时被看到。

7）电视剧中新出现一个配角，一般下面发生的事情大多都会跟他有关。

8）逃跑的时候，要不就是逃到悬崖，要不就是逃到开阔地，然后周围突然杀出大批人马。

9）久别重逢的关键时刻，电话、传呼机总是不合时宜地响起来。

10）逃跑时，在山上走路时特别容易崴脚或者摔跟头，之后就会说："不要管我了，你们快跑。"

11）心情不好，事业不顺时就头发散乱、长满胡子（武侠片中，本来没有胡子的男主角这时候就会留起胡子）。

12）人一死，镜头一转，就是一张黑白照片。

13）表现时光飞逝一般有两种方法：用字幕说明多少年后；主人公做一个动作（如骑马、跑步），做着做着就突然长大了。

14）阻止敌人的最后一招是抱腿，而抱腿的结果一般都是壮烈牺牲。

15）衣服湿了，烧火烤衣服或避雨一般都会引发绯闻。

16）女主角伤心的时候，跑呀跑，最后一定是抱着一棵树开始哭。

17）生气的时候，会随手拿起附近的东西砸在地上撒气，因此在主人生气时上茶，那茶碗一定会被砸碎。

18）羞辱别人总是要让对方钻过自己的胯下。

19）一开始就喜欢的后来会变成爱恨交加，一开始不太喜欢的反而有可能终成眷属。

20）凡是不知该说不该说的话，肯定是要说出来的。

21）看见心爱的人睡在床上，一般都会给他盖被子。

22）说在路上还有多少分钟就到肯定不会按时到；同样，对朋友或家人说"你等会，我一会儿就回来"的人一般都不会按时回来。

23）给别人酒里下毒后，在别人喝的时候一定会盯着对方。

24）怀孕期间流产的概率总是特别大。造成流产的原因大多是从楼梯上滚下，而且一旦流产就很可能丧失生育能力。

25）一旦得了绝症，就故意把自己的男朋友（或女朋友）气跑。

26）撤退的时候明明没人追赶，非要有个人自愿留下来，说："你们先走。"这个人接下来一定会出事。

27）以前认识的人重逢总要因为种种原因而错过，但最后一定会重逢。

28）警匪片往往在电影结束时是这样的：代表正义的主角与匪徒经过殊死搏斗，终于将对方制服，数辆警车鸣着警笛就赶到了现场。

29）男主角对女主角说："我晚上在××等你，不管你来不来，我都会一直等你，直到你来为止。"女主角都会赌气地说我不可能会去的。最后听到窗外雷电交加，大雨倾盆，自言自语纠结了一番，就冲出去。而男主角等的时候一般都会下很大雨，衣服头发全湿但就是没走。最后两人相遇时肯定会发生一段故事。

第六节 偏离原型创造文学效果

在文学作品中，作家要实现特定的文学效果，往往会采用脱离原型，走向偏离的创作方式，以实现耳目一新或意想不到的表达效果。这实际上也是一种陌生化的创作手法，如：

(13) Fog *everywhere*. Fog *up the river*, where it **flows** among green aits and meadows; fog *down the river*, where it **rolls** defiled among the tiers of shipping, and the waterside pollutions of a great (and dirty) city. Fog *on the Essex Marshes*, *fog on the Kentish heights*. Fog <u>creeping into</u> the cabooses of collier-brigs; fog <u>lying out</u> on the yards, and <u>hovering</u> in the rigging of great ships; fog <u>drooping</u> on the gunwhales of barges and small boats. Fog *in the eyes and throats of* ancient Greenwich pensioners, <u>wheezing</u> by the firesides of their wards; fog *in the stem and bowl of* the afternoon pipe of the wrathful skipper, *down in his close cabin*; fog cruelly <u>pinching</u> the toes and fingers of his shivering little 'prentice boy on deck. Chance people *on the bridges* <u>peeping</u> over the parapets into a nether sky of fog, with fog all round them, as if they were up in a balloon, and <u>hanging</u> in the misty clouds. (*Bleak House*, Charles Dickens, 粗体标记与下划线为笔者所加，后同)

张生庭等译 （长江文艺出版社，2009）	黄邦杰等译 （上海译文出版社，1979）
到处都弥漫着浓雾。浓雾飘荡在河上游的绿色小岛和草地：浓雾翻滚在河下游一排一排的船只间，翻滚在这个大而脏的城市的河边污染物间。雾笼罩着艾塞克斯的沼泽，悬浮在肯德郡的高地。雾窜进运煤船的厨房，躺在帆桁上，盘旋在大船的索具间，雾低垂在大平底船和小舟的舷边。雾钻进了格林威治区那些靠养老金过活、待在病房火炉边费劲喘气的老人的眼睛和喉咙里；	到处是雾。雾笼罩着河的上游，在绿色的小岛和草地之间飘荡；雾笼罩着河的下游，在鳞次栉比的船只之间，在这个大（而脏的）都市河边的污秽之间滚动，滚得它自己也变脏了。雾笼罩着厄色克斯郡的沼泽，雾笼罩着肯德郡的高地。雾爬进煤船的厨房；雾躺在大船的帆桁上，徘徊在巨舫的桅樯绳索之间；雾低悬在大平底船和小木船的舷边。雾钻进了格林威治区那些靠养老金过活、待在收容室火炉边呼哧呼哧喘气的老人

（续表）

张生庭等译 （长江文艺出版社，2009）	黄邦杰等译 （上海译文出版社，1979）
雾溜进密闭舱室里愤怒的船长下午抽的那袋烟的烟管和烟斗里；雾也残忍地折磨着那站在甲板上瑟瑟发抖的小学徒的手指和脚趾。	的眼睛和喉咙里；雾钻进了在密室里生气的小商船船长下午抽的那一袋烟的烟管和烟斗里；雾残酷地折磨着他那在甲板上瑟缩发抖的小学徒的手指和脚趾。

本段选自狄更斯的长篇名作《荒凉山庄》（*Bleak House*）的第一章。狄更斯无愧于伟大作家称号，本段语言使用堪称炉火纯青，巧妙地利用语言表达式本身和语法结构内在的语义特征刻画、烘托了死气沉沉、毫无生机的乡村小镇的萧条场面。

该段文字充分展示了句子结构原型的变异在创造文学效果中的难以比拟的重要作用。语言系统中，名词对应于空间存在，动词对应于时间过程。原型的谓语动词是行为动词，具有强烈的时间性，状态动词时间性减弱，其中动态状态动词比静态状态动词时间性稍强，非谓语动词没有时间性，介词短语、副词短语和形容词短语没有时间性（Langacker 2008），如下图所示。

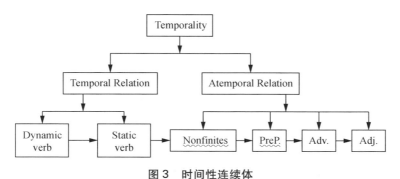

图 3　时间性连续体

本例中，斜体标示的是由介词短语和副词短语表示无时间性存在的情形；下划线标示的是非谓语动词，也是表示没有时间性的情景。就英语的时态而言，一般过去时的时间性最强，一般现在时在大多数情况下时间性是很弱的。本段描写中，唯一有时态变化的就是第二句里两个定语从句中的 flow 和 roll，描写河流的动词用了一般现在时，表示河水从古至今就是这样静悄悄地流着，这里的一般现在时的时间性其实也是很弱的。

时间的特征在于其运动性、变化性，没有时间的流动，就没有运动和变化，也就没有生命的律动，只有静止一般的存在。所以整段文字通过时间关系的刻画，把死气沉沉和了无生气的生存状况跃然纸上。

英语和汉语不同，有两种语言手段表示存在的状态或情景：一种是用动词的限定形式既表达存在的方式，又表达时间的过程；另一种是介词短语、非谓语动词短语、形容词和副词短语，可以表达存在的方式，但不能表达时间的过程。而在汉语中，动词和介词很难区分开来。因此，汉语译文将英文里的介词短语全部译成了动词短语，没有时间性的非谓语动词短语被译为了时间性强的谓语动词短语。但译文表达的情景或存在状态与英语里大致一致，差别在于：**英语语篇里描写的是死气沉沉的场景，而汉语译文呈现的是动态场景**。这也反映了语言系统本身的特征，即所蕴含的某些文学意义在翻译中是难以完整地实现转换的。

无独有偶，下面这段文字几乎如出一辙：

（14）Milkmen *everywhere*. Milkmen *up the Avenue*; milkmen *down the Grove*. Milkmen *on the High St*, where it winds between banks of shops stacked with plastic footwear and cut-price washing machines; milkmen *in the alleys* that meander past the dirty backyards of dormant pubs. Milkmen *rattling their bottles in areas and basements*; milkmen *wheedling incorrect sums from harassed housewives*; milkmen *with dejected horses*; milkmen *with electric floats*, stuck at the traffic lights where the main road forks left past the grim grey majesty of the multi-storey car park. （Nash 1985：99）

作者模仿狄更斯的手法描写 milkmen 单调的、日复一日的工作，他们不辞辛劳，默默地活着。

第七节　原型理论与文学形象的稳定性和可变性

原型范畴理论将范畴内的成员分为三个层次：上位范畴成员、基础水平范畴成员和下位范畴成员。基础水平范畴成员是人类经验中最具原型效应的范畴层次成员，拥有该范畴最多、最核心的特征。文学作品中的典型文学形象同样是聚集了某类形象最多特征的形象，因而具有原型效应。原型既具有稳定性，又具有开放性或灵活性。

7.1 原型的稳定性与文学形象的稳定性（象征性）

文学形象同样具有意义的稳定性和可置换性。人类文学史上无数令读者难以忘怀的原型性人物，尽管历经岁月变迁和不断蜕变，以不同面貌呈现在读者面前，但读者总是一眼将他们辨认出来，这就是原型的稳定性。文学中的原型是从无数个体高度概括出来的抽象共性特征，具有图式性，同时原型也是无数具体的实在人物之一，具有一定的象征性意义。因此，回到不同的文学作品中，原型形象又可以经由不同个体所表现出来。比如，母亲原型是融合了女神、女儿、大地、少女和母亲等特征为一体的象征形象，她可以依据上述意义变身成神圣的圣母玛利亚、具有大爱精神的大地母亲女娲或者天真纯洁的少女等形象；白雪公主中塑造的白雪公主的继母就是恶母的典型，不管恶母身份如何变化，相貌如何变化，其本质属性"恶"是不会改变的（李利敏 2015）。

7.2 原型的开放性与文学形象的可变性

由于文学形象是由众多个体形象的共性特征凝聚而成，具有抽象化的图式性，因而允许个体差异的存在，也就是不同的文学形象可以具有自身的个性特征或是发生一定的置换（displacement）。

置换这一概念最早是弗洛伊德提出来的，指作家为使故事栩栩如生、令人信服、契机合乎情理或道德上为人接受所运用的创作技巧。置换使原型在文学中保持久而旺盛的生命力，原型置换以原始意象为中介，通过投射，在内容和形式两个方面对原型进行置换，使其获得新的形态，置换的发生是作家自上而下的有意识行为，置换的理解却需要读者自下而上不断激活原型范畴内部的属性（李利敏 2015），从而达致准确的理解。

下面我们以"桃花源"这个文学原型的可变性来说明置换在作者创作和读者理解过程中的作用方式。

"桃花源"与"乌托邦"是中外文学作品创造的两个可以相提并论的理想社会，它们反映了人类对和平、自由、安逸生活的向往（王怀平 2012)。"桃花源"最初成形于陶渊明的《桃花源记》和《桃花源诗并序》：

《桃花源记》

晋太元中，武陵人捕鱼为业。缘溪行，忘路之远近。忽逢桃花林，夹岸数百步，中无杂树，芳草鲜美，落英缤纷，渔人甚异之，复前行，欲穷其林。

林尽水源，便得一山，山有小口，仿佛若有光。便舍船，从口入。初极狭，才通人。复行数十步，豁然开朗。土地平旷，屋舍俨然，有良田美池桑竹之属。阡陌交通，鸡犬相闻。其中往来种作，男女衣着，悉如外人。黄发垂髫，并怡然自乐。

见渔人，乃大惊，问所从来。具答之。便要还家，设酒杀鸡作食。村中闻有此人，咸来问讯。自云先世避秦时乱，率妻子邑人来此绝境，不复出焉，遂与外人间隔。问今是何世，乃不知有汉，无论魏晋。此人一一为具言所闻，皆叹惋。余人各复延至其家，皆出酒食。停数日，辞去。此中人语云："不足为外人道也。"

既出，得其船，便扶向路，处处志之。及郡下，诣太守，说如此。太守即遣人随其往，寻向所志，遂迷，不复得路。

南阳刘子骥，高尚士也，闻之，欣然规往。未果，寻病终，后遂无问津者。

《桃花源诗并序》

嬴氏乱天纪，贤者避其世。黄绮之商山，伊人亦云逝。
往迹浸复湮，来径遂芜废。相命肆农耕，日入从所憩。
桑竹垂馀荫，菽稷随时艺；春蚕收长丝，秋熟靡王税。
荒路暧交通，鸡犬互鸣吠。俎豆犹古法，衣裳无新制。
童孺纵行歌，班白欢游诣。草荣识节和，木衰知风厉。
虽无纪历志，四时自成岁。怡然有馀乐，于何劳智慧！
奇踪隐五百，一朝敞神界。淳薄既异源，旋复还幽蔽。
借问游方士，焉测尘嚣外。愿言蹑清风，高举寻吾契。

陶渊明笔下的《桃花源记》通过对桃花源的安宁和乐、自由、平等生活的描绘，表现了作者追求美好生活的理想和对现实生活的不满。《桃花源诗并序》所描绘的理想乐园，反映着小生产者的理想与愿望。这个理想与愿望在当时的封建社会是根本不可能实现的，但其思想意义在于对现实社会的极大否定和对未来社会的美好憧憬。

然而，王维笔下的《桃源行》却有着不同的人生境界和追求：

> 渔舟逐水爱山春，两岸桃花夹古津。
> 坐看红树不知远，行尽青溪不见人。
> 山口潜行始隈隩，山开旷望旋平陆。
> 遥看一处攒云树，近入千家散花竹。
> 樵客初传汉姓名，居人未改秦衣服。
> 居人共住武陵源，还从物外起田园。
> 月明松下房栊静，日出云中鸡犬喧。
> 惊闻俗客争来集，竞引还家问都邑。
> 平明闾巷扫花开，薄暮渔樵乘水入。
> 初因避地去人间，及至成仙遂不还。
> 峡里谁知有人事，世中遥望空云山。
> 不疑灵境难闻见，尘心未尽思乡县。
> 出洞无论隔山水，辞家终拟长游衍。
> 自谓经过旧不迷，安知峰壑今来变。
> 当时只记入山深，青溪几度到云林。
> 春来遍是桃花水，不辨仙源何处寻。

王维这首诗中把桃源说成"灵境""仙源"，但也有云、树、花、竹、鸡犬、房舍以及闾巷、田园，桃源中人也照样日出而作，日落而息，处处洋溢着人间田园生活的气息。它反映了王维青年时代美好的生活理想，其主题思想与陶渊明散文《桃花源记》基本上是一致的，但没有陶渊明对现实生活的不满。

根据阮堂明（2005）的研究，王维的《蓝田山石门精舍》实际上是以陶渊明的《桃花源记》和王维本人的《桃源行》为基础变化而来的：

> 落日山水好，漾舟信归风。玩奇不觉远，因以缘源穷。
> 遥爱云木秀，初疑路不同。安知清流转，偶与前山通。
> 舍舟理轻策，果然惬所适。老僧四五人，逍遥荫松柏。
> 朝梵林未曙，夜禅山更寂。道心及牧童，世事问樵客。
> 暝宿长林下，焚香卧瑶席。涧芳袭人衣，山月映石壁。
> 再寻畏迷误，明发更登历。笑谢桃源人，花红复来觌。

阮堂明认为，与《桃源行》以桃源为神仙世界不同，《蓝田山石门精舍》则以佛寺为桃源。《桃源行》以桃源为神仙世界,体现的是王维青年时代的思想,那时他受当时道教风气的影响,对虚无缥缈的神仙世界充满了浪漫的幻想与期待,故而将"富艳的才情渗透在那个虚无缥缈的神仙世界之中,就使得这个作品呈现着一种绮丽的风格",诗歌因此弥漫着一种"青春的色彩与气息"(阮堂明 2005:27)。这首诗中他以佛寺为桃源,既没有了《桃花源记》中因为寓托小国寡民的思想而包含的对政治的关切,也没有了《桃源行》以"桃源"喻指神仙世界所体现的单纯的透明与虚妄,而是在诗人参悟了人世变幻,走向退守内心之路之后,将"桃源"赋予了作为安顿心灵的精神家园的意义。

本讲小结

本讲首先介绍经典范畴化理论作为理解原型范畴化理论的背景和基础,然后阐释了原型范畴化理论的核心内涵与主要特征。第三节解说了理想认知模型为文本理解提供客观文化认知理据的实现方式。第四节阐释认知图式对我们理解文学原型及其个性差异发挥作用的方式。此外,本讲以文本细读的方式,展现文学的语言怎样通过偏离原型服务文学主题思想的呈现与刻画。

思考题

1. 原型理论可用于文学批评的哪些方面?
2. 原型理论怎样运用于体裁分析?
3. 原型理论怎样对人物刻画起作用?

拓展阅读参考书目

Taylor, J. R. 1989/1995. *Linguistic Categorization: Prototypes in Linguistic Theory*. Oxford: Oxford University Press.

Lakoff, G. 1987. *Women, Fire, and Dangerous Things*. Chicago: University of Chicago Press.

Lakoff, G. & M. Johnson. 1980. *Metaphors We Live by*. Chicago: University of

Chicago Press.

刘正光. 2006.《语言非范畴化——语言范畴化理论的重要组成部分》. 上海：上海外
　　语教育出版社.

刘正光、李雨晨. 2019.《认知语言学十讲》. 上海：上海外语教育出版社.

非范畴化与表达变异的陌生化效应

范畴化的作用在于从杂乱无章的事实中，建立起结构和次序，以便能够快速有效地处理和存储知识与数据。简要地说，范畴化研究能够有效地解释认知过程中的规律性问题。众所周知，无论是认知系统还是语言系统都在不断地创新与发展，那么，这些创造性是怎样产生的？语言学理论还没有充分解决这个问题。生成语言学理论认为，创造性是语言的内在特征。然而，其创造性实际上指的是语言规则的递归性。**规则的递归性与语言的创新并不完全是一回事。递归性也不能充分反映出语言使用者的主观能动性和认知创造性。**

正如 Heine、Claudi & Hünnemeyer（1991）所指出的，语言系统创新的主要途径之一就是扩展和重组现有的资源。在这个扩展和重组的过程中，范畴成员必然发生地位和资格的变化，即非范畴化。那么，语言系统内非范畴化的工作机制将表明人类认识的工作方式。因此，考察语言非范畴化的主要目的在于揭示语言与认识的发展与创新过程以及它们的相互联系。

第一节　非范畴化与语言和认知创新[①]

众所周知，语言与认知具有紧密的内在联系。随着认识的不断深入和丰富，人的概念系统和认知系统中会不断产生新的内容，而在语言系统中肯定没有现存的表达方式和手段来表达这些新的内容。那么，**怎样弥补概念系统与表达系统之间的空缺既是一个认知问题，也是一个语言问题。**在此情况下，一般会有以下五种选择（Heine、Claudi & Hünnemeyer 1991：27）：

1）发明新的标记符号；

[①]　第一节和第二节内容改写自刘正光（2006）《语言非范畴化——语言范畴化理论的重要组成部分》第一章和第三章。

2）从其他语言或方言中借鉴；

3）创造像拟声词一样的象征性表达式；

4）从现有的词汇和语法形式中构成或衍生新的表达式；

5）扩展原有表达形式的用途以表达新的概念，常见的方法有类比转移、转喻、隐喻等。

Heine、Claudi & Hünnemeyer（1991）同时指出，1）和3）几乎不被采用，一般采用的是2）、4）和5）。人们很少发明新的表达式，而宁愿依赖已有的语言形式和结构。Werner & Kaplan（1963：403）将此概括为"旧瓶装新酒原则"（principle of the exploitation of old means for novel functions）。比如，现在各种汽车展销会，常邀请一些靓丽的青年女子作为形象代言人和促销手段，于是，一个新的名词"车模"产生了。各种媒体为了不断地吸引观众的注意力，在语言规则的运用上，也不拘语法规则限制，如"非常+名词"结构的使用：非常新加坡、非常周末、非常可乐等。以上二例中，"车"已经丧失了名词的一些基本特征，由具体名词转变为了类指名词，"非常+名词"中的名词也丧失了名词的许多特征，由表示指称意义转变为表示陈述意义。它们已经不是典型意义上的名词，或者说，它们已经发生了一定程度的非范畴化。这说明，**语言创新和非范畴化的主要动因都产生于人类认识与实际交际的现实需要**。

语言实体在认知和交际过程中不断获得的新的意义和功能体现为词、构式等的多义性。就目前的研究成果而言，原型范畴化理论在解释词汇和构式语义多义性的相互关系方面已经取得了成功，但怎样解释词和构式的功能多义性①的产生过程和相互关系还没有引起专家和学者们应有的重视，以"手"为例：

（1）a. 他的双<u>手</u>都受伤了。

　　　b. 聋哑人用<u>手</u>语交际。

　　　c. 他要<u>手</u>刃仇人。

（1a）中的"手"是典型意义上的名词，有指称意义，可以被数词或其

---

① 本书中的功能多义性的真正含义是语言实体的多功能性（multifunctionality）。我们使用功能多义性主要是为了和语义多义性（semantic polysemy）形成对应。这样使用是基于二者具有相同的本质特征：同一个词素在不同的层次上具有不同的意义。功能多义性指语言实体在句法层次具有不同范畴的功能或意义，语义多义性指语言实体在语义层次具有一定联系的不同意义。

他成分修饰；（1b）中的"手"充当形容词使用，表示类指意义，不能再被（1a）中能够出现的修饰成分修饰了；（1c）中的"手"起副词的作用，表示行为的方式，相当于"亲手"的意义。

第二节　非范畴化理论的基本含义与主要特征

非范畴化是基于原型范畴化理论关于范畴的动态观提出来的。范畴的动态性为范畴发生转移打开了方便之门。范畴转移的过程实际就是非范畴化的演进过程。

2.1　非范畴化的含义

刘正光（2006：61–68）界定了非范畴化的含义并阐明了其主要特征。非范畴化不但是语言变化与发展的重要途径，更是人类认识的一种重要方式，即它一方面是语言变化的，另一方面是认识方法的。

在语言层面，非范畴化指在一定的条件下范畴成员逐渐失去范畴特征的过程。范畴成员在非范畴化后到重新范畴化之前处于一种不稳定的中间状态，即在原有范畴和即将进入的新范畴之间会存在模糊的中间范畴，这类中间范畴丧失了原有范畴的某些典型特征，但同时也获得了新范畴的某些特征。例如：

(2) a. I *have been considering* all the possible consequences of the action.
   b. *Carefully considering/Having carefully considered* all the evidence, the panel delivered its verdict.
   c. *Considering* you are still so young, your achievement is great.
   d. **Having carefully considered* you are still so young, your achievement is great.

在（2a）中，consider 具有时态、体态、人称与数等动词具有的典型特征。在（2b）中，consider 的分词形式可以带自己的宾语和状语，可以有体的变化，同时要求省略的逻辑主语与句子的主语一致等，但没有时态的变化和人称与数的一致的限制。也就是说，consider 还具有动词的部分特征，但也丧失了最根本的特征，不能有时态变化。Considering

只是部分地非范畴化了，故称之为非谓语动词。而在（2c）中，consider 作为动词的全部特征都丧失了。至此，它由动词转换成了连词（有的人认为是介词）。功能和范畴的转换由此完成了。当功能和范畴转换完成后，（2d）不可接受就容易理解了。

在认识方法论层次，非范畴化是一种思维创新方式和认知过程。以"这个地方很乡村"中的"乡村"表示描述性意义为例，在语言使用层次，该名词体现为承担形容词的功能。在方法论层次，它以现有的语言资源表达说/写者想要表达的特定思想内容，这一过程强调了原有概念在认知发展过程中的作用和人类知识的相互作用与联系。在认知操作层次，它用转喻的方式扩展名词原有的意义，以范畴隐喻实现范畴身份的改变，例如"他今晚很绅士"。

就"绅士"的句法功能而言，它相当于形容词。这只是思想内容的外化形式。但说/写者为什么不直接用"彬彬有礼"或"风度翩翩"或"体贴关怀"等形容词呢？其实，理据已经很明显了，这里任何一个形容词都无法表达"绅士"在句中那么丰富的意义。也就是说，概念内容与语言表达式之间产生了空缺。于是，说/写者在特定的语用环境中将"绅士"赋予了更多的含义。这个含义是临时附加的，其内在认知过程是转喻。因为以上这些意义都属于"绅士"这个概念域，在转喻的作用下，它们可以随时被激活而添加到话语中。

刘正光（2006：63）指出，非范畴化与范畴化就像一个硬币的两个面，二者共同构成一个有机的整体、一个完整的过程。如果说范畴化是寻求共性的过程，那么，非范畴化则是寻求个性的过程。既然范畴化是一个过程，就应该有起点、中间状态和终点。更重要的是，范畴化的过程应该是动态的、不断发展的，只有这样才符合认识不断向前发展的客观事实。我们用下图表示范畴化的完整过程：

图 1　范畴化过程图

箭头上的"范畴化"是总称，下面的几个阶段是范畴化的过程，即实体从无范畴状态到有范畴状态（并次范畴化），然后又失去原范畴的某些特征，开始非范畴化的过程，经多次、反复使用之后，实体从一种中间状态逐渐过渡成为一种具有稳定范畴身份的实体，完成重新范畴化过程。箭头的虚线部分表示范畴化是一个由这样的不同阶段组成的循环往复过程，还可能发生第二次、第三次非范畴化。这既是认识过程的一种表现，也是语言发生变化的动因之一。非范畴化的作用在于打破原有的平衡状态，实现新的突破，建立新的关系与联系。

非范畴化不是对范畴化理论的反对，而是对范畴化理论的完善与发展。

2.2 非范畴化的特征

语言非范畴化具有以下特征：1）在语义上，指称与陈述相互转化，意义主观化；2）在句法形态上，范畴的某些典型分布特征（句法/语义特征）消失，范畴之间的对立中性化（Taylor 1989/1995：194），范畴分布特征的消失为范畴成员跨越自己的边界或者说为一个范畴中的实体进入另一范畴打开了方便之门；3）在语篇和信息组织上，发生功能扩展或转移；4）在范畴属性上，或由高范畴属性成员转变为低范畴属性成员，或发生范畴转移。

2.2.1 语义特征

2.2.1.1 指称与陈述的相互转换

名词和动词是语言系统中两个最基本的范畴。从原型功能看，名词指称世界的存在，动词陈述世界的存在方式或存在关系。但是在实际的微观语言使用中，名词也可以表达陈述功能，动词也可以报告一个事件的发生而具有指称意义。当指称转换为陈述以后，语言表达式就会带上说话人的主观评价意义。

考察名词的意义由指称转变为陈述，可以在两个层次上进行（刘正光 2006：106-109）：一是在名词本范畴内；二是跨范畴，如名词转变为形容词。在名词本范畴内，名词可以包含这样几个发生了一定程度的非范畴化的次类：类名词、分类量词（又称分类名词）、关系名词、连接性名词。名词中的这些次类一般是从具体名词非范畴化而来的，如：

（3）a. 他养的那条狗早晨也要喝牛奶。

b. 进门看颜色，打狗看主人。

在（3a）中，名词"狗"有指称意义，指现实世界中真实存在的一条确定的狗；而它在（3b）中没有指称意义，只表示认识当中虚拟存在的狗这个类。

当名词转化为形容词使用时，主要表示"性质"意义，即陈述意义，如（4a）中的"特朗普"表示指称意义，而（4b）中的"特朗普$_2$"表示"性质"意义或"描述性"意义，指特朗普的个性特征：

（4）a. 特朗普做生意很厉害。

　　 b. 他这个人比特朗普$_1$还特朗普$_2$。

当名词转变为副词使用时，陈述行为的方式、工具、处所等，如：

（5）a. 他脚痛。

　　 b. 他拳打脚踢打趴了一群小混混。

既然名词可以分为不同次类，动词也可以分成不同的次类。不同的次类所具有的范畴属性特征有多少之别。特征越多，越接近原型范畴。在动词这个范畴中，典型的动词是行为动词，因为行为动词报告事件的发生，所以比状态动词的范畴属性高。因此，动词非范畴化的初期肯定是转变为表示状态意义。这种状态意义既可以是物理状态，也可以是心理状态；既可以是真实状态，也可以是非真实状态。事实上，动词由报告事件的发生到表示存在的状态，也就是完成了由指称到陈述的转变。例如：

（6）a. He *broke* the world record in yesterday's match.

　　 b. The *broken* record was created in the 20th Olympic Games.

（7）a. He *gave out* all his money to the needy.

　　 b. If he *had given out* all his money to the needy, he would have nothing more to offer to the foundation now.

（6）和（7）a 句中的斜体动词表示事件的发生，具有指称意义，指称一个具体事件的发生，而在 b 句中表示状态。（6b）中的谓语动词表示实际存在的状态，（7b）中的谓语动词表示非真实的状态。

无论是在英语还是汉语中，当动词出现在主宾语位置上时，动词就由陈述转变为了表示指称意义。这一转换过程称之为名物化。在英语中，名物化由形态句法特征体现出来，而在汉语中由句法位置体现出来。

（8）a. He *published* a book last year.

b. *Publishing* the book cost him a lot of money.

（9）a. 他用这笔经费<u>出版</u>了一部学术著作。

b. 这部学术著作的<u>出版</u>花掉了他一大笔经费。

2.2.1.2　意义的主观化

意义的主观化指，在言语和作品的动态生产过程中，语言材料可能以新奇的方式被使用以表达说/写者的观点或态度，如对可不可说、是否显而易见、相关与否、礼貌与否等等的考虑（Traugott & Dasher 2002：20）。主观化有两种不同的观点。一是认知语法体系里考察问题的视角（perspective or vantage point）（Langacker 1999a）。二是认知语用的视角，包含三个相互重叠的方面（Traugott 1989，1995）：1）从外在的描写转移到内在的评估；2）扩展到语篇和元语言用法；3）说话者的判断内容不断介入。简单说来就是，主观化指说话过程中不断加入说话人认识的过程或策略。

与意义主观化紧密相关的是意义的主观性。二者略有不同。主观性指说话人在话语中，或多或少带有"自我"的表现成分，即说话人在说出某话语的同时表明对自己所说的话的立场、态度和情感，从而在话语中留下自我的印记（Lyons 1977：739；Stubbs 1986：1；Finegan 1995：1）。主观性在语言的共时层面无处不在，表现在以下相互联系的三个方面：1）说话人的情感；2）说话人的视角；3）说话人的认识（沈家煊 2002）。例如（刘正光 2006：109-110）：

（10）a. *baby* corn（potato）

b. <u>虎（犬）</u>子

（11）a. 我们成了<u>铁</u>哥们儿，至今仍然很"<u>铁</u>"。

b. 我的姿势很<u>君子</u>，樊丹说："我跳得不好是不是？"

（程琳《警察与流氓》《当代》2004/1：p31）

（10a）是两种蔬菜名称，指很嫩、很小的玉米和土豆。baby 一词表达了命名者对该类食物的钟情与喜爱以及主观判断。（10b）中的"虎子"是对他人儿子的称呼，"犬子"是对说话人自己儿子的称呼。两者都表示儿子，但却传达了完全不同的视角。"虎子"是对他人表示尊敬，"犬子"是自谦。但在结构上，两者都是"名词+名词"组成的概念合成名词。"baby、虎、犬"这三个词都已经丧失了指称意义，充当非谓语形容词使用，表达的是它们的联想意义。（11a）中的"铁"表达了说话人钟情于两人之间的牢固的友谊，"铁"作为自然物质的含义已经荡然无存。（11b）中的"很君子"传达了"我"在礼节上的距离，而使樊丹有点不高兴。

2.2.2 形态变化特征的消失

英语的形态变化比汉语更丰富。下面我们考察 have 的形态句法表现、功能与范畴的转移情况。

（12）a. He has/had to write.

　　　b. He has had to write.

　　　c. He doesn't（didn't）have to write.

　　　d. Does（Did）he have to write?

　　　e. *He is/was having to write.

　　　f. *He was had to write.

　　　g. *He should have to write.

（12a）—（12g）表明，虽然 have to 已经充当助动词使用，但仍然具有实义动词的部分句法特征，如第三人称的变化，可以用于一般现在时和一般过去时，可以借助于 do 的某种形式来构成疑问句等。同时，（12e）—（12g）表明，它已经丧失了实义动词的许多句法特征，因此它的时态、体态以及语态的变化受限制，与其他助动词的共现受限制等。

2.2.3 功能与范畴的转移

原型意义上的名词表示"事物"（THING），具有所指意义，充当主宾语。原型意义上的动词报告一个事件的发生，可以体现动词范畴的所有形态句法特征，在句中充当谓语。虽然非范畴化的体现形式是形态句法特征的改变与消失，但与意义和功能的转移紧密联系。上面我们已经仔细分析了语义变化的情况。事实上，我们在阐释非范畴化的含义和其他特征时已经涉及了功能和范畴转移问题。比如，（2）中的 consider，在（2a）中是动词作谓语，在（2b）中是现在分词作状语，在（2c）中是介词或连词引导状语从句。

2.3 非范畴化与功能多义性

在外文文学作品阅读过程中，一个常见的现象是，即使作品的文字都认识，但阅读完了以后，对作品表达的意义却不甚了了。主要原因可能有两个：一个是不了解作品中包含的文化因素，造成理解上的困难；另一个是作品中的语词，尤其是抽象的结构，在使用过程中具有多义性。多义性既是语言学习的难点，也是阅读理解的难点。上面的例子都不同程度地反映出语词或表达式在非范畴化的作用下产生了多义性。

一般而言，语义上的多义性指语言实体不仅具有不同但彼此相联系的意义，还具有共时层面的特征。多义性之间的相关性具有程度差异。功能多义性指由同一个语言实体衍生出的不同意义或功能，这些意义属于不同的形态句法范畴，既具有共时特征，也具有历时的特征。下面我们以英语中一般现在时的不同意义说明这个特征，如：

(13) a. I apologize for interrupting you.

b. Jack passes the ball to Henry and Henry passes it to Tom.

c. The flight leaves at eleven.

d. Jack drinks heavily.

e. Smoking kills.

f. The earth revolves around the sun.

g. God bless you!

时态的原型功能是指称事件发生的时间。学过英语的人都有体会，一般现在时看似简单，但可能是最难掌握好的一个语法结构，因为一般现在时有太多的特殊用法。

理解与使用一般现在时的关键问题是，要确定说话时间与事件发生的时间具有同时性，因为从逻辑上来讲，一般现在时指称的时间必然是与说话同时的"现在"。由于说话时间与事件时间难以真正实现"同时"，所以一般现在时被认为不表现在。随之而来的一个问题是完成性（终止性）动词由于难以实现"同时性"而不能用于一般现在时的问题。但语言使用的现实是，这类动词大量用于一般现在时表示非现在意义。究其原因，是因为人们在认知的主观能动性作用下，把"现在"的范畴边界不断地扩展（实际上就是非范畴化）导致了一般现在时由指称意义转向陈述意义。

由此，刘正光、张紫烟、孙玉慧（2022）对一般现在时的用法作出了合理的解释。一般现在时只有在终止性动词用于表达"道歉、命名、命令、承诺"等言语行为意义时，才能真正表示说话时间和事件发生时间"同时"，如（13a）。这是一般现在时的指称用法，即原型用法。其余的用法都是非范畴化以后产生的功能多义性。新闻报道的标题、体育解说比赛是说话人把邻近的过去识解为共时的现在，使用一般现在时实际上在陈述一个刚发生的事件，而不是指称事件发生的时间，如（13b）。同样，说话人会把即将（邻近的将来）发生的事件，尤其是根据计划或安排将要发生的事件识解为共时的现在，陈述某种即将出现的情形，如（13c）。习惯性行为、舞台说明都用一般现在时，实际上也是陈述一个发生在任意时间、任意地点、任意某个人的某种情形，同样也不是报告现在发生的事件，如（13d）—（13f）。这实际上是把现在泛化为一个任意的现在。客观存在与客观真理用一般现在时也是这个道理。有趣的是（13g）。根据一般规则，第三人称单数用一般现在时，需要加-es 或-s。显而易见，God 是第三人称单数，谓语动词 bless 却没有加-es。表示命令要求的句子里也是这样使用。其实，这表明这样的一般现在时仅仅是陈述说话人的一种态度而已。事件发生与否与己无关。所以即使美国人天天向上帝祷告，上帝也不会万事保佑他们。这实际上是将现在无时化了，即不与时间发生任何关系。

第三节　非范畴化与表达形式的变异

变异指偏离常规（norm）或定型（stereotype）的表达方式。变异被认为是文学语言的实质，本质上是一种审美追求，是产生文学效应的一种路径（冯广艺 2004：246-248）。文学中的变异，可以发生在各种不同的层面，如语言层面、表达形式层面、风格层面，主题层面等。从认知上来说，变异实际上就是非范畴化。

3.1　语言实体层面的变异

语言实体层面的变异，我们主要讨论词类的活用，即词类范畴的非范畴化，如：

(14) a. 吃了么？好了么？老栓，就是运气了你！你运气，要不是我信息灵。（鲁迅《药》）

    b. Sparkling diamond marriage is *rock* solid. （*Reading Central* 04/12/2002）

c. Unemployment has reached *record* high. (*Channel 4 news* 12/02/03)

d. Apart from Portsmouth and Leicester（teams），there's nobody *head and shoulders* above the rest. (*Reading Chronicle* 13/02/03)

e. 新年的感觉是：一大家子忙碌的人该歇歇了，大家聚在一起，在家里做一顿鸡鸭鱼肉全席，再来一点五粮液或全兴酒，<u>海吃海喝</u>，……。(《人民日报》海外版，2003，1，25)

（15）a. 再往前数步，就是<u>一劈</u>直立的山崖，小路便贴在山崖沿处。

b. 刚洒过<u>一泼</u>"跑山雨"，虽嫌毛毛躁躁，却是把灼灼逼人达到暑热给杀乖了点。

c. 又似<u>一耸</u>游移的火山。

d. 沙发上供着<u>一插</u>康乃馨，窗外盛开着满树芙蓉。(王希杰1990)

（14a）中，名词"运气"用作动词，更直接地体现出说话人的霸道，明明是占了老栓的便宜，还说人家运气好。（14b）—（14e）里的名词或名词短语"rock""record""head and shoulders""海"都用作副词，表示程度或行为方式。这样的非范畴化产生的词类活用最大的表达效果是简洁有力。

（15）是动词活用为名量词。动词非范畴化为名量词既有表达运动的意义，又有空间存在的意义，时空交融，静态的情景具有了动态的画面感。

3.2　表达方式的变异

（16）这时候的周道同志终于明白了，<u>一个人就是一个人</u>，<u>一棵树就是一棵树</u>，<u>一粒米就是一粒米</u>，<u>一碗水就是一碗水</u>，<u>民国二十四年就是民国二十四年</u>，<u>公元一九三五年就是一九三五年</u>，<u>无期徒刑就是无期徒刑</u>，<u>终身监禁就是终身监禁</u>，<u>天津码头就是天津码头</u>，<u>狗不理包子就是狗不理包子</u>，<u>手榴弹就是手榴弹</u>，<u>卢大少爷就是卢大少爷</u>，<u>卢犯就是卢犯</u>。人间万

　　事万物那是根本不能互相比喻的。

　　（肖克凡《一九三五年的真相》，《小说月报》2004/9：44）

（16）要表达的就是"人间万事万物那是根本不能互相比喻的"，但作者采用了琐细、同义反复的表达方式，来强调事物的多样性和差异性。就语言结构本身而言，"NP₁（就）是 NP₂"这样的结构如果是并举，表示对立差异。本段文字中，在并举的基础上并列，是把对立差异的范围延伸至更广的范围。NP₁ 和 NP₂ 都表示概念的外延。严格说来，该构式应该是"NP₁ 是 NP₁"，**强调 NP 的外延**，表示**不允许/不可能/不愿意发生外延方面的转移**，主要用于对比性结构中，强调该构式中表达的事物与后面构式中的事物的差异，彼此之间没有联系，不能混为一谈。最后的一句评论性话语充分说明了这一特征。

　　英语中的十四行诗（sonnet）源自意大利语 sonetto，是短歌之意。每首诗由 14 行、每行 11 个音节组成，又被称为彼特拉克体（Francesco Petrarca）。后来又产生了称之为莎士比亚十四行诗的英国十四行诗，以及斯宾塞体十四行诗等。后两者是在彼特拉克体的基础上发展起来的。一般而言，前三节各四行，第四节两行构成对句。

　　下面这首莎士比亚的英语十四行诗（第99首）的变异体现在第一节有五行，十四行诗变成了十五行诗。

（17）The forward violet thus did I chide：
　　　Sweet thief, when didst thou steal thy sweet that smells,
　　　If not from my lover's breath? The purple pride
　　　Which on thy soft cheek for complexion dwells
　　　In my love's veins thou hast too grossly dy'd.

　　　The lily I condemned for thy hand,
　　　And buds of marjoram had stol'n thy hair;
　　　The roses fearfully on thorns did stand,
　　　One blushing shame, another white despair;

　　　A third, nor red nor white, had stol'n both,
　　　And to his robbery had annex'd thy breath;
　　　But, for his theft, in pride of all his growth
　　　A vengeful canker eat him up to death.

More flowers I noted, yet I none could see,
But sweet, or colour it had stol'n from thee.

　　莎士比亚为什么在第一节里突破常规而多写了一行，有各种不同的阐释。崔传明、石磊（2010）认为是为了区分 thou 指向的两个不同的对象。第一节中的 thou 指紫罗兰，从第二节开始 thou 指诗人的爱友（男青年）。第一节多一行是为了暗示 thou 的不同所指，否则会认为 thou 指同一个人，变得晦涩难懂。莎士比亚通过突破原有的诗节行数的安排，巧妙地暗示了其所指对象的差异，使这首诗成了经典名篇。

　　莎士比亚的另一经典名篇（第 126 首）也突破了十四行诗的基本要求，只有 12 行，如：

（18）O thou, my lovely boy, who in thy power
　　　Dost hold Time's glass, his sickle, hour;
　　　Who hast by waning grown, and therein showest
　　　The lovers withering, as thy sweet self growest.

　　　If Nature, sovereign mistress over wrack,
　　　As thou goest onwards still will pluck thee back,
　　　She keeps thee to this purpose, that her skill
　　　May time disgrace and wretched minutes kill.

　　　Yet fear her, O thou minion of her pleasure!
　　　She may detain, but not still keep, her treasure:
　　　Her audit (though delayed) answered must be,
　　　And her quietus is to render thee.

　　莎士比亚的第 126 首十四行诗在莎士比亚 154 首十四行诗里起着转折点的作用，将第一部分和第二部分前后承接起来，是他描写爱情的一个转折点、一个分界线、一个里程碑。

　　第 126 首之前的十四行诗主要表达：1）时间是青春和美丽的不共戴天的敌人，但战胜了这个敌人就可以永葆青春；2）对爱友的爱，这种爱既有甜蜜又有忧伤，波澜起伏；3）时间的流转，即春夏秋冬的变化和白天与黑夜的交替。第 126 首之后，写的是诗人的爱情转移到了一位"黑女郎"身上，这个女子放荡、性格乖戾、多情、善于折磨人，不美却蛊。诗人一度对她痴心不已，弄到自己伤痕累累却还是甘愿如此，得不偿失。因为她，诗人和爱友之间发生了分裂，最后落得一无所有（崔传明、石磊 2010）。

　　上述分析表明，莎士比亚形式的变异是为了铺垫他的十四行诗整个创作主题的变化。

第四节　非范畴化与表达功能的变异

　　中国古典诗歌中，有一种常见的现象，即一行甚至几行诗全都由名词短语并置构成，如：

> （19）枯藤老树昏鸦，小桥流水人家，古道西风瘦马。夕阳西下，断肠人在天涯。（马致远《天净沙·秋思》）

　　"枯藤老树昏鸦，小桥流水人家，古道西风瘦马。"这三句全由名词短语组成。这样的诗歌语言表达方式有两个基本特征：1）句法上突破了组合关系和聚合关系的常规限制，主要体现为本来属于聚合关系的成分置入到了组合关系之中；2）并置的名词主要表示描述性意义。前人的一些零散研究主要考察了其话语修辞效果或者语篇连贯的方式，认为这种新的名词用法产生了非常独特的修辞效果。

　　本质上而言，用独特的修辞效果来概括这类诗歌表达形式的文学意义，是模糊不清，不甚了了的。下面我们用非范畴化理论来解释。

　　这里我们从认知语言学的角度考察以下两个基本问题：1）名词短语何以能够这样并置在一起？2）独特的修辞效果是怎么来的？

4.1　名词的非范畴化与名词的描述功能

　　如前所述，名词的典型（原型）功能是指称事物的存在，在句子里一般作主宾语。如果作其他成分，则发生了一定程度的非范畴化。在（19）中的前三句里，名词短语"枯藤、老树、昏鸦、小桥、流水、人家、古道、西风、瘦马"都是没有指称意义的名词短语，它们主要是一个又一个意象的呈现，这些意象与后面的"夕阳"和"断肠人"共同构成一幅深秋景色的画面，即描述一个秋天的场景。这里的九个景象分为三组，都是以名词为中心语的名词短语，语言简洁，图像清晰突出，给人以鲜明的印象。第一组"枯藤、老树、昏鸦"呈现萧瑟、黯淡的画面。第二组"小桥、流水、人家"呈现恬静、温馨的画面。第三组"古道、西风、瘦马"呈现凄凉、低沉的画面。名词短语所描写的事物构成一幅幅画面或场景时，不管其本身是否具有描述性，都会带上描写性（李宇明 2002：433）。

当名词获得描述性意义与描写功能时，名词已经发生了一定程度的非范畴化。名词的非范畴化在语义和功能上具有以下特征：在语义上，丧失指称意义，语义抽象与泛化；在语篇功能上，不能引进话语参与者；在句法形态上，不能再被量词修饰，前置修饰成分受到严格限制，不能被指示词修饰（时间名词除外）（刘正光、刘润清 2003；刘正光 2006：129-150）。如果以这些特征去检验（19）中的前三行诗的话，完全可以得到验证，我们很难说"一根枯藤、一棵老树、一只昏鸦、一座小桥、奔流的河水、一户人家、一条古道、萧瑟的西风、一匹瘦马"。如果这样改写的话，全诗就完全是报告实际存在的对象，而不是写意抒情了。从某种意义上来说，这样的诗行中的名词短语都有诗人的主观感受的成分在里面。再比如：

(20) 红酥手，黄縢酒，满城春色宫墙柳。东风恶，欢情薄。一怀愁绪，几年离索。错！错！错！

春如旧，人空瘦，泪痕红浥鲛绡透。桃花落，闲池阁。山盟虽在，锦书难托。莫，莫，莫！（陆游《钗头凤》）

(21) 朱雀桥边野草花，乌衣巷口夕阳斜。

旧时王谢堂前燕，飞入寻常百姓家。（刘禹锡《乌衣巷》）

(22)　　　　　　茶

　　　　　茶，茶。

　　　　香叶，嫩芽。

　　　慕诗客，爱僧家。①

　　碾雕白玉，罗织红纱。

　铫尖黄蕊色，婉转曲尘花。

夜后邀陪明月，晨前命对朝霞。

洗尽古今人不倦，将知醉后岂堪夸。（元稹《宝塔茶诗》）

---

① 有人认为，"慕诗客，爱僧家"应该看成倒装句。笔者认为应将它们看成名词短语，更符合全诗的风格，在语义上也与前面三行构成一个整体：茶、茶的特征、品茶者。

（20）中的"红酥手"表现女性的优美仪态，陆游用转喻的手法通过对手的描写来衬托唐氏仪容的婉丽，"黄縢酒"转指敬酒的行为事件以及该事件所包含的"温柔体贴"的言外之意。两句合起来暗示依然美貌的唐氏捧酒相劝的殷勤之意。这一情境陡地唤起词人无限的感慨与回忆：当年的沈园和禹迹寺，曾是这一对恩爱夫妻携手游赏之地。曾几何时鸳侣分散，爱妻易嫁他人。满城春色依旧，而人事全非。"宫墙柳"虽然是写眼前的实景，但同时也隐喻性地表达可望而难近这一层意思。（21）中的"朱雀桥边、野草花、乌衣巷口、夕阳、旧时、王谢堂前、燕"这些名词短语都是转喻性地描绘历史变迁中的物是人非、沧海桑田的感慨。朱雀桥旁、乌衣巷里曾一度是高门望族的聚集之处，如今时过境迁，昔日繁华已如落花流水不复存在了。诗人选用了意蕴深刻的意象：野草、斜阳，其中最具匠心的是"飞燕"的形象，燕子彼时飞入高门，如今那高门深宅已成了百姓家，飞燕成为历史的见证人。（22）是元稹的宝塔茶诗，前两行实际是一个"茶"字转指慢慢品茶的行为与过程。"香叶""嫩芽"描写茶之芬芳与楚楚的形态，"慕诗客""爱僧家"转指爱茶之深的情怀，因为无论是"慕诗客"还是"爱僧家"都是一往情深之人，只是途径与方式不一样而已。例（22）具有双重性。首先是前几行全用名词来描写一个静态的场景，茶、具有诱人特色的茶叶和高品位的爱茶客。名词并置的效果是直接表现出品茗者那种宁静致远的神态。其次，该诗也可看成一首形体诗（concrete poem）。形体诗的形式本身就具有描述性意义。无论是名词短语并置还是由名词短语构成的形体诗，我们看到的是一种"存在"状态，而"衍变"状态只体现于作为展现者的诗歌本身（阿恩海姆 1994：127）。

以上分析表明，这些诗行中的名词短语都具有某种比喻或象征意义，在范畴与功能上都发生了一定程度的非范畴化。

名词性短语的并置，表面上只是一些名词或名词性短语的聚合，实际上是根据语境和诗的整体画面或意境将那些表达各名词之间关系的动词和关系词隐藏起来，给读者以更多的主观识解的空间。

4.2　聚合关系和组合关系重叠与名词并置中的非范畴化

语言系统的一个基本特征是，词（语言单位）总是处于组合关系和聚合关系的二维关系系统之中。从纵向的角度看，词（语言单位）具有聚合关系，即具有相同语法功能或地位的词聚合成一类，在语言运用中可以相互替代。从横向的角度看，词具有组合关系。（不同类的）词和词组按一定的句法规则构成句法结构，或者说进行各种不同的排列组合。能够替代的必须是同类成分，能够组合的必须是不同类的语言单位。名词这个类中的所有成员之间的关系本应该是聚合关系。当诗人强行将名词短语并置时，虽然从表面上看，名词短语的并置凸显了其聚合关系，但实际上是将名词的聚合关系特征置于次要地位，或者干脆视聚合关系特征于不顾，而将它们强行置入组合关系之中。然而由于认知习惯的影响，人们将名词短语的并置识解为聚合关系。这样一来，聚合关系和组合关系实际上通过不同层次的认知运作，实现了暂时的重叠。名词短语在并置的过程中，其原有范畴属性特征必然或多或少地被中性化或被临时取消，即发生非范畴化。因此，非范畴化就为名词短语共同进入组合关系铺平了道路。或者说，名词在并置的过程中，在保留其聚合关系的同时，又获得了进入组合关系的能力。

耿占春（1993：176）在讨论名词性表达在诗歌语言中的作用与特征时指出，名词本身不同于形容词或动词，其他词类都有选择性成分，而名词没有。因此，名词就不像其他词类那样引出组合关系，由于自足性，名词或名词意象不引出被选择限制所规范化的组合反应，却可引起丰富的聚合关系。这使得诗人更容易超越词的选择限制与组合规则，得以把聚合关系或联想系列的对等性加诸组合轴上。没有语法关系的名词意象的组合或并置在近体诗中是一种常见的模式。

耿占春的观察是符合客观实际的，其认识也是深入的，但不完全正确。如果说，名词短语并置导致组合关系在诗歌中消失的话，这样的名词短语并置后的美学效果就无法获得解释。比如，静中见动这样的美学效果，是靠我们认知结构中关于语言系统所具有的组合关系知识而缺省推理出来的。也就是说，这样的名词短语并置以后，由于"静"的凸显，而将"动"隐形到了背景的地位，或者说二者重叠起来了。再例如：

（23）晨起动征铎，客行悲故乡。
　　　　鸡声茅店月，人迹板桥霜。
　　　　槲叶落山路，枳花明驿墙。
　　　　因思杜陵梦，凫雁满回塘。（温庭筠《商山早行》）
（24）慈母手中线，游子身上衣；

　　　　临行密密缝，意恐迟迟归。

　　　　谁言寸草心，报得三春晖？（孟郊《游子吟》）

（25）春山暖日和风，阑干楼阁帘栊，杨柳秋千院中。啼莺舞燕，
　　　小桥流水飞红。（白朴《天净沙·春》）

（26）孤村落日残霞，轻烟老树寒鸦，一点飞鸿影下。青山绿水，
　　　白草红叶黄花。（白朴《天净沙·秋》）

（27）一片两片三四片，

　　　五六七八九十片，

　　　千片万片无数片，

　　　飞入梅花都不见。（郑板桥《咏雪》）

　　温庭筠在"鸡声茅店月，人迹板桥霜"中，把几个名词短语连缀
排列，将形式上的所有组合性语法关系隐含起来。这个过程其实也就
是同时赋予并置的名词短语组合关系的过程。两行十字写六件事物，
全用名词，罗列出听觉及视觉等意象，创造了一幅清冷、辛劳的踏霜
早行图。名词所呈现的静态画面更加强化了"早行"的悄然以及心情
的沉重与落魄。诗人虽然隐去了语法上的组合关系，却从另外的途径
进行了一定的补偿：意象的呈现根据由远及近的时空关系铺排，这种
铺排，从感知的角度看，也是由远及近，先听觉后视觉。诗中尽管略
去了动词等组合成分，无动词而有动妙，无中见有、静中觅动，这是
一种艺术辩证法。

　　（19）中的"枯藤老树昏鸦，小桥流水人家，古道西风瘦马……"
连续九个名词并置，组合关系的缺位由诗中的意象流动来弥补，描绘
出荒凉萧瑟的景象，成为脍炙人口的佳句。（24）中的"慈母手中线，
游子身上衣"，组合关系由两行诗所构成的语义上的因果关系来补位。
这样的佳句再如宋代词人柳永的"有三秋桂子，十里荷花"，虽名词直
陈，却是色与景共舞，香与光齐飞；"杨柳岸，晓风残月"也是名词白
描，其动人之处也是以"无动"生发"上乘动妙"。

　　（25）（26）是元代白朴的两首小令，采用了绘画的技巧，将一组
组画面有机地组合起来呈现给读者。两首诗基本上都是名词短语。
（25）中的"春山暖日和风"，简简单单六个字三个名词短语就勾画出
风和日丽的美好春天的自然环境。而庭院里的春景，则有袅娜柳枝，
秋千轻悬，小桥流水，落英缤纷。"啼莺舞燕，小桥流水飞红"是一幅
春意盎然、充满生机的画面。从认知机理来看，这样的名词短语大多

表示与此相关的活动或事件，可以说具有转喻的性质。尤其是"阑干楼阁帘栊"更是古代少女赏春的典型场景，这里实际也是一种转喻。(26)与马致远的《天净沙·秋思》有相似之处。"孤村落日残霞，轻烟老树寒鸦"中静态的自然景物构成的意象是缺乏生命的冷寂，与"青山绿水，白草红叶黄花"构成一幅对比性的画面，后者呈现的意象明朗、富有生命力。这样的自然景物在中国文学与艺术中都是转喻性地表达作者的主观体验的手段。当名词或名词短语转喻性使用时，实际上都已经发生了非范畴化，因为它们都由指称转变成了描述或陈述。

（27）基本是用数字短语构成的。数字短语从大类上也可以归入名词性短语。(27)据传是郑板桥所作的《咏雪》，相传郑板桥参加友人在扬州"小玲珑山馆"举行的元宵诗会，正值漫天雪花飞舞，便以咏雪为题，每人吟诗一首。当郑板桥吟前三句时，举座皆笑，以为郑板桥这次要出丑了。谁知道这位怪才用逆挽法结句，出奇制胜，赢得一片赞赏声，因为这些数量短语结构构筑出漫天雪舞，雪越下越大的动态雪景。

以上分析表明，诗句中的名词聚合关系与组合关系能够重叠，是由于这些诗句中的名词都是主要用来描写情景的。由于其描写性特征，它们都或多或少地具有了转喻的特征。从表面上看，这些名词并置在一起，违反了句法规则，但由于这样使用的名词主要是起描写的作用，获得了新的功能，因此在本质上又遵守了聚合关系和组合关系的要求。这里在认知方式上起作用的是非范畴化。非范畴化使它们获得了新的功能。

4.3 楹联中的名词短语并置

楹联是中国文化的特有现象，也是一种诗中的精华和诗中的趣品，是"最具中国文学特色"（陈寅恪语）的微型文学作品。楹联中，名词短语并置的现象非常普遍：

（28）白菜青盐糙米饭，瓦壶天水菊花茶。（郑板桥）

（29）残月晓风杨柳岸，淡云微雨杏花天。（佚名）

（30）三面湖光，四围山色；
　　　一帘松翠，十里荷香。（佚名）

（31）烟雨湖山六朝梦，英雄儿女一枰棋。（范仕义）

（32）蒲叶桃叶葡萄叶草本木本，梅花桂花玫瑰花春香秋香。
（解缙）

据传，一次郑板桥到东台白驹去探望多年未见的老友，此人精通诗文，但无意功名，过着清贫生活，家中挂有一副堂联："粗茶淡饭布衣裳，这点福让老夫享受；齐家治国平天下，那些事有儿辈担当。"郑很钦佩，两人品茗叙旧，十分投机，主人招待的也是粗茶淡饭。郑感其谊，临别以该联相赠。联语既反映了两人的深厚情谊和清贫自乐的生活态度，也反映作者深谙养生之道。

（29）是一副对联，借用了柳永的《雨霖铃》这首脍炙人口的精品。《雨霖铃》全词遣词造句不着痕迹，绘景直白自然，场面栩栩如生，起承转合优雅从容，情景交融，蕴藉深沉，将情人惜别时的真情实感表达得缠绵悱恻，凄婉动人，堪称抒写别情的千古名篇，也是柳词和婉约词的代表作：

（33）寒蝉凄切，对长亭晚，骤雨初歇。都门帐饮无绪，留恋处，兰舟催发。执手相看泪眼，竟无语凝噎。念去去，千里烟波，暮霭沉沉楚天阔。
多情自古伤离别，更那堪冷落清秋节！今宵酒醒何处？杨柳岸，晓风残月。此去经年，应是良辰好景虚设。便纵有千种风情，更与何人说？（柳永《雨霖铃·寒蝉凄切》）

"残月晓风杨柳岸"借物寄情，表达愁苦之情，"淡云微雨杏花天"指春天里飘着淡淡的浮云，下着微微细雨，在描写情景中寄托着一种酸楚，真是"一寸相思千万绪，人间没个安排处"。

（30）是杭州西湖"三潭印月"的一副楹联：三面湖光，四围山色；一帘松翠，十里荷香。全联用了四个数字，把三潭印月"三面""四围""一帘""十里"的"湖光""山色""松翠""荷香"组成了一幅优美的图画，给人以十分清新的感觉。这些画面实际在引导读者游览西湖美景。

（31）讲的是南京是六朝古都，登楼眺望烟雨中的湖山，不禁联想起六朝的兴亡更替如同一梦，而在这历史的长河中出现了许多威武雄壮事业的历代英豪，犹如一盘精彩纷呈的棋局。

（32）是一副比较老的对联。说的意思是蒲叶桃叶葡萄叶，有的是草本，有的是木本；梅花桂花玫瑰花，有的是春天开花，有的是秋天开花。这联不只是"叶""本""花""香"重叠，更妙的是谐音重叠。"蒲""桃"即"葡萄"，"梅""桂"即"玫瑰"，新巧别致，独具匠心。

名词短语并置是楹联的常见现象，也是基本特征。楹联中的名词短语并置并不是指向具体的实在的所言之物，而是在叙说着某种故事、描写着某种情思或寄托着某种祝愿与期盼。这就是名词经由非范畴化由指称走向了陈述。

第五节　非范畴化与陌生化效应

"陌生化"（defamiliarization）这个概念早已有之。中国古代文人"语不惊人死不休"，亚里斯多德（2016）在《修辞学》中认为，偏离惯常语言用法，会使语言更高级。这本质上都是说文学创作或语言使用中的陌生化。对于陌生化，邵璐、吴怡萱（2022：177）提供了一个通俗的定义：

> 陌生化是相对于自动化而言。每个时代的文学作品都有其特点，对于惯常的语言形式，熟悉的表达手法，读者的感知力会变迟钝，很难达到"情动于中"的效果，阅读趋于一种机械化、自动化的反应。陌生化则追求语言形式的标新立异，背离已知，创造未知，使读者置于新的感受域之下，重拾对事物的新鲜感，充分感受文学作品的文学性。

"陌生化"产生于俄国的形式主义，是俄国形式主义的经典概念，是西方诗学发展史上的重要里程碑，对文学乃至整个艺术领域产生深远影响。这个理论强调的是在内容与形式上违反人们习见的常情、常理、常事，同时在艺术上超越常境，其方式是从语言角度揭示文学与非文学的区别。与非文学语言不同，文学语言因其特殊的运用方式而具有了可感性，产生了独特的审美效果（杨宁 2024）。

人们往往会对身边的、眼前的东西习以为常，故视而不见、充耳不闻。那么"陌生化"就是把平淡无奇的事物变得不寻常，从而增加新鲜感，有了新鲜感，兴趣也就自然随之提起来了。如下面这首超现实主义的诗歌（转引自 Stockwell 2002）：

（34）in secret

be quiet say nothing

except the street be full of stars

and the prisoners eat doves

and the doves eat cheese

and the cheese eats words

and the words eat bridges

and the bridges eat looks

and the looks eat cups full of kisses in the *orchata* that hides all

with its wings

the butterfly the night

in a café last summer

in Barcelona

（Pablo Picasso，translated by David Gascoyne）

这首诗可以说是非范畴化创造陌生化效应的集大成者，读起来光怪陆离。下面我们从形式、语义、认知图式三个维度来解析其非范畴化所产生的陌生化效应。

形式维度（分布特征）。有三个方面的非范畴化：1）全诗每一行的第一个字母都没有大写，这违反了英语的常规书写方式；2）谓语动词用于第三人称单数一般现在时没有人称与数的一致（street be full of stars）；3）第四行到第九行，全用 and 开始形成一长串画面的并列，强化了目不暇接的混乱感。

语义维度。根据正常的共现规则（结构主义称之为选择限制），有生（animate）主语与有生动词组合，无生（inanimate）主语不能与有生动词组合。但本诗第六行至第九行中的 cheese、words、bridges、looks 都是无生名词，随后的谓语动词是 eat。它要与有生主语组合，尤其是高生命度的"人"组合。显而易见，这四行中的主谓组合产生了语义上的矛盾冲突，也就是说突破了其语义范畴的限制。语义限制的突破强化了此处的怪诞。

认知图式（社会常规）维度。在西方文化的认知图式中，或理想认知模型中，鸽子等鸟类动物，以及青蛙、蛇等动物是不能作为食物的。可本诗第四行的"prisoners eat doves"却违反了社会文化常规，暗示着这里的人们已经突破了传统社会文化与伦理的底线。另外，按照一般法律知识，囚犯应该是待在监狱里的，但却来到了大街上吃违禁的食物。进一步暗示着这里秩序尽失，混乱不堪。

概括起来，三个维度的非范畴化共创了全诗"怪诞、荒诞"的主题意义，且这种意义对诗人及当时的人们是无法理解的，从而进一步强化和丰富了"陌生"的内涵。

本讲小结

本讲首先简述了范畴化的三种代表性理论作为学习的出发点和背景知识，然后阐释了非范畴化的基本内涵、特征，便于学习者简明扼要地掌握非范畴化的理论精髓，以运用到文学作品的分析中。第三节至第五节从非范畴化与文学表达形式的变异、非范畴化与语言表达功能的变异和非范畴化与陌生化效应的生成三个方面论述了非范畴化运用于文学作品分析与批判的实现方式及其理论价值。

本讲主要改写自刘正光（2006）《语言非范畴化——语言范畴化理论的重要组成部分》第一章和第三章；刘正光（2008）"非范畴化与汉语诗歌中的名词短语并置"《外国语》31（4），22-30。

思考题

1. 非范畴化怎样作用于文学语言表征？
2. 非范畴化与陌生化效应之间的相互关系是什么？
3. 非范畴化怎样作用于体裁、风格的变化？

拓展阅读参考书目

Taylor, J. 1989/1995. *Linguistic Categorization: Prototypes in Linguistic Theory.* Oxford: Oxford University Press.

Gavins, J. & G. Steen (Eds.). 2003. *Cognitive Poetics in Practice.* London/New York: Routledge.

刘正光. 2006.《语言非范畴化——语言范畴化理论的重要组成部分》. 上海：上海外语教育出版社.

第四讲　认知识解与文本解读的主观多样性

不同的人对世界的认识往往根据自身的知识和经验从不同的角度或维度形成个人看法，这种"横看成岭侧成峰"的方式，在认知上叫"识解"（construal）。"识解"反映出人类认识的主观能动性、多样性和可变性。

第一节　识解的含义与本质特征[①]

1.1　识解的含义

Langacker（1987）将"识解"定义为人们用不同方式来认知同一情景或对象的能力，它是认知语言学的一个重要概念和原则，也是当前语言学界研究的热门之一。识解的内容通过语言表达式体现出来。

识解与概念内容密切相关：在概念层面，人们可以用相对中性的方式来思考概念内容；但是一旦要使用语言表达式对该内容进行编码，人们就必然会施加某种识解方式于语言中。比如，至少可以有四种表达方式对下图进行语言编码，如例句（1）—（3）所示。

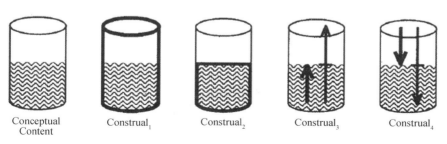

Conceptual Content　　Construal₁　　Construal₂　　Construal₃　　Construal₄

图 1　识解的几种方式（Langacker 2008：44）

---

① 本节改写自刘正光、李雨晨（2019）《认知语言学十讲》第四讲。

（1）a. the glass with water in it

     b. the water in the glass

（2）a. The glass is half-full.

     b. 杯子已经灌满了半杯水。

     c. 杯子里已（还）有半杯水。

（3）a. The glass is half-empty.

     b. 杯子里的水倒得只有半杯了。

     c. 杯子里只有半杯水了。

三组例句都是对第一张图的语言描述，它们的不同意义源于识解方式的不同：（1a）观察的出发点是容器，对应于图 1 中的 Construal$_1$；（1b）关注的是杯子里的内容为何物，对应于图 1 中的 Construal$_2$；（2a）（2b）是从往杯子里注水的角度来观察的，（2c）是从积极的角度来看问题的，即水的量还处在一个可接受的量，（2）体现了图 1 中的 Construal$_3$；（3a）（3b）是从把杯子里的水往外舀的视角来看的，（3c）则体现了从消极的角度来看问题，即杯子里的水由于往外舀而量下降，（3）体现了图 1 中的 Construal$_4$。

1.2　识解的本质特征

识解方式的差异体现了说话人对世界的不同看法。比如，Lakoff & Johnson（1980）发现"爱情"有很多种隐喻识解方式：

（4）a. Each letter was a *seed* falling on a *fertile* heart. A romance was *budding*.

     b. I was *nauseous* and *tingly* all over. I was either in love or I had smallpox.

人们对"爱情"的理解有着不同的视角，在（4a）中，爱情是一颗种子，一样会经历萌芽、生根、开花和结果这些过程，种子发芽需要耐心地培育，爱情也是如此，需要精心地呵护才能孕育出美丽的花朵，因此在这里作者用了 seed、fertile、budding 这三个词隐喻性地把爱情的过程浓缩成一个鲜活的植物生长的动态过程，从这个新的视角去看待爱情，语言的美感大大提升了。在（4b）中，爱情是一场疾病，来势汹汹，不可阻挡，作者通过 nauseous、tingly 生动地将陷入爱河后难以自拔的痛苦淋漓尽致地跃然纸上。一旦患上相思病，就像患了天花一样无药可治，留下无可抹去的印记。把坠入爱河比喻为患上天花，这只有爱之深、思之苦、痛之切的人才能有这么奇特的感受与隐喻表达。同样是关于爱情，（4a）展现的是如诗如画的春天般的美丽和灿烂。而（4b）诉说的是充满着幽怨的欲罢不能。

识解的差异来源于人生经验的积淀。以前我们谈人生，常说人生就像个大舞台，人生就是一场旅行。但由于时代的变迁，世态炎凉的变化，人生态度的不同，"人生"更具有丰富性和多样性：

（5）a. 人的一生，好像乘坐地铁一号线：途经国贸，美慕繁华；
　　　　途经天安门，幻想权力；途经金融街，梦想发财；经过公
　　　　主坟，遥想华丽家族；经过玉泉路，依然雄心勃勃……这
　　　　时，有个声音飘然入耳：乘客你好，八宝山快到了！顿时
　　　　醒悟：哎，人生苦短啊！淡然处之吧……

　　　b. 千锤万凿出深山，烈火焚烧若等闲。
　　　　粉身碎骨浑不怕，要留清白在人间。（于谦《石灰吟》）

　　　c. 前不见古人，后不见来者。
　　　　念天地之悠悠，独怆然而涕下。（陈子昂《登幽州台歌》）

　　　d. 滚滚长江东逝水，浪花淘尽英雄。是非成败转头空。青山
　　　　依旧在，几度夕阳红。
　　　　白发渔樵江渚上，惯看秋月春风。一壶浊酒喜相逢。古今多
　　　　少事，都付笑谈中。（杨慎《临江仙·滚滚长江东逝水》）

北京作为中国的首都，是政治、经济、文化的中心，改革开放以来，见证了中国飞速发展的骄傲，浓缩了人们在这里的追求、奋斗、成功、喜悦，也累积了人们在这里的迷茫、无奈、失落和反思。其中的酸甜苦辣都可以在北京的人文、地理、建筑等中找到情感的表达和宣泄，就如北京地铁一号线经过的繁华、显赫、变迁与归宿一样。

于谦在《石灰吟》中虽然也是把人生看成一场旅行，但他积极的人生态度，可以让他笑看人生的磨难与疾苦，人生中的所有磨砺都是成长路上必须要经历的过程。

陈子昂青少年时乐善好施，慷慨任侠，以上书论政得到女皇武则天重视，后因"逆党"反对武则天而被株连下狱，曾两度从军边塞。《登幽州台歌》以慷慨悲凉的调子抒写了长期以来仕途失意的苦闷悲哀和政治理想破灭的痛苦，在深沉的感慨中，寄寓着报国立功的渴望。

它高度概括了封建社会中正直的知识分子那种遭遇困厄孤独寂寞的典型感情，这种悲哀在旧社会中常常为许多困厄于不合理的境遇的人们所共有，因而千百年来引起无数读者的共鸣。《登幽州台歌》告诉我们，人生是一场一个人的抑郁悲情之旅，要学会在孤独中享受生活。

杨慎同样仕途坎坷，嘉靖三年（1524年），因"大礼议"受廷杖，削夺官爵，谪戍云南，并终老于此。词人平生抱负未展，横遭打击。他看透了朝廷的腐败，不愿屈从、阿附权贵，宁肯终老边荒而保持自己的节操。《临江仙》在渲染苍凉悲壮的同时，又营造出一种淡泊宁静的气氛，并且折射出高远的意境和深邃的人生哲理。"滚滚长江东逝水，浪花淘尽英雄"以一去不返的江水比喻历史的进程将把一切丰功伟绩带走。"是非成败转头空"，豪迈、悲壮，既有大英雄功成名就后的失落、孤独感，又暗含着高山隐士对名利的淡泊、轻视。"青山依旧在，几度夕阳红""古今多少事，都付笑谈中"，万事万物无不在变与不变的相对运动中流逝，从"是非成败"的纠葛中解脱出来，历尽红尘百劫。既然"是非成败"都如同过眼烟云，就应该拿得起放得下，像白发渔樵一样寄情山水，与秋月春风为伴，自在自得，鄙夷世俗、淡泊洒脱。这样的人生之旅是一种苍凉悲壮、淡泊宁静之旅。

可见，无论何时，人们发出一个话语，总是下意识地构建想要传递的经验的某一个方面，这种概念化过程就是识解操作（construal operation）（Croft & Cruse 2004：40）。

1.3　识解的主要维度

为了更好地理解与掌握识解的作用方式，Langacker（2008：55-84）将识解区分为以下四个维度：详略度、调焦、凸显、视角。

1.3.1　详略度

情景描写的详略度（specificity，具体程度）指说话人用不同的细节对同一情景进行描写。在描述情景时，说话人可以选择集中某一部分进行详细论述而忽略其他部分的描写。详略度越高，识解的空间就越小，识解的结果也就越单一；反之，详略度越低，识解方式就越具多样性。从认知的角度来看，语言的这种差别就像是从不同的距离观看事物一样：距离越小，事物就看得越精细和清楚；距离越大，事物就看得越模糊和不具体。

语言中最能体现详略度的非形容词莫属，比如，人们对色彩的要求随着时尚产业的急速发展，变得越来越具体和详细。过去人们描述一件衣服是"粉色"，现在人们会用"烟粉""藕粉""裸粉"，甚至"橡皮粉""早春粉"等词，来对不同程度的粉色进行细致的描写。这种通过细化事物来表述情景的方式在诗词中颇为常见，如：

(6) a. 几处<u>早莺</u>争<u>暖树</u>，谁家<u>新燕</u>啄<u>春泥</u>。（白居易《钱塘湖春行》）

    b. <u>千山</u>鸟飞绝，<u>万径</u>人踪灭。

       <u>孤舟</u>蓑笠翁，<u>独钓</u>寒江雪。（柳宗元《江雪》）

(6a) 中"早莺""暖树""新燕"和"春泥"四个词都细化了所指事物的类别，描述大地回暖、草木复苏、鸟儿纷飞的场景，烘托出"早春时节"这个特定的时间背景的清新与气息。(6b) 描述的则是完全与之相反的一个景象：寒冬落寞与萧瑟。"千山"和"万径"显然是夸张的手法，却十分细腻地描述了雪地里一片空旷寂静、四下无人的场景，大雪覆盖了一切的生机，山林间找不到小鸟的踪迹，更没有一个人影；而在如此寂静的背景之下，越发衬托出船上老翁的孤独冷清，"蓑笠"这个细节描写出老翁的神态与形象，"孤舟"与"独钓"将孤独冷清渲染到了极致。全诗通过具象化的描写与刻画把一种抽象的感受转换成了一种历历在目的亲身经历。

1.3.2 调焦

调焦（focusing）本质上是注意力的选择和分配方式。语言表达式往往以某一认知域集合作为基础，凸显其中的某个部分作为表达的内容，这就是选择。对于语言表达来说，调焦首先就是对概念内容的选择，被高度激活的认知域就成了前景。这一节中将重点介绍前景与背景、辖域这两个概念。

1.3.2.1 前景 vs. 背景

前景与背景（foreground vs. background）是认知活动中非常普遍的特征。比如，在安静的环境中突然传来一声巨响，此时的声音就成了关注的焦点；再如在电脑屏幕上移动着的光标，光标是前景，屏幕是背景。同样在语言中，任何被激活的、帮助人们在线理解的背景知识都是背景。在一篇叙述文中，对人物性格以及场景的静态描述构成语篇的背景，烘托的故事情节则作为前景化的部分。

但对于一个正常的句子而言，主语是说话的起点，是说话人最关注的对象或话题，因此它是前景，宾语和谓语动词组成的述谓部分是对主语（话题）的说明，因此它是背景：

(7) a. The dog chased after the cat.

    b. 他买了一双 Clark 鞋。

一般而言，主语占据句首位置，句首位置总是前景位置，因而更加凸显。在说话中，人们为了表示强调，总是把想要强调的信息放在句首，英语中特殊疑问句和表示强调的倒装句就是这类最常见的表达：

(8) a. What did you buy yesterday at the Mall?

    b. How did you manage to fool him into buying the house?

(9) a. Out rushed a boy and a girl.

    b. Under no condition can you violate the law.

1.3.2.2 辖域

辖域（scope）指被激活的概念内容的配置。每个语言表达式都有一个包含该认知域覆盖范围的辖域。辖域分为最大辖域和直接辖域。最大辖域是表达式概念内容的整个覆盖范围，充当背景，而直接辖域是与特定目的直接关联的那部分内容，是被前景化的部分。

辖域有大有小，这是辖域的级阶性。例如"人体"是最大辖域，各部分是直接辖域。各部分只能以它的直接上位概念为最大辖域，不能越级，如 elbow 的直接辖域是 arm，hand 的直接辖域是 forearm，finger 的直接辖域是 hand，knuckle 的直接辖域是 finger。在汉语中，具有直接辖域关系的两个概念经常可以构成一个合成名词，如"手掌""手指""手心""手背"。

无论是前景/背景还是辖域，反映的都是人在认识世界的过程中注意力投射的方式和范围，体现了大脑在处理和认识世界的过程中心智活动的组织与结构化的过程与方式。这样的例子在语言中不胜枚举，转喻和隐喻是最为常见的手段之一，如：

(10) 我是一个好的写字的人，但我不会做导演……本来我是一个小学生，我应该从 1+1＝2 学起，结果因为你的老师是国际电影大师，它直接教你的是微积分。（张嘉佳）当然不可能一下子听懂微积分。

"写字的人"作为转喻，在这里指说话人的"作家"身份。对说话人的职业认识为整句话的理解提供了背景，在语言中"写字"作为职业的工作方式被前景化了。这也就凸显了说话人的意图，因为他"写而优则导"引起了很多负面评论，所以他想强调自己第一次做导演的经验不足，而尽量模糊自己作为职业作家的身份标签。随后，他又用了两个隐喻"小学生""微积分"激活了人们对教育域、知识域的背景知识。这两个概念激发了不同的直接辖域："小学生"激活的是简单的学习、快乐的童年；而"微积分"激活的是大学生、复杂的研究等。这样一来就构成了鲜明的等级落差，让听者瞬间就能理解和接受，也有助于减少人们对这位"新手导演"的负面评价。

1.3.3 凸显

凸显（prominence）指同一场景中某一成分得到更多关注而更为突出。实现凸显有两种方式：侧显（profiling）[①]、射体/界标协同（trajector/landmark alignment）。本节主要介绍侧显。

侧显是一种凸显方式，凸显一个情景中的某个成分。说话人在说话之前，首先心中要在整个表达的内容里确定一个相对明确的具体的概念对象，然后再用一个表达式表达出来。这一过程就是认知侧显的过程。被侧显过程确定的对象就是一个表达式的凸体（profile）。如当我们说"斜边"时，侧显的对象（凸体）就是以直角三角形为辖域（如线条

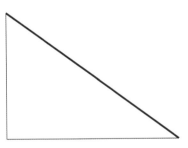

图2 直角三角形的斜边为凸体

的初体所示），斜边为凸体。名词性语言表达式侧显事物。

动词侧显过程或关系，例如 come 和 arrive 两个动词都侧显了一个运动实体在时间轴的一段中所进行的位移过程，但 come 侧显的是整个过程，而 arrive 侧显的是这个过程的结果部分，如图3所示，黑体加粗部分代表了侧显。

---

① Profiling 目前学界有好几种译法，如"勾勒""侧显"。以前笔者在语言学论著里一般都用"勾勒"，强调认知方式，此处采用"侧显"，更强调认知效果，因为本书是站在文学的角度来讨论问题。

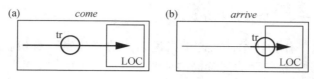

图3 *come* vs. *arrive* 的侧显差异（Langacker 2008：69）

侧显是典型的转喻思维的结果，如斜边是部分代整体，arrive 是结果代过程。

1.3.4 视角

视角（perspective）包括视点和焦点（Langacker 2008：73-76）。视点指观察一个情景时所处的位置。例如在（11）中，同一个空间场景，由于观察位置的不同可以有不同的表述：

（11）a. The shore is five miles away.

b. The coast is five miles away.

这里的 a、b 句都指的是海岸，以前区分起来很费劲，其实它们的根本差异就在于视点的不同：shore 是位于陆地上的视点，coast 是位于海中的视点。

视角强调观察者的重要作用，因为观察者的视点通常涉及概念化过程中对焦点成分的选择。例如，当我们用不同的称呼来描述同一个人的时候，每一个情景都是通过这个人与具有显著关系的另一人的关系来指称的：

（12）他是一个<u>老父卧床的儿子</u>，也是一个<u>女儿刚刚住进重症室的父亲</u>，同时肩负着一个正在上大学的儿子。人到中年，四面碰壁，罗尔对家里每一个人都抱着沉痛的亏欠心情。（《浙江老年报》12月2日）

例（12）站在第三者的视角来描述罗尔的多重身份。第三者的视角更有利于清晰客观地描述复杂的关系过程。通过建立"父亲—儿子"（他父亲与他）、"女儿—父亲"和"父亲—儿子"（他与儿子）这样的关系范畴，读者立刻将这段话所描述的主语"他"放在了复杂的家庭关系网络中，烘托出了"他"肩上的沉重负担。至于"他"本人的名字、年龄和社会身份，在这样的压力之下都已经微不足道了，同时也喻指当下中年人的普遍生活状态。

视角具有主观性，体现在视角安排（viewing arrangement）上。因为，人的视觉能力是有限的，对事物的观察只能在某个时间点、从某一个角度进行。当观察者置身事中，其语言表达式所代表的概念被放在注意力的中心，占据了焦点位置，并且是显现的，该语项的识解具有最大的客观性。反之，如果对这个语项的理解必须参照隐现在事外的观察者，那么该语项的位置就接近了台下（offstage）观察区（或者说观察者进入了台上焦点区），对它的识解就具有了主观性。再例如：

（13）……甚至立即宣布结婚，用行动来表示反世俗、反封建，这一反可就把柳梅暴露了，贾家会纠结一帮人来把她抢回去，把个宁静的许家大院闹得翻天覆地。（陆文夫《人之窝》）

在例（13）中有两个处置句，分别由介词"把"与"把个"所引导，都表示处置事件。在"把柳梅暴露了"结构中，焦点是处置事件本身，处置行为链中被侧显的部分是行为"暴露"与受事"柳梅"，此时处置事件在注意力的中心，识解具有最大客观性，观察者在台下观察；而在后一个"把个宁静的……闹得翻天覆地"结构中，行为链中被侧显的部分是情状补语"翻天覆地"，表达的是说话人的心理感受，此时处置事件已经不是注意力的中心了，对语项的理解必须参照台下人说话，因此识解的主观性增加。"把"字句与"把个"句的差异在于侧显不同，"把个"句更强调说话人的评价与态度，主观性更强。

1.4　心理扫描

心理扫描（mental scanning）作为一种认知过程，也能体现出认知的主观能动性，是说话人为了描述事件而采用的一种构建情景的方式，可以视为广义的认知识解。心理扫描可以分为整体扫描（summary scanning）和次第扫描（sequential scanning）（Langacker 2008：81-83）。整体扫描是一种整体性认知，各个侧面呈现共存同现状态；次第扫描是一种过程性认知方式，不同侧面或不同状态的表征方式按顺序呈现或转换，具有时间性、动态性。比如，"红衣服"中的形容词"红"是整体投射的结果，这种恒定持久的属性与变化没有关系，与不同程度的"红"也无关系，"红衣服"是对衣服各部分的整体描述。如图4（a）所示，A代表了各部分a1—a6的整体共性，是被凸显强调的，其不同状态下的属性特征是次要的，不是关注的焦点；然而"淡红、粉红、血红"则描写的是不同程度的状态，它的形成是次第扫描的结果，如图 4（b）所示，A 代表的各部分共同属性此时被弱化了，突出强调的是 a1—a6 中任意一个状态下的临时属性。

(a) 整体扫描　　　　　　　　(b) 次第扫描

图 4　两种不同扫描图

在英语中，性质形容词一般用来描述名词的稳定性特征，反映对事物的整体扫描，但也有例外，如例句（14）与（15）：

（14）a. He is a good person.

　　　b. He is a good eater.（吃货）

（15）a. The president is very smart in making decisions.

　　　b. This is a smart decision.

（14a）中的 good 是性质形容词，对 person 的性格特征进行概括性总结，表示这个 person 的性格是相对稳定不变的；但是在（14b）中，good 并不是对名词的属性特征进行静态描述，而是指向了 eating 这个行为事件，意味着能吃很多，或胃口特好，什么都吃得津津有味，说明事物在不同状态下的动态变化，即对事物性质的变化程度进行说明。同样，（15a）中的 smart 描述的是句中主语"总裁"所具备的特征，对该特征的识解基于对总裁的整体认识，是一种概括性的描述，即整体扫描；（15b）中的 smart 在句法上描述的是无生命特征的名词 decision。decision 本身无所谓明智与否，明智的是做决策的人，所以 smart 在语义上指向的是事件的决策者做出了这样一种决策，从静态地形容人的属性转变为动态地描述人在某个临时状态下的特征，属于次第扫描。

扫描方式的不同、意义由静态变为动态，导致词类的活用，如名词可以活用为形容词，以（16）为例：

（16）a. What have you done in 2021?（2021 年你做了些什么？）

　　　b. How 2021 are you?（你 2021 年是怎么走过来的？）

在这两个例子中，对时间概念"2021"扫描的方式发生了变化：

（16a）中"2021"表示的是时间运行轴上一个固定的节点，虽然一年中也包含了 12 个月份，但是说话人对 2021 年这个时间节点的扫描是整体性的，是站在岁末这个角度来问对方到目前为止完成了哪些工作。例（16b）中的"2021"虽然是表示时间，但是它所表达的意义显然不仅仅是时间，而是拓展到在这个时间不同阶段所发生的各种活动事件，是对这一年发生的点点滴滴的逐一回顾。因此，2021 年在说话人脑海中实际上是被切分了的，即对 2021 年的扫描是次第性的，具有强烈的时间动态性。

次第扫描就像是在观看一个运动的序列图像，而整体扫描则像是在观看一幅静止不动的图片。这种差别还体现在时体之类的语法结构中。试比较例句（17）：

（17）a. He is silly.（他傻；他是傻子）

b. He is being silly.（他在装傻；他在卖萌）

如括号中的译文所示，（17a）描述的是"他"的稳定的整体特征，"他"智力上小有问题，或者是情商不高。（17b）其实表达的是"他"很聪明，情商很高，遇到棘手的事情或场面，就装傻应对。这种"傻"是一种临时故意表现出来的状态。（17b）为什么会有这种意义呢？这有两个原因。1）一般现在时表示稳定、恒定的状态，而一般现在时和进行体结合以后，就只表示短暂的状态了。这是进行体的基本含义。2）silly 是一个性质形容词，可以有程度或状态的变化。因此，在进行体的作用下，就由表示恒定状态转化成表达临时状态了。这实际上也是一种程度的变化或次第扫描。

第二节　识解与文本解读的主观性与多样性

人们常说，"一千个读者，就有一千个哈姆雷特"。大部分中国学者认为，忧郁与延宕体现了哈姆雷特的伦理型人文主义理想，其忧郁源于伦理道德底线的坚守，不是他的性格缺点，而是他的人性之光，同时忧郁和延宕不是他悲剧命运的根源，而是避免他在那个颠倒混乱的乾坤中沉沦的指路灯塔。这种解读明显受到中国儒家思想和美学的深刻影响。解读哈姆雷特的国外学者中以约翰·沃尔夫冈·冯·歌德（Johann Wolfgang von Goethe）、西格蒙德·弗洛伊德（Sigmund Freud）、厄内斯特·琼斯（Ernest Jones）等为主要代表。歌德认为哈姆雷特是一个公子，不是一位英雄，他不配去做报仇的事情，这明显受制于西方个人英雄主义理念。弗洛伊德认为哈姆雷特有恋母情结，琼斯也提出哈姆雷特在剧中之所以忧郁并延宕其行为，是一种心理逃避机制在作祟，唤醒了他"弑父娶母"的欲望，这明显受益于19世纪末20世纪初西方心理科学迅猛发展的研究成果。[①]

2.1 主观性与多样性的内涵

"横看成岭侧成峰，远近高低各不同。不识庐山真面目，只缘身在此山中。"苏轼的名诗典型地体现了认知的主观能动性对事物理解主观性和多样性的影响。

文学作品解读的主观性与多样性指每一个读者（作者）在不同的时代、不同的心态、不同的需求下解读一个作品都会有不同的理解，甚至同一个读者重读同一个作品，由于其人生经验的变化也会有不同的解读。另外，同一个主题，不同的人也会写出不同含义的作品，如下面四首关于"酒色财气"的诗：

（18）　　　　**酒色财气**

　　　　a. 酒色财气四堵墙，

　　　　　　人人都在里面藏。

　　　　　　谁能跳出圈外头，

　　　　　　不活百岁寿也长。

　　　　b. 饮酒不醉是英豪，

　　　　　　恋色不迷最为高。

　　　　　　不义之财不可取，

　　　　　　有气不生气自消。

　　　　c. 无酒不成礼仪，

　　　　　　无色路断人稀。

　　　　　　无财民不奋发，

　　　　　　无气国无生机。

　　　　d. 酒助礼乐社稷康，

---

① 感谢黄晓燕教授提供了关于哈姆雷特忧郁的不同解读这个例子。

色育生灵重纲常。

财足粮丰家国盛，

气凝太极定阴阳。

古时称喝酒、好色、贪财、斗气为人生四害！酒是穿肠毒药，色是刮骨钢刀，财是下山猛虎，气是惹祸根苗。古往今来，"酒色财气"都是我们生活中必然会遇到的四件事情，谁也无法躲避或者视而不见。

相传，北宋大文豪苏轼到大相国寺拜访好友佛印和尚，佛印正好外出了，苏轼就在禅房住下，碰巧看到了禅房墙壁上佛印题的一首诗（18a）。苏轼看到这首诗后受到触动，在佛印的诗旁边和了一首（18b）。又一日，宋神宗赵顼在王安石的陪同下，来到大相国寺，看到了这两首题诗，觉得颇有趣味，神宗就建议王安石也和诗一首。王安石才华出众，立刻提笔，赋诗一首（18c）。宋神宗也乘兴写了一首（18d）。这四首诗充分体现了四人的不同身份、不同站位所体现的不同视角。

下面，我们从识解的四个维度中的"调焦"和"视角"两个维度给予简要的解释。

2.2　背景与主观性和多样性

如前所述，识解中的调焦含有前景和背景。背景可以包含以下方面的经验与知识结构（Langacker 2008：58-60）：积累的经验、凸显内容的基础、范畴化结构、文化知识和物理世界的经验等。背景是产生主观性的心理与认知经验基础。

显而易见，佛印、苏轼、王安石、宋神宗四个人的社会背景各不相同。他们不同的生活经验、文化知识和物理世界的经验等都充当着对"酒色财气"的理解背景或基础。

佛印是北宋时期著名的僧人，自幼聪慧，三岁就能诵读《论语》，五岁写诗，被誉为神童，后学习佛法，师从云门四世延庆子荣，去世后被朝廷赐号"佛印禅师"。无疑，佛印的诗就是他生活和学术经历以及人生信条的反映。佛讲究的是"四大皆空，五蕴无我"。这样的背景奠定了他提倡完全和酒色财气相绝缘、出离世间的思想主题。

苏轼一生宦海浮沉，游走四方，人生阅历十分丰富。他善于从人生遭遇中总结经验，从客观事物中发现规律。苏轼生性放达，为人率真，好交友、好美食、好品茗、亦好游山林。他对社会的看法、对人生的思考都酣畅淋漓地表达在他的诗歌和文章中。苏轼在政治失意、远离朝廷之际，禅宗思想盛行，遂接受佛禅思想并将其融入自己的创作当中，且自号东坡居士。禅宗也对苏轼的思想内容产生巨大影响，使苏轼具有更为深邃的精神境界和更为洒脱的人生情怀。苏轼和佛印和尚是非常好的朋友，两人饮酒吟诗之余，还常常参禅打坐，互开玩笑，斗智取乐。他的生活经历和态度成了这首诗提倡的中庸有度的修身与开明的思想的基础。他和佛印的交往关系自然就说明了这首诗诙谐调侃的语调。

王安石既是文学家，也是政治家。作此诗的时候，他是当朝宰相，实行变法以富国强兵，扭转北宋积贫积弱的局势。王安石为了实现自己的政治理想，把文学创作和政治活动密切地联系起来，强调文学的作用首先在于为社会服务，强调文章的现实功能和社会效果，主张文道合一。这首诗从正面来谈酒色财气对国家社稷的积极作用，肯定了酒色财气中所蕴含的积极因素。这是一种政治家的视角。

宋神宗作为王者，和王安石一样肯定了酒色财气对国家社稷的积极作用，只是其格局显得更高而已。

佛印、苏轼、王安石和宋神宗身份背景不同，对事物的认知自然也不同，可谓一人一道。

下面我们比较中外著名诗人在诗歌中所呈现的"布谷鸟"（cuckoo）的不同文学意象。

(19) **To the Cuckoo**（**William Wordsworth**）

O blithe newcomer! I have heard,

I hear thee and rejoice：

O Cuckoo! shall I call thee bird,

Or but a wandering Voice?

While I am lying on the grass

Thy twofold shout I hear；

From hill to hill it seems to pass,

At once far off and near.

Though babbling only to the vale

Of sunshine and of flowers,
Thou bringest unto me a tale
Of visionary hours.

Thrice welcome, darling of the Spring!
Even yet thou art to me
No bird, but an invisible thing,
A voice, a mystery;

The same whom in my schoolboy days
I listened to; that Cry
Which made me look a thousand ways
In bush, and tree, and sky.

To seek thee did I often rove
Through woods and on the green;
And thou wert still a hope, a love;
Still longed for, never seen!

And I can listen to thee yet;
Can lie upon the plain
And listen, till I do beget
That golden time again.

O blessed bird! the earth we pace
Again appears to be
An unsubstantial, fairy place,
That is fit home for Thee!

　　在这首致布谷鸟的诗里面，威廉·华兹华斯（William Wordsworth）呈现在读者面前的是早春明媚、鸟语花香、令人神往的美丽乡间景色，是诗人发自内心的喜悦与尽情享受的闲情逸致。

　　华兹华斯喜欢大自然，喜欢乡村生活的舒适闲情，厌恶资本主义与城市的喧嚣，憎恶人们对金钱的喜爱。作为自然主义诗人的代表之一和浪漫主义运动的发起者之一，华兹华斯非常喜欢描写大自然，他对大自然有着深厚的情感，认为大自然可以启迪人生，将身心融合于自然可以得到真正的幸福与快乐。有这样的生活向往与精神追求，他自然把早春的布谷鸟歌声感悟为春天与快乐的信使。

> （20）暮春滴血一声声，花落年年不忍听。
> 　　　带月莫啼江畔树，酒醒游子在离亭。（李中《子规》）
> （21）高林滴露夏夜清，南山子规啼一声，
> 　　　邻家孀妇抱儿泣，我独展转何时明。（韦应物《子规啼》）

"布谷鸟"在中国文学中的凄婉形象有两个文化背景：一是文化典故，二是中国古代诗学传统。

中国文化中，望帝的神话定下了布谷鸟思念与凄婉的基调。"望帝"的典故有两种说法。一是历史传说，战国时期蜀王杜宇号称望帝。他一生致力于治理蜀国的水患，造福百姓，立下了丰功伟业。后来他禅位给了当时的宰相，隐居西山，死后化为杜鹃鸟，春天昼夜不停地悲鸣，啼声非常凄切，直到口中滴血，成就了一个历史典故"子规啼血"，所啼之血则为杜鹃花。二是民间传说（曾凡跃 2017：1-4）。传说岷江（四川省）上游有恶龙，常发洪水危害人民。龙妹乃赴下游决嘉定之山以泄洪水，恶龙闭之五虎山铁笼中。有猎者名杜宇，为民求治水法，遇仙翁赠以竹杖，并嘱其往救龙妹。杜宇持竹杖与恶龙战，大败之，又于五虎山下救出龙妹。龙妹助杜宇平治洪水，遂为杜宇妻。杜宇亦受人民拥戴为王。杜宇有贼臣，昔日之猎友也，常羡杜宇既得艳妻，又登高位，心欲害之。一日猎山中，遇恶龙，遂与密谋，诡称恶龙欲与杜宇夫妻和，乃诱杜宇至山中而囚之。贼臣遂篡杜宇位，并逼龙妹为妻。龙妹不从，亦囚之。杜宇被囚不得出，遂死山中。其魂化杜鹃，返故宫，绕其妻而飞，日夜悲鸣，啼到血出才停止，曰："归汶阳！归汶阳！"汶阳者，汶水之阳，即《蜀王本纪》所谓"望帝治汶山下邑曰郫"。其妻龙妹闻其声，亦悲恸而死，魂亦化鸟，与夫偕去。

中国的诗学传统强调"兴观群怨"，正如孔子在《论语·阳货》中说："诗可以兴，可以观，可以群，可以怨。"这实际上强调的是诗歌的美感认识和教育作用，也就是说，诗歌具有通过它的感人力量而有助于风俗教化的社会功能。唐朝诗人元结在《系乐府序》中说"古人歌咏，不尽其情声者，化金石以尽之，其欢怨甚耶戏尽欢怨之声者，

可以上感于上，下化于下，故元子系之。"尽管这些论述谈的是诗的教化作用，但它们造就了古代诗人忧思悲愁的艺术心理。而正是在这种艺术心理作用下，才有了"欢愉之词难工，穷苦之言易好"的定向性审美选择（刘正光 1998）。

2.3　视角与主观性和多样性

每一位诗人或作家在创作时，都有其当时特定的身份位置和背景。这自然就会决定他以自己当时的最佳视角来创作。同样，读者在解读文本时，也有他阅读时的身份位置、取向和背景（情境）。这些都构成了文本创作或解读的最佳视点。

佛印作为参禅悟道者，自然强调从自身修养的内圣之道的视角出发来看待"酒色财气"。同样，苏轼作为深受儒家思想熏陶的文人也很自然地会从自身修养的内圣之道来看待"酒色财气"。

王安石作为有抱负的文人兼政治家、宋神宗作为一国之君，他们看待问题的视角除了受到自身的经验背景影响外，在当时的情景下，更容易受到其社会政治身份的影响。因此，他们在看待"酒色财气"时采用的是外王之道的视角，强调的是它们对治理国家的作用。

华兹华斯十分欣赏大自然的美，采用的是第一人称的视角，描绘自己的切身感受。李中、韦应物的视角虽然看起来是第一人称的视角，但其实并不一定就是真正的第一人称视角的感受。从某种意义上来说，他们的视角是一种混合视角。

第三节　识解与文本解读的偏离

对于作品理解的偏离，最佳的观察对象是（文学）作品的译文。译者和原作者在认知背景和认知视角等方面会因各自文化背景知识的不同而存在一定的差异。这些差异在译文中会以各种不同方式体现出来。下面我们以著名汉学家亚瑟·韦利（Arthur Waley）在翻译《论语》中出现的各种偏离现象来说明识解对文本解读偏离的影响。

3.1 辖域的偏离

《论语》共分为 20 篇，各篇篇头均有一个标题统领全篇并体现其主旨，即辖域。篇首几段扩展统领句内涵，其后几段对该主旨从不同方面加以补充。因而，每一篇的标题事实上限定了该篇内容的概念域，译者不能脱离该范围理解原文语义。在对原文进行重新编码时，译者也必须以篇头给出的主题范围为参照，并以此作为翻译再创作的认知背景，使译文与原文的认知域选择重合在同一维度。因而，在对《论语》进行翻译时重视对篇头的翻译一方面可以帮助译者更准确地理解原文，另一方面可以使译文在各篇篇头的管辖下形成主题明确、内容清晰、结构性强的篇章，与原文密切对应。

3.1.1 篇章主题辖域的偏离

在韦利的《论语》译本中，大多数译文选择了与原文一致的辖域。但是由于《论语》本身的理解难度，韦利在翻译过程中也出现了不少辖域偏离的问题，具体表现为篇章主题辖域的偏离和事件背景辖域的偏离。

主题辖域即由篇头确定的相应篇章的主题范围。在《论语》原文中，篇首都明确标明该篇标题作为通篇统领句标示主旨，而韦利选择将篇章标题译为"BOOK Ⅰ""BOOK Ⅱ"等，这在事实上淡化了整篇的主题意识，从而容易使译文脱离相关主题的控制和管辖。比如：

(22) 子曰："君子周而不比，小人比而不周。"(《为政篇第二》2.14)

A gentleman can see a question from all sides without bias. The small man is biased and can see a question only from one side.

(23) 子曰："攻乎异端，斯害也已。"(《为政篇第二》2.16)

He who sets to work upon a different strand destroys the whole fabric.

例（22）和例（23）均摘自《为政篇第二》。该篇内容主要围绕"为政"这个主题展开，因而"为政"即该篇辖域，篇内各则多在"为政"这个大的认知背景之下进行内容上的扩展和补充。故而例（22）本义为"君子是团结而不是勾结，小人是勾结而不是团结"，与

"为政"紧密联系在一起。译文理解为"君子看问题周到，小人看问题片面"，将原文泛化为君子与小人之间的处世区别，背离了"为政"的主题。同样，在"为政"的统领之下，例（23）本义为"批判那些不正确的议论，祸害就可以消灭了"，而译文泛化为一般性事件，即放之四海而皆准的道理，未突出"为政"的主题，因而扩大了辖域的范围。

3.1.2　事件背景辖域的偏离

除了背离篇章主题的现象，韦利在《论语》的翻译过程中还存在另外一种与辖域选择有关的现象。前者发生在较大的主题辖域中，后者则发生在事件背景的选择之中。

论语各篇由二十至三十则不等的话语组成。一般说来，每则话语都代表一个独立的事件，因而各有不同的话语背景，少数话语处于相同背景之下。对于背景不同的话语，多数译者倾向于把各则话语置于独立的认知域中，即每则话语都由不同的知识背景统领和管辖；而对相同背景下的话语，则将其置于同一辖域中，即以同一事件背景为参照点。在《论语》翻译过程中，时有不同话语合译现象的出现。

（24）子食于有丧者之侧，未尝饱也。（《述而篇第七》7.9）

子于是日哭，则不歌。（《述而篇第七》7.10）

If at a meal the Master found himself seated next to someone who was in mourning, he did not eat his fill. When he had wailed at a funeral, during the rest of the day he did not sing.

此处 7.9 和 7.10 处于相同背景话语之下，即丧礼。译者选择把两句合译在一起是对两个独立事件相同背景的合并，因而未发生辖域的偏离。

但是，对于背景不同的事件而言，译者的主观合并则会改变相关事件的话语背景，造成辖域的偏离，如《乡党篇第十》：

（25）齐，必有明衣，布。齐必变食，居必迁坐。（《乡党篇第十》10.7）

食不厌精，脍不厌细。……不多食。（《乡党篇第十》10.8）

祭于公，不宿肉。祭肉不出三日。出三日，不食之矣。（《乡党篇第十》10.9）

食不语，寝不言。（《乡党篇第十》10.10）

虽疏食菜羹，必祭，必齐如也。(《乡党篇第十》10.11)

When preparing himself for sacrifice he must wear the Bright Robe, and it must be of linen. He must change food and also the place where he commonly sits ... After a sacrifice in the ducal palace, the flesh must not be kept overnight. No sacrificial flesh may be kept beyond the third day. If it is kept beyond the third day, it may no longer be eaten. While it is being eaten, there must be no conversation, nor any word spoken while lying down after the repast. Any article of food, whether coarse rice, that has been used as an offering must be handled with due solemnity.

此五则话语在共同的篇章主题——"乡党"之外，还有各自的事件背景，即原文中10.7的事件背景是斋戒，10.8的背景是日常饮食，10.9的背景是祭祀，10.10的背景是日常生活，10.11的背景是饮食礼仪。韦利将10.7—10.11合译在一处，将五则话语置于同一背景框架，即将此五个事件都放置在"祭祀"的事件背景之下。如此一来，五则话语都围绕祭祀展开。译者将五个事件的背景统归为"祭祀"，以部分代替整体，是认知域的收缩。比如，"食不语，寝不言"原意是指"（在日常生活中）吃饭的时候不交谈，睡觉的时候不说话"。采取合译后，译者将其置于前一则的背景辖域，即祭祀的背景之中，译文语义就变成了"食用（祭祀用的肉）时不交谈，就餐以后睡觉不说话"，事件背景辖域发生了偏离，造成译文语义结构发生了相应的偏离。再如《雍也篇第六》:

(26) 子曰:"雍也可使南面。"(《雍也篇第六》6.1)
仲弓问子桑伯子。子曰:"可也简。"仲弓曰……(《雍也篇第六》6.2)

The Master said, "Now Rong, for example. I should not mind setting him with his face to the south." Ran Yong then asked about Zisang Bozi. The Master said, "He too would do. He is lax."...

该篇主题主要是通过对特定人物的评价来传达不同的行为礼仪和治学处世原则。此二则话语一则是孔子对冉雍（字仲弓）的评价，一则是仲弓询问孔子对子桑伯子的看法，是对两个不同人物行事能力和风格的评价，二者是相互独立的事件，其中并无比较意义。韦利将此处合译后，将两个独立的事件并置在了同一背景辖域之中，因而在对"可也简"的翻译中较原文增加了比较语义"He too would do"，如此便将两个原本平行的事件交叉统一起来了。

3.2　详略度的偏离

详略度的变化会导致同一事件在认知层面上的不同解读。在翻译中，详略度偏离是译者在处理语言不对等问题时的常用选择，尤其是当不同语言间的概念结构不同时，这种处理方式更为常见（Tabakowska 2013），其策略包括上/下位词的替代翻译、文化取代、添加解释或释义等等。由于《论语》是中国古典文籍，其中很多词语在英语中可能无法找到对应词，很多内容在无任何注释的情况下也很难理解，兼之中西文化之间的差异，因而在韦利的翻译中，详略度的偏离比较常见。

（27）*如切如磋，如琢如磨。*（*《学而篇第一》* 1. 15）

As thing cut, as thing filed; As thing chiseled, as thing polished.

在此例中，动词"切""磋""琢""磨"的主语分别为"骨""角""象牙""玉石"。这四种东西在中国文化里有比较典型的象征意义和代表性，但在西方文化中却并非如此。韦利在翻译此句时将四个具体的东西统一抽象译为"thing"，降低了事件的详略度。这就好比在原文中我们所处的位置能够清晰地辨认这四样东西的模样形状，而在译文中我们却站在更远的位置，因而只能知道视线所及之处有物存在却无法详加辨别。这一由具体到抽象的过程，事实上消解了原文中严谨、细致、仔细研磨、推敲的治学态度和中国文化中对珍贵物品的敬重心理。

（28）*孰谓微生高直？或乞醯焉，乞诸其邻而与之。*（*《公冶长篇第五》* 5. 24）

How can we call even Weisheng Gao upright? When someone asked him for vinegar he went and begged it from the people next door, and then gave it as though it were his own gift.

此例本来是说"谁说微生高这个人直爽？有人向他讨点醋，他却到邻居那里转讨一点给别人"。原文仅仅是对这一事实进行描述，而译文中却在句尾加上了"as though it were his own gift"这一心理活动的描写，使得事件描述更加详细。这一心理描述在原文中是不存在的。

> （29）巍巍乎其有成功也！焕乎其有文章。（《泰伯篇第八》8.19）
>
> Yet sublime were his achievements, dazzling the insignia of his culture!
>
> （30）子以四教：文，行，忠，信。（《述而篇第七》7.25）
>
> The Master took four subjects for his teaching: culture, conduct of affairs, loyalty to superiors and the keeping of promises.

例（29）和（30）中均有"文"这一语义元素。前者义为"礼仪制度"，后者为"文献、典籍"。而韦利选择将二者统译为"culture"。众所周知，"文化"包含"礼仪制度"和"文献典籍"，是二者的上位词。韦利的翻译使得事件的语义结构从下位的具体变为上位的抽象，改变了原文的识解方式。

3.3　凸显的偏离

一个语言表达式所涉及的认知域是基底（base），在认知域中得到凸显强化的是凸体。针对同一情景或事件，凸显的内容不同，其语言表征和表达的意义均会有所不同。在翻译过程中，译者在遵循忠实于原文意义的基础之上，往往会由于社会文化、语言习惯、个人认知方式等原因在凸显的侧面上与原文发生偏离，体现出译者的主观性。在韦利的《论语》译本中，部分凸显的改变是由于汉、英语言习惯的不同，如：

> （31）奢则不孙，简则固。与其不孙也，宁固。（《述而篇第七》7.36）
>
> Just as lavishness leads easily to presumption, so does frugality to meanness. But meanness is a far less serious fault than presumption.

（31）中的"奢""不孙""简""固"在原文中是形容词作动词，突显的是其过程，而译文将其译为名词，突显的是其结果或状态。

另外，由于个人认知方式的不同，译者在翻译过程中会对原文进行主观加工，在一定程度上将自己的主观理解体现在译本之中，在凸显内容的选择上也是如此。在《论语》的翻译过程中，韦利基于对原文的理解，对部分原文进行了信息的重新编码和加工，使译文发生了凸显的偏离。如下例所示：

> （32）师挚之始，《关雎》之乱，洋洋乎盈耳哉！（《泰伯篇第八》
> 8.15）
> When Zhi the Chief Musician led the climax of the Ospreys，what a grand flood of sound filled one's ears！

（32）本义为"当太师挚开始演奏的时候，当结尾演奏《关雎》之曲的时候，满耳朵都是音乐呀！"原文将事件的开头和结尾作为凸显的凸体，而把事件的其他部分作为此认知域的基底。译文凸显的是事件的高潮、顶点，造成了语义焦点的转移。

> （33）不义而富且贵，于我如浮云。（《述而篇第七》7.16）
> Any thought of accepting wealth and rank by means that I know to be wrong is as remote from me as the clouds that float above.

此例原文指"干不正当的事而得来的富贵，我看来好像浮云"，此处"通过不正当手段得来的富贵"是凸显的侧面，而译文重在强调"通过不正当手段得到富贵的思想/想法"，关注焦点从行为本身偏离到了心理想法，与主题辖域略有偏离。

3.4　视角的偏离

视角涉及视点（perspective point）、观测方向（direction of viewing）和主观性—客观性（subjectivity-objectivity）这几个方面。韦利在《论语》翻译过程中的视角偏离主要体现在视点、观测方向和主观性—客观性的偏离上。

3.4.1　视点的偏离

视点即说话人在识解一个情景或事物时所选择的角度和位置。比如，对于"The children ran around the house."这句话，如果我们选择的视点是屋外，那么孩子们就是绕着屋外跑，而如果我们选择的视点是屋内，孩子们则是在房子内部运动。在语言表达上，它涉及观察者和事件之间的相对关系，以及语篇的人称、分句的语法主语等问题。

一般说来，对于同一个情景，我们可以用不同的表达式、从不同的视角进行描述。对于客观主义语言学来讲，不同表达式所描述的同一情景具有同等的语义值。认知语言学认为，对于同一情景的表达，视点的改变必然会引起语义的改变。因此在翻译过程中，如果译者主观改变情景或事件的视点，必然会造成译文与原文语义的偏离，如下例所示：

(34) 子曰：“由也好勇过我，无所取材。”（《公冶长篇第五》5.7)

It seems as though I should never get hold of the right sort of people.

(35) 子曰：“晏平仲善与人交，久而敬之。”（《公冶长篇第五》5.17)

The Master said, "Yan Pingzhong is a good example of what one's intercourse with one's fellowmen should be. However long he has known anyone he always maintains the same scrupulous courtesy."

(34) 本义为“（仲由好勇的精神）没什么可取的”。该句的主语是仲由好勇的精神，因而其视点是仲由，而非孔子。很明显，韦利将视点转移到了孔子身上，表达的是“我”，即孔子，交不到对的人。(35) 本义为“晏平仲与人相交越久，别人越发敬重他”。此句前半部分的主语是“晏平仲”，但后半句的主语是“他人”，即视点由“晏平仲”转移到了“他人”身上。译文的视点则始终聚焦在“晏平仲”上，使原文的注意力焦点发生了转移，也就是说视角发生了转变。

(36) 子曰：“出则事公卿，入则事父兄，丧事不敢不勉，不为酒困，何有于我哉？”（《子罕篇第九》9.16)

The Master said, "I can claim that at Court I have duly served the Duke and his officers; at home, my father and elder brother. As regards matters of mourning, I am conscious of no neglect, nor have I ever been overcome with wine. Concerning these things at any rate my mind is quite at rest."

(37) 子曰：“默而识之，学而不厌，诲人不倦，何有于我哉？”

(《述而篇第七》7.2)

The Master said, "I have listened in silence and noted what was said, I have never grown tired of learning nor wearied of teaching others what I have learnt. These at least are merits which I can confidently claim."

(38) 子曰:"德之不修, 学之不讲, 闻义不能徙, 不善不能改, 是吾忧也。"(《述而篇第七》7.3)

The Master said, "The thought that 'I have left my moral power (de) untended, my learning unperfected, that I have heard of righteous men, but been unable to go to them; have heard of evil men, but been unable to reform them' —it is these thoughts that disquiet me."

(39) 亡而为有, 虚而为盈, 约而为泰, 难乎有恒矣。(《述而篇第七》7.26)

Yet where all around I see Nothing pretending to be Something, Emptiness pretending to be Fullness, Penury pretending to be Affluence, even a man of fixed principles will be none too easy to find.

此四例译文均属于同一类视点偏离现象, 即事件主语从原来具有类指意义的话语之外的第三者偏离到了孔子。例 (36) 本义为"在外面侍奉公侯大臣, 在家里侍奉父母兄长, 丧事不敢不尽力而为, 不为酒困扰, 这些我做到了吗?"显然, 原文前四句的事件主语是"他人"即泛指任何一个践行此种行为的人。而译文的视角转向了"孔子", 强调孔子本人的所作所为。译文采用的视点与原文视点发生了偏离, 因而语义上也相应地发生了偏离。(37)(38) 和 (39) 均出自《述而篇》。该篇主要讲"述"的基本原则, 而非孔子个人的经历或体会, 因而具有普遍意义。与 (36) 相似, 此三例原文前四句事件主语都是话语之外的第三者, 即做到这些事情的任何人, 最后一句才由远及近, 推人及己, 联系到孔子自身。韦利将主语第一人称化, 淡化了其普遍意义。

此类视角偏离的例子在译文中还有很多, 如:

(40) 法语之言, 能无从乎? 改之为贵。巽与之言, 能无说乎? 绎之为贵。(《子罕篇第九》9.24)

The words of the Fa Yu (Model Sayings) cannot fail to stir us; but what matters is that they should change our ways. The words of the Xun Yu cannot fail to commend themselves to us; but what matters is that we should carry them out.

此句原意为"严肃而合乎原则的话，能够不接受吗？改正错误才可贵。顺从己意的话，能够不高兴吗？分析一下才可贵。"此处"从""改""说""绎"的主语均为人。而译者将"改之为贵"译为"what matters is that they should change our ways"，显然将"法语"作为了主语，改变了原文主语尊礼、守法、克己、慎思的态度。

3.4.2 观测方向的偏离

观测方向指在固定视点上识解另一个事件的时间结构（Talmy 2000：72-76），它涉及事件与事件之间的相对关系。Talmy 将其分为视点前瞻（prospective）、视点回溯（retrospective）和视点平行（cosequential）三种关系。比如，对于"我在商店买东西"和"然后我回家"这两个事件，我们有三种视角来进行识解：

（41）a. 回家之前我在商店买了东西。
　　　 b. 在商店买了东西之后我回家了。
　　　 c. 我先在商店买了东西，然后回家了。

（41a）的出发点是"我在商店买东西"，那么，"我回家"这个事件是说话人站在"我在商店买东西"这个视点预期发生的。这时的观测方向是视点前瞻。（41b）的出发点是"我回家"，因而"我在商店买东西"是说话人站在"我回家"这个视点进行的回溯。（41c）将"我在商店买东西"和"我回家"这两个事件置于平行的位置，属于视点平行。

这三个句子表达的语义从客观语言学的角度来分析似乎并无差别，但因为观测方向的改变，每句话所聚焦的语义重点已经发生了实际的改变，（41a）的注意力焦点集中在"我在商店买东西"这个事件上，而"我回家"只作为背景出现，(41b) 将"我回家"前景化，而（41c）将两个事件置于同等重要的位置，分别强调了这两个事件。这是时间结构上的观测方向的改变，而对于其他结构的事件关系也同样行之有效。

与视点的偏离不同，观测方向的偏离并未改变事件主语与事件的相对关系，即说话人识解情景所选择的位置并未发生改变，发生改变的是观察者识解此情景的观测方向，也就是在前瞻、回溯和平行的转换中造成了语义焦点的改变。在韦利的《论语》译文中，不难碰到此类视角的偏离。

(42) 父在，观其志；父没，观其行。(《学而篇第一》1.11)

　　While a man's father is alive, you can only see his intentions; it is when his father dies that you discover whether or not he is capable of carrying them out.

此例中，我们可以把"父在，观其志"和"父没，观其行"当作两个独立的事件：事件一和事件二。在原文"当他父亲活着时，（因为他无权独立行动），要观察他的志向；他的父亲死了，要考察他的行动"中，很明显事件一和事件二处于并列的位置，因而原文对两个事件的观测方式是视点并列。在译文中，韦利将注意力焦点集中在事件二"父没，观其行"上，而把事件一作为从事件二出发的视点回溯。此时译文中的事件一和事件二由原来的并列关系转变为对比关系，带有转折的意味。

(43) 士不可以不弘毅，任重而道远。(《泰伯篇第八》8.7)

　　The true Knight of the Way must perforce be both broad-shouldered and stout of heart; his burden is heavy and he has far to go.

原文的意思是"读书人不可以不心胸宽广、意志坚强，因为他负担沉重、路途遥远"。此例中，我们可以把原文当作一个事件，后半句是对前半句的原因补充，因而此二句为因果关系。韦利将之理解为两个事件，并将语义焦点并列放置在两个事件之上，使前半句和后半句由原来的因果关系转变为并列关系，改变了事件与事件之间的相对关系。

(44) 可妻也。虽在缧绁之中，非其罪也。(《公冶长篇第五》5.1)

　　Though he has suffered imprisonment, he is not an unfit person to choose as a husband; for it was not through any fault of his own.

表面看来，此则译文与原文在语义上并无出入，事实上译者在事件关系上的视角与原文已经发生了偏离。此处，我们且把"可妻也"和"虽在缧绁之中，非其罪也"当作两个并列的独立事件。其中"在缧绁之中"和"非其罪也"是同属于一个事件框架之中的两个子事件，"非其罪也"是焦点事件。因而"虽在缧绁之中"是说话人立足于"非其罪也"这个事件上的视点前瞻。但韦利把"可妻也"和"在缧绁之中"合并为一个事件，而把"非其罪也"作为另一个独立的事件，如此一来，"在缧绁之中"和"非其罪也"变成了并列关系。这两个事件关系的改变将导致译文读者与原文读者的识解方式发生相应的改变。

3.4.3 主观性—客观性的偏离

主观性—客观性这一对立体是视角范畴下的重要概念之一，主要指说话者在概念化过程中参与的方式与程度（Tabakowska 2013）。换言之，说话者既可不同程度地扮演概念化主体的角色，也可在保留说话人角色的同时成为话语的客体。此种现象在很多语言结构里均有体现，表现为语言表达在高客观性和高主观性之间游移。例如，对于妈妈给孩子糖果这样一件事，我们既可以说"妈妈会给你糖糖"，也可以说"我会给你糖糖"。前者体现高客观性因为说话者"妈妈"成为话语的客体，而后者体现高主观性因为人称代词"我"使说话者作为事件主体直接呈现在事件场景之中。在韦利的翻译中，此类偏离主要通过主语人称代词的改变来实现。

（45）子曰："朝闻道，夕死可矣。"（《里仁篇第四》4.8）

The Master said, "In the morning, hear the Way; in the evening, die content!"

此例本义为"早上得知真理，要我当晚死去都可以"。显然，孔子是此话语的说话者，因而他就是这一事件的主体。然而在译文中，韦利选择删除主语，使主语的位置留白，即令说话人隐形。如此一来，说话人在事件中的参与度就从最高降至最低，因而事件本身也从高主观性变为高客观性。再如：

（46）子曰："夏礼，吾能言之，杞不足征也；殷礼，吾能言之，宋不足征也。文献不足故也。足，则吾能征之矣。"（《八佾篇第三》3.9）

The Master said, "How can we talk about the ritual of the Xia? The State of Qi supplies no adequate evidence. How can we talk about the ritual of Yin? The state of Song supplies no adequate evidence. For there is a lack of documents and of learned men. But for this lack we should be able to obtain evidence from these two States."

(47) 子曰："周监于二代，郁郁乎文哉！吾从周。"（《八佾篇第三》3. 14）

The Master said, "Zhou could survey the two preceding dynasties. How great a wealth of culture! And we follow upon Zhou."

(48) 子曰："仁远乎哉？我欲仁，斯仁至矣。"（《述而篇第七》7. 30）

The Master said, "Is Goodness indeed so far away? If we really wanted Goodness, we should find that it was at our very side."

韦利对此三例的翻译中有一个共同之处，即均把原文中的"吾"（"我"）翻译为"we"。此三例原文中的主语均为"吾"。"吾"作为说话者直接呈现在事件场景中，具有极强的主观性。译文中，韦利将"我"翻译为"我们"，将个体转化为了群体，因而主观性减弱，客观性增强。

韦利在翻译中有此种操作，深究其原因，也许是为了突出孔子所说话语的普遍教化意义。在孔子的思想中，"仁"（"礼"也如此）是现实的东西，而并非虚无缥缈的，因而所有人都可以达到。如果把"仁"限定在只有少数人才会达到的境界，只有少数人才能做到的行为，那是对孔子所谓"仁"的错误理解乃至歪曲。在孔子"仁"的思想里，并无对任何一个人的界定，即这句话既可以对天子诸侯说，也可以对平民百姓说。此种"仁"乃是一种"大仁"而非"小仁"。

本讲小结

语言的结构和功能离不开"人"这个中介。语言所描述的不仅仅是客观存在的事物或事件，而是与识解相互依存。识解是概念语义的重要组成部分，是一种多维现象，包括了详略度、视角、侧显、心理扫描等多个维度。同时，由于人类认知活动的复杂性，识解的维度还将不断地扩充和调整，甚至包括认知主体的身体体验、社会文化经验和价值观念。面对同样秋风秋雨的场景，说话人也许会细致地描写"梧桐更兼细雨，到黄昏、点点滴滴"，也许会感叹"这次第，怎一个愁字了得！"对客观世界的识解，已经渗透到了语言的方方面面，在本质上具有主体性，反映出人的基本认知能力，凸显了语言使用者在组织和构建世界过程中的积极作用，解释了认知语言学中语义研究的重要性和复杂性。

　　本讲主要改写自刘正光、李雨晨（2019）《认知语言学十讲》第四章；刘正光、陈弋、徐皓琪（2016）"亚瑟·韦利《论语》英译'偏离'的认知解释"《外国语》39（2），89-96。

思考题

1. 识解对文学阅读心理与理解的影响方式是什么？
2. 怎样看待识解与文学阅读中的主体性的关系？
3. 识解在文本阐释过程中的作用方式是什么？

拓展阅读参考书目

Langacker, R. W. 2008. *Cognitive Grammar: A Basic Introduction.* Oxford: Oxford University Press.

Stockwell, P. 2002. *Cognitive Poetics: An Introduction.* London/New York: Routledge.

刘正光、李雨晨. 2019.《认知语言学十讲》. 上海：上海外语教育出版社.

图形·背景与意象化效应

注意力在人类认知和语言表达中具有十分重要的地位。人类认知在同一时空场景下，由于自身条件的限制，不可能同时认知场景中的所有对象；因此，在认知的过程中，有必要选择性地聚焦一定的侧面和部分。这种认知过程中的注意力分配实际上就是认知的选择性。人类知识在理想认知模型、图式、认知域或框架的组织下，能够快速、经济、有效地发挥作用，是因为人类在认知活动中，借助这样的知识组织方式（背景知识），用有限的语言手段最大限度地将最关注的部分表达出来，实现有效交际的经济性。根据心理学家的研究，在注意力分配型式中，图形·背景是最重要的分配型式。

第一节　图形与背景①

图形与背景（figure and ground）来源于格式塔心理学。在视觉感知中，人们倾向于简化视觉场景，将注意力聚焦于一个主要物体（图形）作为中心点，将其余部分作为背景。根据格式塔原理，人们在认识世界时，往往分别讨论或感知个体，然后将个体整合为整体。比如，在视觉分类过程中，往往将相同的或近似的归并到一起。视觉感知里最经典的例子就是"鲁宾花瓶"（Rubin vase）。

图 1　鲁宾花瓶

在上图中，当我们的注意力聚焦在白色部分时，则黑色部分为背景，看到的是一个花瓶。常态下，一个

---

① 本讲第一节根据刘正光、李雨晨（2019）《认知语言学十讲》第五讲部分内容改写而成。

画面中，中心位置为图形位置。但如果我们将注意力转移到黑色部分，将白色部分作为背景时，我们看到的是两张对视的脸。这实际就是图形·背景的动态变化性。

1.1 图形·背景的内涵与特征

在正常情况下，以下特征可以作为图形·背景的确定原则（Stockwell 2002：15）：

1）独立完整性，与背景部分的界限分明；

2）图形是移动的，背景是静止的；

3）时间和空间上，图形在前，背景在后；

4）从背景中分离出来，显现为图形；

5）在整个画面中，更具体、更聚焦、更亮眼、更吸引人；

6）图形位于背景之上或之前。

Stockwell 的概括与 Talmy（2000：315-316）总结的图形与背景特征基本一致，区别不大。如下面对照表所示：

表 1　图形与背景特征对照表

特征	图形	背景
关键性特征	在时间和空间上有未知的特征需要确定	作为参照实体，其已知特征可以用来描述图形的未知特征
相对性特征	更具移动性	更恒定地固定下来了
	小一些	大一些
	几何结构上更简单些	几何结构上更复杂些
	在场景上或认知更临近一些	更熟悉（预料之内）些
	关注度或相关性高一些	关注度或相关性小一些
	难以即刻感知到	可以即刻感知到
	一旦被感知，凸显度更高	一旦图形被感知，更处于背景地位
	依存度高一些	独立性高一些

图形·背景有两个显著特征。一、图形比背景具有更高的心理显性度（salience）。二、图形·背景具有灵活性、动态性和逆反性（reversal）。表 1 的解释表明，注意力具有选择性。图形与背景交替作

用，背景转化为图形则获得更高的心理显性度而被优先识别。同样的
道理，图形转化为背景则从认知上的突出地位退隐到次要地位。图
2 和图 3 进一步说明了图形·背景的这一基本特征：

图 2　树与老虎

如果说图 3 与图 1 和图 2 有不同的话，图 1 和图 2 的图形与背景分
别表示不同的视觉意象；而图 3 的图形和背景表达的意象都是"鸟"，
且白色和黑色的鸟在画面上的比例大致相当，那么，哪一种颜色的鸟
作为图形，完全取决于观察者的视角。

图 3　M. C. Escher：黑白鸟

1.2　图形·背景在语言表达中的体现

认知语言学研究语言问题的基本途径是用人类的一般认知能力和
特征来解释语言的内在规律，以避免循环论证，同时也证明语言能力
是认知能力的一部分，语言使用受制于一般认知原则。图形·背景本

来是认知心理学中的一对原则，用来解释人类视觉感知的基本特征。认知语言学引进它来解释人类概念化过程中的基本认知方式。先看一组例句：

（1）a. 杯子放桌子上了。

　　 b. 钢笔掉地上了。

本例中，"杯子"和"钢笔"都是图形，"桌子"和"地上"都是背景。由此可以看出，在一个句子里，句子的主语关注度最高，因为它表达的是要讨论或说明的话题；而后面的述语成分是对主语的说明，框定所讨论的范围，或起锚定的作用，成为认知上的参照点。

1.2.1　单事件句中句子成分的图形与背景分配

如表1所示，图形在物理上或概念上是一个运动的或可移动的实体，其路径、地点和方向可以是一个变动的量，其价值在于成为相关的话题；背景是一个参照点，是某个参照框架内一个稳定的场景。据此，图形的路径、地点和方向可以被描述（Talmy 2000：312）。那么，简单句中的主语（或句首成分）都是图形，因为在一个只有主谓宾的句子里，主语总是居于句首充当话题的，谓语和宾语部分是背景。以上特征可以很好地解释以下两组句子的差别：

（2）a. 单车停在大楼旁边。

　　 b. ?大楼在单车旁边。

（3）a. John is near Harry.

　　 b. Harry is near John.

一个句子里的名词性成分的凸显度从大到小依次是：主语→直接宾语→旁语（oblique）（Talmy 2007），主语对应于图形，直接宾语和旁语对应于背景。在（2a）中，单车是图形，大楼是背景。大楼是一个固定的地点，用来说明单车当时停靠的位置。大楼的位置不会轻易移动，但单车可以随时骑走，并停靠在不同的地方。当（2b）中的"大楼"移动到主语位置时，它就成了图形，而移动的物体"单车"却变成了背景。然而根据前面对图形与背景特征以及确定原则的描述，静止的、大的物体是无法从背景中分离出来成为图形的，所以，（2b）的可接受性存在疑问。相反，（3）中的 John 和 Harry 都是独立完整的个体，都是运动的生命体，因此他们都可以成为图形，（3a）是以

Harry 作为相对静止来说明 John 的位置，而（3b）是以 John 作为相对静止来说明 Harry 的位置。两句的差别在于重点不同。汉语里类似的例子还有分配句，如：

(4) a. 一锅饭吃十个人。
    b. 十个人吃一锅饭。
(5) a. 一张床睡三个人。
    b. 三个人睡一张床。

分配句的语义特征是表明二者之间的数量关系。二者都是相对独立的个体，不存在主次的问题；因此，都有可能充当图形或背景。哪一个充当图形，完全取决于说话人希望强调或凸显的对象是哪一个。(4a) 和 (5a) 强调的意思分别是，饭和床只有这么多，每锅饭都要分给十个人吃，每张床需要睡三个人才行，重点在于饭太少，床也不够。(4b) 和 (5b) 强调的重点在于人多。

英语里有一种构式，涉及三个参与者，其图形·背景的确值得注意：

(6) a. He loaded hay (F) unto the truck (G). （他把草装到车上去了。）
    b. He loaded the truck (G) with hay (F). （他在车上装满了草。）

在 (6a) 和 (6b) 中，图形 (F) 是 hay，背景是 truck (G)。这样理解的道理很简单，truck 可以充当 hay 的去向，但不能成为 he 的去向，he 仍然是施事（agent）。如括号中的译文所示，汉语在翻译英语这种构式时，一般采用"把字构式"。事实上，"把字构式"的重要语用功能就是强调处置的对象，也就是说，"把"字后的宾语是关注的焦点或讨论的对象。

1.2.2　复杂事件句里的图形与背景

复杂句指一个句子中至少含有两个相关的事件。一个为主事件，充当图形，由主句表达；另一个为背景事件，常由介词短语或连词引导，如：

(7) a. 他考试舞弊，（所以）他退学了。
    b. 他退学了，因为他考试舞弊。

（8）a. He exploded after he touched the button.

　　 b. He touched the button before he exploded.

　　（7a）表面上看是一个并列句，但在实际语义上，"他退学了"是"他考试舞弊"造成的后果，强调的是原因（他考试舞弊了）。（7b）侧重点不同，强调的是结果"退学"，而"他考试舞弊了"只是补充说明。（8）表达的事件是相同的，只是使用的连接手段不一样。（8a）强调结果性事件"爆炸"，（8b）强调原因性事件"接触按钮"，因此，使用的连词具有互补对立性。（8）还反映出英语中一个很有趣的现象，两种表达手法构成图形·背景逆反。

　　一个句子如果表达复杂事件，则必然涉及两个事件在时间上的先后问题、连续问题、同现问题，如：

（9）a. He dreamed while he slept.

　　 b. *He slept while he dreamed.

（10）a. He came while she was reading.

　　 b. *She was reading while he came in.

　　（9）和（10）中的 b 句不可接受，是因为两个事件延续的时长不一样。在"睡觉"与"做梦"、"看书"与"进来"中，前者比后者延续的时间都长，事件的涵盖量在量这个维度上自然就大一些。根据图形与背景的含义，大一些的充当背景。

第二节　图形·背景逆反

　　前面讨论的图形·背景的动态性和灵活性，本质上就是图形·背景逆反。图形·背景逆反，指将常规情况下的背景成分前景化，移到图形位置上，让其具有图形的凸显性。图形·背景逆反最大的认知价值在于它反映出思维的创新过程。文学作品创作、各种艺术与广告设计等常常运用图形·背景逆反以获得震撼的创作效果。

　　图形·背景逆反，由于违背了正常的心理期待，往往表达出一种惊讶、疑问或不一样的感觉，如下面的图 4。以前我们常见到的鲁宾花瓶中，黑色的两张对视的脸作为背景颜色，白色为位于中心的花瓶的颜色，如图 1。现在的图 4 以黑色作为花瓶颜色，白色作为两张对视的脸的颜色，感觉应该有些不一样，尤其是对两张脸的感觉是不同的。

图4　逆反的鲁宾花瓶

下面图5如果黑色的腿作为图形，则腿似乎粗一些，注意力更多在脚的部分，尤其是脚上的鞋。而当以白色为图形时，看到的是更纤细的腿，另外，白色部分与黑色的脚尖部分之间，似乎是臀部的画面。前面说过，颜色亮丽或深一些的部分更倾向于充当图形。那么，当以白色的腿为图形时，我们看到了更丰富的画面内容。

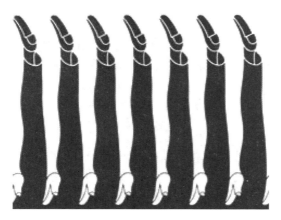

图5　腿

2.1　句层级图形・背景逆反的实现方式

如前所述，句首位置总是图形位置。那么，无论什么成分，只要移位到句首位置，就会成为图形成分，也就是发生图形・背景逆反。

语言使用中最常见的图形·背景逆反是倒装句、话题句和左移位句。

2.1.1 倒装与图形·背景逆反

(11) a. A dog dashed out of the door.

　　b. Out of the door dashed a dog.

(12) a. He had a long conversation with his supervisor.

　　b. Who(m) did he have a long conversation with?

（11a）的图形是 a dog，the door 是背景，说明 dog 运动的源点；而（11b）的图形是 the door，"从门后出来"是关注的焦点，强调从门后冒出来的突然性，给人以惊吓的感觉，至于冒出来的是什么不是最重要的。（12a）中的 he 是图形，强调的是"他"在和导师深谈；"导师"作为背景说明"他"谈话的对象。（12b）强调的是"谁"被关注，至于关注者则是次要的。特殊疑问句中的疑问词表达的内容总是最被关注的焦点信息，因此必须放在句首。这是因为，在一个主谓宾的结构中，句首位置一般是主语的位置，即"图形"的位置。这也从认知心理的角度解释了特殊疑问句中疑问词要移位到句首的原因。

2.1.2 话题化与图形·背景逆反

此处讨论的话题句的图形·背景逆反，主要指正常句子中的背景成分宾语左移到句首主语的位置，充当图形的情形：

(13) a. I really hate John.

　　b. *John* I really hate.

　　c. *John*, I really hate.

(14) a. 我不喝酒了。

　　b. 酒，我不喝了。

(15) a. 她对那段日子里的点点滴滴都记忆犹新。

　　b. 那段日子里的点点滴滴，她都记忆犹新。

（13）至（15）是同类型的移位，其中的 a 句是常规表达，主语是图形、宾语是背景的一部分。b 句将作为背景部分的宾语移动到句首占据主语或话题的位置，转换成了图形，获得凸显或强调。在这些句中，它们都充当了话题，作为信息传递的起点。

2.1.3　左移位与图形·背景逆反

左移位构式与话题化略有不同，最明显的差别在于，左移位中，一般移位的是主语和宾语。它们移出后，后面都会使用回指性成分来复指移出的成分。

（16）a. Spring blossoms smell wonderful.

　　　b. *Spring blossoms*, *they* smell wonderful.

（17）And then I think about Michelle's mom, and the fact that *Michelle's mom and dad*, *they* didn't come from a wealthy family. *Michelle's dad*, *he* worked a blue-collar job at the sanitary plant in Chicago. And *my mother-in-law*, *she* stayed at home until the kids got older. And she ended up becoming a secretary, and that's where she worked at most of her life, was a secretary at a bank. (Obama 2012)

（18）a. 老李喝酒很豪爽。

　　　b. 老李啊，他喝酒就是豪爽。

（19）a. 那个姑娘爱你爱得无怨无悔。

　　　b. 那个姑娘，她爱你爱得无怨无悔。

（16）和（17）是将主语移出，然后再用代词复指该主语。（16a）是正常的表达方式，spring blossoms 作为句子主语，自然就是图形。但在（16b）中，如斜体所示，将 spring blossoms 从正常的句子结构中向左移出，然后再使用代词回指它，以进一步凸显原来充当图形的成分。这实际上是图形重叠了。这样的说话方式，是为了使读者或听众对图形成分予以最多的关注和重视。所以，（17）里，奥巴马在演讲中，为了让听众感受到他对岳父母的敬意，特地运用左移位构式，以强调 mom and daddy。（18）和（19）类同于（16）和（17）。

应该指出的是，（15）至（19）b 句里都有一个指示性成分，即汉语中的"这、那，这些，哪些"和语气词"啊、呀"等，英语里的 his（these），that（those），here，there，yonder，now，thus，yea 和重读的 he，she，they 这类指示词语。它们用来指称外置成分，其作用是增强人们对外置成分的注意力，达到凸显的目的。

但（20）不同于（16）至（19）的地方在于，它将宾语左移，然后用代词或数量关系成分复指移出的成分，其语用目的一方面是强调它们是句子最重要的信息，另一方面可以建立起谈话双方共同的话题。

（20）a. This man, I don't know him.

b. Jack, I never saw him come here before.

c. Politicians, you will never find one you can trust.

d. Money, I need some.

（21）a. 你就不要再提以前那些不堪回首的事情了。

b. 以前那些不堪回首的事情，你就不要再提（它）了。

（22）a. 我不想和老王这个人有任何瓜葛了。

b. 老王这个人，我不想和他再有任何瓜葛了。

2.2　语篇层级的图形·背景逆反的实现方式

文学作品中的语言，或者其他创造性语言使用中的语言，其图形·背景逆反往往是多维的、复杂的。文学作品的语言充分体现着语言的复杂性和表达的多样性。图形·背景逆反的方式也多种多样，变化很多。下面仅举两例作为说明。

2.2.1　语言单位的非范畴化与系统关系的图形·背景逆反

我们在第三讲第四节讨论非范畴化与表达功能的变异时，已经非常深入地讨论了汉语诗歌中名词短语并置对实现语言表达功能变异的作用。事实上，这种非范畴化实现表达功能的变异，也是一个图形·背景逆反的过程。

我们在第三讲已经详细阐明了名词短语非范畴化的实现过程。本节就不再赘述了。下面主要说明其图形·背景逆反的实现过程。请再看引用的诗篇，对这样的诗篇的图形·背景逆反的分析，能够让我们在更广阔的层面上理解图形与背景的关系，同时感悟图形与背景作为一种重要的认知方式的普遍意义。

（23）枯藤老树昏鸦，小桥流水人家，古道西风瘦马。夕阳西下，断肠人在天涯。（马致远《天净沙·秋思》）

（24）孤村落日残霞，轻烟老树寒鸦，一点飞鸿影下。青山绿水，白草红叶黄花。（白朴《天净沙·秋》）

"枯藤老树昏鸦，小桥流水人家，古道西风瘦马。"这三句全由名词短语组成，突破了组合关系和聚合关系的常规限制，将本来属于聚合关系的成分置入到了组合关系之中，并置的名词主要表示描述性意义。之前的一些研究考察了其话语修辞效果或者语篇连贯的方式，指出这种名词用法具有独特的修辞效果。但对为什么会产生独特的修辞效果，则语焉不详。下面的分析将表明，名词并置的特殊的美学效果来自聚合关系和组合关系的重叠。两种关系的重叠则来自认知上的图形·背景逆反。

（23）和（24）体现的是语言系统里最根本的图形·背景逆反，即系统关系的图形·背景逆反。

语言系统有两个最基本的关系，即聚合关系和组合关系。从纵向的角度看，具有相同语法功能或地位的语言单位在范畴属性和功能上具有同类性，在语言运用中可以相互替代。这样的关系叫聚合关系。从横向的角度看，不同范畴和功能的词和词组按一定的句法规则构成句法结构，或者说进行各种不同的排列组合。这样的关系是组合关系。

在这个组合关系与聚合关系的二维关系中，常态下，组合关系是第一位的，聚合关系是第二位的。从认知凸显上看，组合关系享有更高的凸显度，也就是具有图形地位。聚合关系的凸显度低于组合关系，处于背景地位。名词短语并置以后，在认知上，实际上也有一个图形·背景逆反过程。因为，本来处于首要地位的组合关系退居次要地位，而次要的聚合关系由于名词短语的并置而上升到最显要的地位，也就是获得了图形的地位。这样的语言结构关系从本质上来讲就是颠覆原有结构关系，代之以一种新的结构关系。这个颠覆的过程实际就是认知上图形·背景逆反的过程。就层次而言，这是最高层次的图形·背景逆反。

2.2.2 风格变异与图形·背景逆反

图形与背景和文体学研究中的"前景化"具有异曲同工之处。文学语篇中，某些方面通常会被当作更重要或更凸显的部分。从表达手法上来看，日常的直义表达是背景，创新与变异的表达是图形，即前景化（Stockwell 2002）。Stockwell 指出，前景化有许多方式，其中之一就是句法排列的创造性。从认知方式上看，这样的句法变异是图形，常规的句法结构和表达方式是背景。再看之前讨论过的这两首诗：

（25）晨起动征铎，客行悲故乡。

  鸡声茅店月，人迹板桥霜。

  槲叶落山路，枳花明驿墙。

  因思杜陵梦，凫雁满回塘。（温庭筠《商山早行》）

（26）朱雀桥边野草花，乌衣巷口夕阳斜。

  旧时王谢堂前燕，飞入寻常百姓家。（刘禹锡《乌衣巷》）

从整首诗的语法关系来看，在（25）中，其他各行都具有正常的聚合和组合关系，唯独"鸡声茅店月，人迹板桥霜"是名词短语并置。这样的句法结构彰显了这两行与其他各行的差异，其效果是在整首诗的流动性意象中，意象的流动由动转变为静，凸显了静的画面，使得静的意象前景化，成为认知心理上的图形而获得了更多的注意力。（26）中，"旧时王谢堂前燕"具有类似的意象营造效果。

从文学创作中的语言表达来看，这是一种风格上的图形·背景逆反。风格上的图形·背景逆反，主要体现在以下三个方面：1）句子结构的正常表达方式是 SVO，句子与句子之间的逻辑关联由一定的词汇手段表达出来。而名词短语并置，可能的结构是 OO 的并置、SO 的并置或 SS 的并置等。这样的并置就完全不同于人们对句子结构的常规心理期待，而产生变异感觉。诗人巧妙地安排了这样的变异。在所举诗行的前面或后面，句子的结构基本上是常规结构，这样它们相互之间又形成反差或强烈的对比，更加凸显出变异的特征。2）名词短语并置使名词由指称转而表示描述或描写，那么名词的意义变化必然经历认知上的处理过程。这个过程可能是隐喻，可能是转喻或其他机制。对于具体的名词表达式而言，有的具有了隐喻的性质，有的具有了转喻的性质。这在语言风格上，又有别于直义表达。传统修辞学或诗歌美学中把这样使用的语言也称之为变异。所有这些变异的结果就是它们在认知心理上获得了更多的注意力。3）动态与静态的转换。虽然在正常的情况下，动态的是图形，静态的是背景。但当一个语篇的整体叙说风格是动态的，静态意象的突然出现使静态的叙说在整体风格中就成为变异，会获得特别的注意力，成为关注的焦点，而转换为图形。关于变异在文学风格中的重要作用，秦秀白（1986：98）有精彩的论述："每一个作家都在创作过程中努力使自己的语言显示出超乎寻常的风格。超乎寻常才能体现风格。"变异的目的是突出要表达的内容，实现前景化，就是为了使表达的内容处于图形的地位。

第三节　图形·背景逆反与意象化效应^①

意象化是中国诗歌创作默认的一种艺术创作方式，意象是一个重要的美学概念，蒋寅（2009：25）将"意象"定义为："经作者情感和意识加工的由一个或多个语象组成，具有某种诗意自足性的语象结构，是构成诗歌本文的组成部分。"其中"语象"一词指诗歌文本中包括"物象"在内的所有能提示和唤起读者具体心理表象的文字符号。比如，"春风又绿江南岸"中的"春风""岸"是"物象"，"绿"则属其他语象；"僧敲月下门"中的"僧""月""门"是"物象"，"敲"是其他语象，这种能构成"诗意自足性"的手法运用于诗中的这个过程即是诗歌的"意象化"（转引自高晓成 2016）。下面这首诗体现出图形·背景逆反所创造的意象化效应。

（27）**Hill-Stone Was Content**（**Ted Hughes**）

To be cut, to be carted
And fixed in its new place.

It let itself be conscripted into mills.
And it stayed in position
Defending this slavery against all.

It forgot its wild roots
Its earth-song
In cement and the drum-song of looms.

And inside the mills mankind
With bodies that came and went
Stayed in position, fixed like the stones
Trembling in the song of the looms.

---

① 第三讲中的第五节讨论非范畴化的陌生化效应，实际上也具有图形·背景逆反的特征。

> And they too became four-cornered, stony
> In their long, darkening, dwindling stand
> Against the guerrilla patience
> Of the soft hill water.

本诗从不同的理论视角切入，可能有不同的解读。下面我们从图形·背景的视角来解读本诗的意义。

3.1　图形·背景逆反创造两种效果

（27）这首诗中的图形·背景逆反创造了两个非常鲜明的意象化效应：1）新奇（surprise）的表达效果；2）反衬本诗主题，即工业化对人性自由与权利的剥夺。本诗中的图形·背景逆反可以从五个方面来理解。

一、隐喻性表达（拟人化）将图形转化成背景。诗的标题主语 hill-stone 是无生命体，content 隐喻性地蕴含一个生命体。一般而言，生命体是图形，无生命体是背景。但标题中，无生命体 hill-stone 却占据着主语的位置，即图形的位置。而生命体实际上半隐半现了，因为只有 content 暗示着一个生命体的存在，但这个生命体并没有实际出现。其实，这本身又是一种图形·背景逆反，即语言表达风格上所产生的变异所带来的图形·背景逆反。在诗的前三节里，词汇层次的隐喻化（拟人化）表达有：content、let、defending、forgot。这几个词都是表达人的行为或心理状态的。但其主语都是 hill-stone。无生命体主语和有生命体动词形容词造成了语言表达上的张力，然而 hill-stone 从本来的背景位置以图形出现，顺带着把属于背景信息的 cut、conscripted、in position、drum-song、guerrilla、in its place、slavery 也凸显出来了。这些信息一方面强调了社会阶层的地位低下，同时也暗示出无可奈何之感，因为 cut 意味着暴力，conscript 意味着被迫，slavery 与 in its place 关联起来，意味着自由与权利的消失。因此，前三节真正要凸显的主题就是工业化对人性权利的无情剥夺（dehumanized）。

二、语法结构与使用的变异形成图形·背景逆反。在第二节的第一行"It let itself be conscripted into mills."中，let 作为表达允准的意义的动词，对其后的行为具有强烈的控制性，let 后的宾语能否做出某种行为，完全是由 let 的主语来控制的。也就是说，let 后的宾语应该与

let 的主语是不同的，let 往往意味着主语允准他人可否做某事。但是，本行中却用了一个反身代词，表示自己允许自己被征召入厂，可见"它"是多么的无奈。

三、突出"静"的状态。本诗有一个显著的特征，就是用了一系列表示容器空间的介词，先后出现的有 in、into、in、in、inside、in、in、in，共八次。这八次中，into 是表示运动过程或运动结果的，inside 是对 in 所表示的静止状态的进一步强化。根据图形·背景的相互关系，运动的是图形，静止的是背景。但是，在这样一个空间图式里，诗人把"静止"的状态通过介词 in 和 inside 的反复出现得以强化，获得了读者更多的注意力，即成了认知上的图形而得到了凸显。静止的状态意味着生命力的弱化或缺失。诗中，以静态的介词 in 表达空间位置，传递出工业化之中的工人被固定在静态的位置已经丧失了活动的自由，回应了诗中的 slavery 的含义，同时也呼应了全诗拟人化产生的图形·背景逆反所表达的意义，即工业化对人性权利的剥夺。

四、表达风格的变异，形成图形·背景逆反。本诗的前三节都由三行构成。但第一节的第一行被移出充当了标题，即标题又同时是诗的第一行。这种诗歌形式上或表达风格的变异凸显了表达主题的非同寻常，强化了生命体与无生命体的内部张力的冲突，暗示着工业化造成了人性从属于物质的现状，从而进一步强化了人性权利的消失。

五、全诗采用第三人称视角。名词自然是第三人称视角，诗中还使用了 it、they 等远指代词。在近指和远指中，近指是图形，远指是背景。诗人用远指，这也是一种图形·背景逆反。远指客观、心理距离大，因而传递出工业化的冷酷无情。

3.2 图形·背景融合构建主题性图形

（27）这首诗的第四节和第五节都是四行，但它们各都只有一个句子。第四节中，mills、mankind、bodies、stones、looms 构成了一个生命性弱小的主题。前三节中，stone 已经拟人化了，被赋予了一定的生命性；looms 被拟人后，可以唱歌；mills（工厂）有工人，也有一定的生命性。值得注意的是，mankind 虽然表示人类，但泛指人类，是一个抽象的物种概念，其人性特征比较弱，bodies 只是人体的生物构成部分，人性也比较弱。在这样一个语义场中，到底谁是图形，谁是背景，界限是很模糊的。那么，第五节中的 they 既可以理解为指向 mankind，也可以理解为指向 mills、mankind、bodies、stones、looms。在这种理解下，they 在这里也就进一步模糊了生命性与无生命性的边界，也同时模糊了图形与背景之间的边界。但是它们却共同构成了一个主题性图形。这个主体性图形既是对前三节里表达的思想内涵的进一步强化，也更加彰显了工业化对人性自由、权利的剥夺和资本的无情。

下面我们再看看中国古典诗歌中图形·背景逆反所产生的意象化效应。

> （28）纤云弄巧，飞星传恨，银汉迢迢暗度。金风玉露一相逢，便胜却人间无数。
>
> 柔情似水，佳期如梦，忍顾鹊桥归路。两情若是久长时，又岂在朝朝暮暮。（秦观《鹊桥仙》）

秦观的这首诗是诗歌创造中隐秀之美的名篇。诗人并没有直接抒写牛郎织女七夕相会的兴奋、激动，而是将相见时的相关背景作为了呈现的内容。"纤云弄巧"是写相见前所作的准备营造出相见的温馨氛围，"飞星传恨"极言相见时的急切心情与情状，"银汉迢迢"本指相见的距离遥远，"金风玉露"渲染相见的美好时刻。这些背景信息图形化，能突出牛郎织女盼望、珍惜一年一度的鹊桥会，只为那"金风玉露一相逢，便胜却人间无数"良辰美景。

词的上阕隐含的图形应该是牛郎织女，他们是相见的当事人。但是诗人通过背景的描写营造出一种温馨、幸福的意境，隐性表达他们相见的幸福感受。

词的下阕"柔情似水，佳期如梦"依然是图形·背景逆反，描述离别之苦，为的是衬托随后出场的图形——牛郎织女"两情若是久长时，又岂在朝朝暮暮"的两情相悦、情意相投的爱情观。

整首诗通过图形·背景逆反把"相见难别更难"这样的情愫高度意象化为一种美轮美奂的画面。

第四节　图形·背景交替与意象化效应

图形·背景交替出现实际上也是一种图形·背景逆反。但这种逆反是建立在图形交替出现能够实现意象画面的不断流动的基础上，我们分开论述这种既具有逆反性，又具有交替性的图形·背景的组合建构意象化效应的方式。

4.1 图形转换出现与意象化效应

作品中一系列图形的连续出现往往能够营造更丰富的意象化效应，如：

(29) 众芳摇落独暄妍，占尽风情向小园。
疏影横斜水清浅，暗香浮动月黄昏。
霜禽欲下先偷眼，粉蝶如知合断魂。
幸有微吟可相狎，不须檀板共金樽。（林逋《山园小梅》）

《山园小梅》中，"小梅"作为图形在标题中出现，已经获得了读者最大的注意力。但在诗的正文中，诗人引出"众芳"作为图形，表面上是图形转换了，但起到了对比与反衬的作用，接着诗人又将注意力焦点连续转向"疏影""暗香"等不同的图形，以细说"小梅"的不同风姿。傅庚生（1983：94）赞誉此诗是仙品和鬼才级的作品："'疏影暗香'一联，已关千古咏梅之口。何则？疏影、梅之魂也，横斜、其姿也；暗香，梅之气也，浮动，其韵也；陪衬之以清浅之水，烘托之以昏黄之月；梅之为梅，尽于此矣；是义之至也。"

苏轼的《念奴娇·赤壁怀古》气势磅礴，也与图形不断转换并连续出现具有很大的关系。

(30) 大江东去，浪淘尽，千古风流人物。故垒西边，人道是，三国周郎赤壁。乱石穿空，惊涛拍岸，卷起千堆雪。江山如画，一时多少豪杰。
遥想公瑾当年，小乔初嫁了，雄姿英发。羽扇纶巾，谈笑间，樯橹灰飞烟灭。故国神游，多情应笑我，早生华发。人生如梦，一尊还酹江月。（苏轼《念奴娇·赤壁怀古》）

该词中，"大江、浪"作为图形已经呈现了宏大的空间地理画面。"千古风流人物"在句法上本应为"浪淘尽"的宾语，是背景。但苏轼将其与动词"淘尽"分离开，独立出现，则"千古风流人物"成了一个独立的图形，展现历史与时间的悠长与深度。"故垒西边"本是地点状语，但独立出现，放在句首，转换成了图形，"三国周郎赤壁"本来是"是"的言说内容，是背景部分，但独立出现也转换成了图形。通过这种句法结构的巧妙变换，背景内容被转换成为图形，凸显了时空与人物。"乱石穿空，惊涛拍岸，卷起千堆雪。江山如画，一时多少豪杰"中，"乱石""惊涛"作为图形凸显其恢宏的战场场景，"穿空、拍岸、卷起千堆雪"都是动感很强的行为动词，作为背景信息有力地烘托了激烈的战争景象。但是动态动词也具有图形的效应，所以整个意象更加具有动感，更鲜明，更引人注目。图形"江山、英雄豪杰"是词人关注的焦点，背景"如画、一时多少"由动态的动词转换为评价性的词语，侧重诗句的整体意境。

词的下阕中，"遥想公瑾当年"本来的图形是词人，但是词人将其隐形，原本是背景的"公瑾"承接了图形的注意力，而更加凸显了。这就为词人将图形转换为"小乔"做了很好的铺垫，"雄姿"是词人着力表现之点，自然位于句首得到凸显，"羽扇纶巾"是一个转喻，转指周瑜儒雅、淡定的大将风度。转喻的最重要的作用就是凸显事物的特征，也具有图形效应。"谈笑间"本是一个时间状语，应该是图形，但通过标点符号隔开，独立出现获得了更多的注意力，而凸显其时间之短。"樯橹灰飞烟灭"是汉语的典型表达方式，即话题句。话题句的特点是一方面凸显关注的话题，另一方面表达说话人的评价意义。这就为词人借景抒情，咏物怀古提供了表达的便利。

4.2　图形交替出现与意象化效应

汉语诗歌等作品中，顶真这种修辞手法典型地表现为在图形·背景逆反中连续呈现和转换注意力焦点，流畅自然地呈现作为言说焦点的图形，如：

(31) 楚山秦山皆白云，白云处处长随君。长随君，君入楚山里，云亦随君渡湘水。湘水上，女萝衣，白云堪卧君早归。（李白《白云歌送刘十六归山》）

(32) 丈夫处世兮立功名；立功名兮慰平生。慰平生兮吾将醉；吾将醉兮发狂吟！（罗贯中《三国演义》）

(33) 这阊门外有个十里街，街内有个仁清巷，巷内有个古庙，因地方窄狭，人皆呼作葫芦庙。庙旁住着一家乡宦……。（曹雪芹《红楼梦》）

　　这样的图形·背景逆反式的顶真表现手法使结构紧凑、韵律畅达、悦耳动听。

　　无独有偶，下面这首英文诗和顶真具有异曲同工之妙，图形·背景不断地交替创造出非常鲜明的意象化效应，此处我们从该角度再次对它进行分析。

（34）in secret

　　　　be quiet say nothing

　　　　except the street be full of stars

　　　　and the prisoners eat doves

　　　　and the doves eat cheese

　　　　and the cheese eats words

　　　　and the words eat bridges

　　　　and the bridges eat looks

　　　　and the looks eat cups full of kisses in the *orchata* that hides all

　　　　with its wings

　　　　the butterfly the night

　　　　in a café last summer

　　　　in Barcelona.

　　　　　　　　　　（Pablo Picasso，translated by David Gascoyne）

　　在本诗的第四行到第九行中，各行中的宾语相继转换成下一行的主语，像摄像头一样，作聚焦式扫描，把盛夏之夜巴塞罗那当时的混乱与怪诞图像式地呈现在读者面前。这六行突破语法与语义的限制，这是风格上的图形·背景逆反。每一行中的宾语转换成下一行的主语是结构形式上的图形·背景逆反，但它们同时又使图形·背景像电影镜头一样连续式地呈现。因而，怪诞的意象效果非常凸显，令人印象深刻。

　　从认知上来看，常规的、熟悉的往往在心理上更突显，是认知上的默认的图形。如果语言表达式违反这种常规、熟悉的表达方式，则发生了认知上的图形·背景逆反。因此，本首诗的图形·背景逆反整体上来看是认知风格的图形·背景逆反以表达"怪诞"的主题，主要体现在以下几个方面：1）形式上的怪诞，全诗各行的第一个字母都没有大写，大写的表达效果在于强调和独指性。而本诗全部小写也许是作者想表达世界大战引发的荒唐与怪诞在当时已经是司空见惯的现象了。2）语法上的怪诞，第3行的 be 应该有人称的变化。当动词没有人称与时态的变化时，暗含着其存在的状态已经超越了特定的时间意义，或者无时间性（atemporal），传递出世界大战带来的怪诞所造成的影响将恒定地存在；语法上的怪诞还体现在整首诗只有一个句号以及第5行到9行都以 and 起始连接起来，暗示出世界大战所造成的怪诞的整体性，而非局部性。3）语义上的怪诞，动词 eat 应该与人或有生命的动物的搭配共现，但第5行至第9行中 eat 的主语都是无生命的名词或实体，不符合常规的语义组合原则；关于这5行诗的内涵，也许每一行都有自己的特定意义，也许什么具体意义都不表达，仅仅是通过这种违反逻辑的语义组合表达怪诞之意。4）文化上的怪诞，第4行中的 prisoners eat doves，有两个文化方面的怪诞。一是在西方文化传统中，能够食用的动物是非常有限的，主要是牛羊肉、猪肉，禽类主要是鸡肉和鸭肉；鸟类是不能食用的，更何况具有宗教文化意义的鸽子，这暗示着世界大战带来的怪诞已经触及了非常深刻的层次，触及文化的层面。二是 prisoners 居然能够悠然地在街上吃饭，这是不可思议的。根据法治要求，囚犯应该待在监狱里。囚犯能够逍遥法外在大街上吃着鸽子，意味着社会法治已经怪诞到社会秩序全失的混乱局面。

本讲小结

注意力反映出认知的选择性。注意力分配型式体现着选择的方式。本讲在简要介绍注意力分配型式的基础上，重点阐述了图形与背景的内涵及其在语言表达中的体现方式，特别讨论了图形·背景逆反表现方式和认知与表达效果。这一方面可以深化对图形·背景的认识与理解，更重要的是感悟图形·背景逆反在认知创新和表达创新中的重要意义。本讲还重点讨论了图形·背景对创造意象化效应的特殊作用，体现了文学性的认知属性。图形·背景和图形·背景逆反在设计艺术学、大众传媒等涉及视觉认知的领域都具有广泛的理论价值和实践价值。

思考题

1. 图形·背景逆反与前景化有什么内在联系？
2. 图形·背景逆反与陌生化的关系是什么？
3. 图形·背景理论怎样运用于文体分析？

拓展阅读参考书目

Talmy, L. 2000. *Toward a Cognitive Semantics, Vol I: Concept Structuring System.* Cambridge, MA/London: The MIT Press.

Talmy, L. 2007. Attention phenomena. In Geeraerts, D. & H. Cuyckens(Eds.), *The Oxford Handbook of Cognitive Linguistics.* Oxford: Oxford University Press, 264−293.

Ungerer, F. & H. Schmid. 1996. *An Introduction to Cognitive Linguistics.* London/ New York: Longman.

第六讲 象似性与文学阅读中三重境界的实现方式

　　人生活在这个世界上，其语言、穿着、使用的各种生活用品（车子、房子、手表、各类饰品都会形成一定的风格，并传递出某种意义。这实际上就是思维和表达的某种相似性。

　　现代语言学的创始人索绪尔提出的语言任意性观点影响着语言学、哲学、美学、符号学、文学、翻译学等各个不同领域，且深入人心。该观点的基本内涵是语言符号由音响形象（sound image）和概念形象（conceptual image）组成，语言符号的形式与意义之间的关系是任意的（arbitrary），即没有理据可言，不可解释。当然这在语言系统中的一些最基本（primitive）的构成要素上是可以站得住脚的。但是，当我们超越这些最基本的层次，在形态、句法、语篇各层次，理据性（象似性）是普遍存在的。正如 Peirce（1940：106）指出，在每种语言的句法里，借助约定俗成的规则，都具有符合逻辑的象似性。

　　认知语言学认为，语言能力只是人类整体认知能力的一部分，语言结构与经验结构包含生理结构、文化经验，与物质基础紧密相关；语言结构反映经验结构，即世界结构，包括说话人强加给世界的观点（Croft 1990/2003：164）。这实际上就是认知上的象似性。象似性是认知语言学中的一个重要原理，指语言形式对抽象概念系统的临摹性或相似性，反映出人们对世界的体验感知与认知方式之间的互动关系。象似性可以从不同的维度来理解，以不同的方式表现在文学创作和理解中。

第一节　象似性的基本特征和表现方式

1.1　符号学意义上的象似性及其基本特征

　　符号学家、语言哲学家 C. S. 皮尔斯（C. S. Peirce）把符号区分为象似符（icon）、指示符（index）和象征符（symbol）三种。象似符几乎是所指对象的直接反映，如照片、图片、雕塑、象形文字、拟声词等。指示符是与所指对象具有因果、存在、邻近等关系的符号，如天平代表公平，箭头指示事物关系的发展方向，北京代表中国政府等（基本上是一种转喻关系）。象征符与所指对象没有明确的理据，它们之间的联系靠社会文化来约定俗成，如交通信号系统的各种标识。象似符最接近感觉（senses）的具体经验，指示符比象似符更抽象一些，而象征符是最抽象的，它以约定性的或抽象的方式表征符号的内容。但这三种符号都与语言符号有关。事实上，象似性是人类认知在概念化世界进行概念抽象之前，表达感觉世界的一种手段或方式。

象似符是象似性理论产生的基础。因此，Fischer & Nänny（1999：xxii）在讨论象似性作为一种文学批评的理论或方法时，根据 Peirce（1932：247，277–282）的映像象似性和拟象象似性二分法，将各种不同的象似性做了一个概括性的重新分类，如图 1：

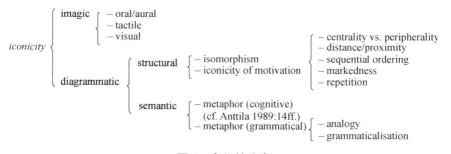

图 1　象似性分类

1.2　映像象似性

象似符又进一步细分为映像符（image）、拟象符（diagram）和隐喻符（metaphor）。映像符指与所指对象之间的相似性是本质或属性特征方面的相似，能指与所指之间是一种直接的、具体的纵向对应关系，如视觉方面的各种照片，听觉方面的拟声词，触觉方面的寒、硬等。拟象符指符号的组成关系与对象之间的组成关联具有平行的对应性联系或相似性，符号与所指之间没有必然联系，具有语言普遍性（Haiman 1980）。隐喻符指的是语义上或认知上两个事物之间具有某种相似性。

映像象似性本质上运用了意象图式的认知原理。意象图式能够有效地整体激活人类知识库中关于某个事物的相关知识，从而理解所要表达的内容。下面两首诗歌的创作手法具有异曲同工之妙。

（1）《人民英雄纪念碑》（周振中）

一
尊
巨
大
的
磨
刀
石
砥砺着
民族的意志

（2）**A Leaf Falls on Loneliness（E. E. Cummings）**

l（a

le
af
fa
ll
s）
one
l

iness

（1）和（2）都是视觉诗，是对现实世界的直接临摹。（1）中诗的排列形式模仿了人民英雄纪念碑的样式。人民英雄纪念碑屹立在天安门广场中央，纪念碑分碑身、须弥座和台基三个部分。纪念碑碑身正面镌刻着"人民英雄永垂不朽"八个鎏金大字。背面镌刻着碑文，碑文的正文是：

三年以来在人民解放战争和人民革命中牺牲的人民英雄们永垂不朽！

三十年以来在人民解放战争和人民革命中牺牲的人民英雄们永垂不朽！

由此上溯到一千八百四十年从那时起为了反对内外敌人争取民族独立和人民自由幸福在历次斗争中牺牲的人民英雄们永垂不朽！

"一尊巨大的磨刀石"纵向排列映射为碑身，"砥砺着"映射为须弥座，"民族的意志"映射为台基。这样一种意象似的隐喻映射浓缩了中国近现代历史，反映了中国人民争取民族独立、幸福自由的历史，真实记录了中国人民站起来的奋斗史。

（2）是 E. E. 卡明斯（E. E. Cummings）非常有名的一首诗，其语言、形式别出心裁，但立意非常深刻。文学路径的研究与分析已经有很多了。我们的分析主要基于意象图式扩展的象似性和语言形式模拟落叶飘零而下所形成的感知意象这两点来说明诗的主题深化方式，以此阐明主题内涵的理据性。

全诗通过模拟一片树叶孑然飘落的情状抒发挥之不去的极度孤独之感。全诗每一行都蕴含着孤独之意。第一行用 l（l 和数字 1 相似，它在这里也表达 1 的意思）表达不定冠词 a 的意义，虽然都表达"一"，a 表达的是任意的"一"，量的概念弱化了，但 1 强化了极小量概念，凸显孤独的画面感。leaf falls 拆分为 5 行，更强调了孤零零独自飘落之境。leaf 由一个有机整体一分为二，暗示出分离之后的孤零；falls 分为三行，强调了孤叶飘零难落的状态。fall 是一个终止性动词，动作不能持续，因此一般不能与一般现在时连用。诗中却用一般现在时，说明孤零飘落是一种持久的状态。诗中表达一般现在时第三人称单数的-s 独立成一行，孤独的状态跃然纸上。一般现在时更强化了孤独不是暂时的，而是长久的、挥之不去的状态。

第一行的 l 和第七行的 one 由 lone 分拆而来，分拆以后都表示 1 片树叶而已，进一步强调孤零零的意境。同时，第八行的 l 与第九行的 iness 组合，将形容词 lonely 转换成名词。从句法上来讲，lonely 起补充说明的作用，具有描述性，指树叶飘落的过程或短暂的状态。用名词 loneliness 语法上是错误的，但从表达效果来讲却胜出了无数倍，也与前面一般现在时表示的孤独状态更吻合。名词 loneliness 强调的是存在物或存在状态，这种状态是稳定的、持久的。这就意味着"孤独"不是暂时的状态，而是一种恒定的状态。当我们把第八行的 l 和第九行的

iness 组成一个名词后缀时，进一步双重强化了-s 所表达的挥之不去的孤独感。loneliness 拆分以后，从第一行贯穿到最后三行，都以极小量的概念象征着挥之不去的孤独从始到终永相随。最后，诗中的三个主要词汇 leaf、falls、loneliness 都含长元音或双元音，也回应了持久性孤独的意象。

例（2）具有两个独具匠心的表达方式。一是拆分。整首诗拆分各构成要素，整体隐性地表达"最小量"的概念，共构出"一片孤叶独自飘零"的意象图式。从视觉效果来看，这是映像象似性；从表达方式来看，这是拟象象似性，即以非常规的方式模拟非常规的情感状态。二是呼应。-s 独立成行，lonely 突破语法限制，由形容词转换成名词，相互呼应，从整体上强化了孤独无法排解的文学意义。

1.3 拟象象似性

上面的论述基本上已经把映像符的内涵举例说清楚了。在文学作品的创作和阅读中，映像象似性比较直接，因而更容易理解和运用一些。拟象象似性包含的内容更广泛，也更抽象，下面进一步阐释拟象象似性的基本内涵。如图 1 所示，拟象象似分为了结构性象似和语义性象似。

1.3.1 结构性拟象象似性

结构拟象象似性主要指同构性（isomorphism）和理据性（motivation）。

1.3.1.1 同构性拟象象似性

同构性的本质特征就是任何语言形式的变化一定代表着意义的变化，按照 Bloomfield（1933：145）、Nida（1958：282）、Bolinger（1968：127）的观点，不同的形式表达不同的意义。这意味着语言系统中没有真正的同义词或同义表达。

（3）a. 百货大楼，价格比你们低。

　　b. 价格百货大楼比你们低。

（4）a. 有的县，灾情比你们严重得多。

　　b. 灾情有的县比你们严重得多，……

（5）a. It appears that she is quite smart.

　　b. She appears to be quite smart.

　　在（3）和（4）两组例句中，表达的命题意义是一样的，但话语意义却不一样。（3a）强调的是百货大楼的价格而不是其他地方的价格比你们低；而（3b）强调的是价格，百货大楼比你们低，而不是其他方面，比如购物环境、服务质量等。（4a）强调的是"其他县"的灾情更严重，即你们不是最严重的；而（4b）强调的是灾情，即其他方面不在比较的范围之内。传统语法教学中（包括生成语法）认为，（5a）和（5b）是没有差别的。如果仔细分析，其实差别还不小。（5a）中的 it appears（seem，etc.）that 构式，表达的是一种客观评价，即在说话人看来，她很聪明伶俐。而在（5b）中，由于主语是由高生命度的人称代词（包括高生命度名词）充当的，这就意味着主语可以对随后的行为事件具有行事能力，可以承担行为事件的责任，可以主动做出行为事件，即行为主体性。那么，（5b）就蕴含了聪明伶俐是她主动表现出来的一种状态或特征。（5b）可以有两种解读：一是"她好像聪明伶俐"，二是"她表现得聪明伶俐"。第二种解读进一步蕴含着聪明伶俐并不一定是她的稳定特征。

　　如果宽泛一点说，语言中具有同构性特征的是同音异义词，如 pair、pare、pear 等。

1.3.1.2　理据性拟象象似性

　　理据性指人类语言交际中，说话时不可能一口气同时把所有内容全部表达出来。话语的内容总要按照一定的顺序和一定的方式说出来。这样的顺序和方式其实就是理据性，比如恺撒那句有名的：Veni，vidi，vici（我来了，我看到了，我征服了。）这句话是按照时间顺序来安排话语的顺序的。

　　理据象似性又可以细分为中心与边缘、距离、顺序、标记和重复等。下面分而述之。

　　中心与边缘象似性。从范畴的角度看，范畴内的中心成员拥有该范畴最多的属性特征，如英语里最典型的动词（行为及物动词）可以有时态、体态、语态的变化，而状态动词是动词这个范畴里的边缘性成员，所以有的没有体态的变化，有的没有语态的变化，等等。

　　距离象似性指表达式之间的语言距离对应于它们之间的概念距离（Haiman 1983）。这里的语言距离实际指的是结构距离。在实际的语言使用中，结构距离和概念距离都是非常复杂的现象。下面我们以五种常见的语言表达式来阐释和理解结构距离和概念距离之间的关系。

　　（6a）和（6b）的形式差异在于时态，一般认为是（6b）比

（6a）更有礼貌，原因在于一般现在时与一般过去时表达的时间距离不同。一般过去时的时间距离更远，由此映射到心理距离，再到社会距离。在人类交际中，社会距离越远，越要采用礼貌表达式。假如是夫妻或很亲密的朋友之间，一般就直接说 Open the window（please），因为夫妻、亲密朋友之间的社会距离和心理距离都非常小，所以语言表达式就相应地可以短小一些。

(6) a. Will you please open the window?

    b. Would you please open the window?

（7）体现的是领属关系的紧密度。领属关系大致可以分为可渡让的和不可渡让的。当领属物是领有者不可分割的一部分时，其概念距离就很近，是不可渡让的，因此可以在领属物之前直接用人称代词，领属标记"的"可有可无，如（7a）。如果领属物是可有可无的成分时，其前面必须用领属标记"的"，如（7b），因为其领属关系是松散的。

(7) a. 我（的）爸爸（妈妈、爷爷等）

    b. 我的书（车子、位子、帽子等等）

动补结构是人类语言中的一个非常重要的结构。英语里的动补构式表面上看非常复杂，其实它遵循的也是距离象似性原则，即主语对补语控制力越强（大），其补语离主语的距离就越近。（8）中的使役动词在使役力上由强到弱构成一个连续体，最强的是 let，主语对随后宾语的动作有绝对控制权，因此其补语有两种出现位置：一是（8a）中的 go 前移与 let 词汇化为一个语块，二是补语 go 位于宾语后省略不定式符号 to。make 和 have 的使役力或控制力弱于 let，所以只有一种形式，即省略不定式符号 to 的形式。to 的省略使后面的宾语补语所表达的行为事件离宾语更近的同时，也表明主语对宾语的行为控制性更强。（8c）中的动词使役力进一步弱化，所以后面的补语必须带不定式符号 to。当主语对随后宾语的行为几乎没有控制力时，一般用不定式的复合结构 for sb to do sth，如（8e）所示。动词 like 表示"想"或"希望"时介乎于（8d）和（8e）之间，两种结构形式都可以，如"I'd like（for）you to leave tomorrow."英语里"希望"的控制力或使役力最弱，但 hope 比 wish 强。这两个动词后的补语相同的是都必须用小句形式，不同的是 hope 后小句的时态与 hope 保持一致，而 wish 后小句的时态的时间必须先于 wish 的时间，以时间距离来体现心理距离和社会距离，如（8f）和（8g）所示。

（8）a. She let go of the knife.

b. She let him go.

c. She made （had） him do everything for her.

d. She caused （told/asked/allowed/wanted/expected） him to leave.

e. She arranged for him to leave.

f. I hope that you will come.

g. She wished （that） he would leave （had left）.

（9）体现的是主语的生命度在补语表达的事件中参与度的可能性问题。如前所述，主语如果是高生命度名词性成分，则对随后的事件的主动性、意愿性就更强。因此，（9a）暗示着主语可能直接参与作业的完成，而（9b）只是提供一些指导或建议等。这就能解释（9d）不可接受的原因，因为低生命度的名词性成分充当主语往往表示事件发生的原因、实现的方式或工具等，而不能对事件的发生负直接的责任。

（9）a. He helped me finish the exercises.

b. He helped me to finish the exercises.

c. His advice helped me to finish the exercises.

d. *His advice helped me finish the exercises.

当名词被多个不同类别意义的形容词修饰时，这些形容词出现的顺序是中国人学习英语的一个难点。但仔细考察后我们会发现，它们出现的顺序其实是遵循距离象似性原则的，即外在特征居前，内在特征居后，后者越是属于内在特征越靠近名词。当然外在特征和内在特征也有出现的先后问题，一般是最容易被观察到的处在最前，形成一个如下的连续体：大小、形状、颜色、处所（国籍）、材质。主观性评价修饰成分处在最前面，如（10b）。

（10）a. a tall courageous young lady

b. a beautiful large green Chinese silk carpet

c. these steep grey Norwegian rocky hills

下面（11）中，贺敬之运用了多种象似性手段：映像象似性、距离象似性、标记象似性。在此，我们主要分析其距离象似性的表现效果。首先，每一行内部都留有一定的间隔空间或距离，暗示广袤的祖国大地。其次，上下行之间错落有致的空间距离暗示祖国的每一个不同的地方。再次，"南方"和"北方"各占一行，中间在"雪花"后用破折号分开，比喻长江将祖国分为大江南北。各诗行文字之间的空间距离安排形成一个整体映像，这是一种映像象似性；而这种不同于常规诗行的排列方式又是一种标记性拟象象似性。几种象似性的叠加衬托出国家美丽的大好河山一片欣欣向荣的意象图景。

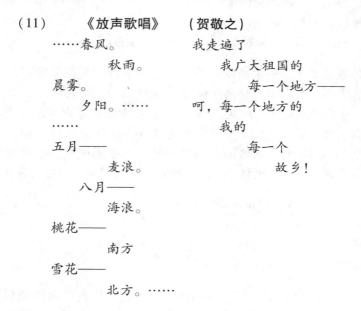

（11）　　　《放声歌唱》　　（贺敬之）

顺序拟象象似性指语言成分在话语出现的序列中遵循的线性原则与事件范畴之间的序列具有相似性，如：

（12）a. He got up, washed himself, went downstairs and had breakfast.

　　　b. *He got up, went downstairs, had breakfast and washed himself.

（13）a. 他坐公共汽车到这里。

　　　b. 他到这里坐公共汽车。

（12）表示人们日常生活的常规模式，遵循着事件发生的约定性时间顺序。（13）中的"到这里"位于谓语动词之后或句末表示终点，位于谓语动词之前表示起点，其句法位置与时间顺序完全具有一致性。

（14）茅檐低小，溪上青青草。醉里吴音相媚好，白发谁家翁媪？

大儿锄豆溪东，中儿正织鸡笼。最喜小儿亡（无）赖，溪头卧剥莲蓬。（辛弃疾《清平乐·村居》）

（14）中的下半阕根据三个儿子的年龄大小依次描写，寥寥数笔就把恬静的田园生活跃然纸上。再看：

（15）**Pippa's Song**（**Robert Browning**）

The year's at the spring

And day's at the morn；

Morning's at seven；

The hill-side's dew-pearled；

The lark's on the wing；

The snail's on the thorn；

God's in His heaven，

All's right with the world.

（15）中的描写是根据时间单位的大小顺序来安排的。

标记拟象象似性指在常规的表达方式的基础上使用某种标记，以获得额外的意义，如英语里的-s 作为复数标记，暗示多的意义，作为人称标记，暗示谓语动词是第三人称单数。倒装语序暗示倒装的成分获得信息焦点的地位，是注意力中心。下面看汉语里的标记拟象象似性，如：

（16）迢迢牵牛星，皎皎河汉女。

纤纤擢素手，札札弄机杼。

终日不成章，泣涕零如雨。

河汉清且浅，相去复几许！

盈盈一水间，脉脉不得语。（佚名《迢迢牵牛星》）

重叠是汉语为数不多的形态标记，它通过重复话语中的某个成分，达到或强化或弱化的表达效果。（16）中的重叠强化了距离之遥远、星光之灿烂、手指之柔长与漂亮、织布机之响个不停、银河之清澈和含情之脉脉的意义。

下图是通过在常规中凸显的方式增加标记性额外的意义。中国书法表达情感的方式认为笔触和线条的力度传达着"平衡"图式的视觉力量。图中使用了两种标记方式：一是圈起来（Lin & Chen 2012）；二是使用比其他字更深、更粗的笔触，如"痛"字，以强化"痛"之深，"痛"之切。

'painful'

'sad'　'sigh with grief'　'feelings'

图 2　《兰亭集序》片段（Lin & Chen 2012：333）

事实上，只要是常规表达形式产生变异的表达方式都具有标记拟象象似性的特征。

重复拟象象似性实际上也是标记拟象象似性的一种。作为一种拟象象似性，重复的表达效果是强化量的概念，即实现数量象似性。

（17）《周总理，你在哪里》（柯岩）

> 周总理，我们的好总理，
> 你在哪里呵，你在哪里？
> 你可知道，我们想念你，
> ——你的人民想念你！
>
> 我们对着高山喊：
> 周总理——
> 山谷回音：
> "他刚离去，他刚离去，
> ……
> 你永远和我们在一起，
> ——在一起，在一起，
> 在一起……
> ……
> 你的人民世世代代想念你！
> 想念你呵，想念你，
> ——想——念——你……

这首诗抒发了人民群众对周总理无限热爱和怀念的感情，对周总理鞠躬尽瘁为人民的崇高品质进行了深沉而热烈的赞颂。本诗在语言运用和表达方式上最显著的特点就是重复，"周总理""你在哪里""在一起""想念你"等不断的重复表达了总理的亲切、人们的无限深情、深沉怀念、深切热爱、无限缅怀。随着这些表达式的不断重复，这些情感不断增强，无法用言语表达。本诗的另一标记性拟象象似性便是标点符号的使用，破折号和省略号的重复把这些情感强化到无以复加，尤其是最后一行"——想——念——你……"在想念你这个表达式中的每一个字前面插入一个破折号，强化了无限绵长之感，最后再辅以省略号，强化了无穷无尽之情。

1.3.2　语义象似性

如图 1 所示，语义象似性主要指隐喻。隐喻又进一步区分为概念隐喻和语法隐喻。由于语法隐喻主要作用于语言语法化研究，此处就不讨论了，只讨论概念隐喻的象似性。

概念隐喻理论是 Lakoff 等人（Lakoff & Johnson 1980）提出来的，不同于以往修辞学对隐喻的认识。修辞学认为，隐喻是语言使用的一种偏离，其目的是实现表达新奇的效果。而认知语言学认为，隐喻是人类思维和语言运行的基本方式。它往往以 A 范畴的事物来理解 B 范畴的事物，A 和 B 分别称之为源域和靶域。源域往往是具体的、熟悉的，靶域往往是抽象的、未知的。概念隐喻作为一种认知方式就是以具体的、熟悉的来理解抽象的、未知的，理解的基础是二者之间存在某种结构关系的相似性，如下面这组例句：

（18）a. We are at a crossroads in our life.
　　　b. You are off the track.
　　　c. There is no way back.
　　　d. Our relationship is a dead-end street.
　　　e. We may have to go separate ways.
　　　f. She gave her life a new direction.

（18）组成一个概念隐喻"人生是一场旅行"（LIFE IS A JOURNEY）。旅行的基本构成要素：旅行者、起点与终点、路线、方向、方式、目的，甚至困难等。这些要素映射到人生的过程，如人生道路的选择，人是否走在正确的发展道路上，人生是否可以重来，人与人之间的关系发展是否顺利、能否继续，不同的人的不同活法，人生的目标等等。

这样的映射关系实际上就是讲两个不同范畴的事物之间建立起某种平行的相似性。值得注意的是，这种平行相似性主要涉及两个范畴之间的基本要素或代表性要素，而不是所有要素。人们在构建两个范畴事物之间的相似性过程中或者说在两种事物的概念转换过程中，其实就会有新的发现、新的认识。因此，隐喻是我们理解世界、理解自身赖以实现或存在的方式（Lakoff & Johnson 1980）。

1.4 语音象似性

我们把语音象似性单列一节，有这么几个方面的考虑。文学作品，尤其是诗歌本身具有音乐性，语音象似性是其重要的文体特征。另外，语音象似性也有不同的类型，如拟声就类似于映像象似性，节奏、韵律类似于拟象象似性，汉语古典诗歌中常见的叠字其实既有映像象似性特征，又有拟象象似性特征，难以一言以蔽之。

语音象似性指的是文学作品的语音形式与其所要表达的内在意义之间具有某种形式的一致与契合，诗歌阅读中，将声音、节奏的意象与情感联系起来非常重要（Johansen 2003），它是获得阅读愉悦的一种途径：

（19）寻寻觅觅，冷冷清清，凄凄惨惨戚戚。乍暖还寒时候，最难将息。三杯两盏淡酒，怎敌他、晚来风急！雁过也，正伤心，却是旧时相识。
满地黄花堆积，憔悴损，如今有谁堪摘？守着窗儿，独自怎生得黑！梧桐更兼细雨，到黄昏、点点滴滴。这次第，怎一个愁字了得！（李清照《声声慢·寻寻觅觅》）

这首词读来只觉齿舌音来回反复吟唱，徘徊低迷，婉转凄楚，有如听到一个伤心至极的人在低声倾诉，她还未开口就觉得已能使听众感觉到她的忧伤，而等她说完了，那种伤感的情绪还是没有散去。一种莫名其妙的愁绪在心头和空气中弥漫开来，久久不散，余味无穷。再如著名诗人托马斯·纳什（Thomas Nashe）的《春》（此处为该诗的第一节）：

（20）**Spring（Thomas Nashe）**
Spring, the sweet spring, is the year's pleasant king,
Then blooms each thing, then maids dance in a ring,

Cold doth not sting, the pretty birds do sing,

Cuckoo, jug-jug, pu-we, to-witta-woo

　　为了生动地描绘春光明媚、鸟语花香、风和日丽、生机盎然的春景图，诗人直接在每一节的最后一行用拟声词来模拟布谷鸟的叫声，如此处的第一节。在英语诗歌中，布谷鸟往往被视为春天的使者，传递着生命的气息和万物复苏带来的愉悦。前三行还押了中韵和尾韵[-ing]，该音柔和，象征着春天的和煦，增加了欢快的节奏感。再如：

（21）　　　　　**The Bells**（**Edgar Allan Poe**）

I

Hear the sledges with the bells—

Silver bells!

What a world of merriment their melody foretells!

How they tinkle, tinkle, tinkle,

In the icy air of night!

While the stars that oversprinkle

All the Heavens, seem to twinkle

With a crystalline delight;

Keeping time, time, time,

In a sort of Runic rhyme,

To the tintinnabulation that so musically wells

From the bells, bells, bells, bells,

Bells, bells, bells—

From the jingling and tinkling of the bells.

II

Hear the mellow wedding bells,

Golden bells!

What a world of happiness their harmony foretells!

Through the balmy air of night

How they ring out their delight!

From the molten-golden notes,

And all in tune,

What a liquid ditty floats

To the turtle-dove that listens, while she gloats

On the moon!

Oh, from out the sounding cells,

What a gush of euphony voluminously wells!

How it swells!

How it dwells

On the future! how it tells

Of the rapture that impels

To the swinging and the ringing

Of the bells, bells, bells

Of the bells, bells, bells, bells,

Bells, bells, bells—

To the rhyming and the chiming of the bells!

在这首诗中，诗人在运用语音的象似性来表达不同情景下的意义上已经达到了炉火纯青的地步。不同的钟声（bells）运用了不同的拟声词，不同的情感配合不同的元音和韵脚。比如，第一节主要是再现雪橇运动声，使用的是短元音，传递短快之意，辅音 [k] 传递清脆之声，bells 的不断重复象征着雪橇不断滑行的过程。第二节描绘婚礼的钟声，使用的则是圆润、舒缓、悠扬的长元音和双元音。第二节的后半部分用 [elz] 组合，[e] 发音时前舌部位抬高，[z] 的发音低平，[elz] 组合象征着舒缓、悠扬的爱情的钟声彼此起伏，也有绵长、清脆之感。此诗更多的是属于映像象似性。

下面威廉·卡洛斯·威廉姆斯（William Carlos Williams）的《红色手推车》（"The Red Wheelbarrow"）的象似性更加抽象，是一种拟象象似性：

（22）**The Red Wheelbarrow**（**William Carlos Williams**）

So much depends

upon

a red wheel

barrow

glazed with rain

water

beside the white

chickens.

关于这首诗的拟象象似性实现过程，Hiraga（2005：157-161）进行了非常细致的分析。首先，这首诗共四节，各节中第一行都是三个词，第二行是一个词；其次，就音节数量而言，第一节和第四节都是六个音节，中间两节是五个音节。再次，整首诗 22 个元音，前元音、中元音和后元音的分布，诗的四节的结构形成对应，即中间两节是主要诗节。最后，所有的辅音都是成对出现的。这样的语音模式的安排，其根本目的是表现简朴（simplicity）、明快（brevity）的日常自然生活状态。因此，它没有传统诗歌在韵律和结构上的复杂性。尤其是辅音成对的出现只是暗示这生活中偶然一瞥中所看到的一辆手推车在一只小鸡旁。

除此之外，这首诗还通过数量象似理解简朴的主题。整首诗每节的音节数量分别是 6-5-5-6 模式，每节的数量非常少。每节的第二行都只有两个音节，数量已经少到了极致。根据数量象似性原则，形式越少，意义越简单，从而象征简朴。整首诗的画面结构也非常简单，这也象征着简朴。

第二节　象似性的其他分类

第一节对象似性的分类沿用了皮尔斯符号三分法所蕴含的象似性。其实学界在研究和表述时会从各自的理论视角出发，将象似性从不同维度和不同的层面分为不同的类。下面简要介绍从其他维度区分的五种类型。

2.1　时间象似性

文学作品的语篇结构与所叙述的事件发生的时间顺序存在某种相似性。比如，司马迁的《史记》所开创的纪传体叙事方式曾影响了《三国演义》等众多演义类小说的语篇结构模式，它们采用无标记时间象似性，基本上按事件发生的自然顺序来结构语篇；但与此同时，也出现了《红楼梦》这样采用有标记时间象似性的杰出作品，作者有意识地让自然界的春夏秋冬的季节更替与作品中所描述的荣、宁二府的兴衰以及宝、黛爱情的悲欢离合等事件序列高度吻合，从而融情于景、情景互动（任大玲 2004）。

托马斯·哈代（Thomas Hardy）的小说《德伯家的苔丝》也是典型的有标记时间象似性的杰出作品。它的故事时间是按春夏秋冬的季节时间来划分和表现的，人物生活的阶段在四季时段里反映出来。春天，美丽善良的苔丝充满朝气，纯洁如白雪；夏天，苔丝在牛奶厂恢复精神，萌发爱情；秋天，被侮辱的苔丝回到家里，受到舆论指责；冬天，苔丝结婚被遗弃，四处流浪，在农场做工受欺凌。随着苔丝生活经历的变化，历时四年的春夏秋冬呈"之"字形跳跃转换（任大玲 2004）。

2.2 空间象似性

文学作品的语篇结构与所叙述或说明的事物的空间结构存在某种相似性，如小说的场景描写、游记等说明性文体中按所描绘的空间结构组织语篇的方式等。在诗歌中，诗人也利用语言形式的排列组合来映照现实世界中物体的立体分布特点。比如，亨利·华兹华斯·朗费罗（Henry Wadsworth Longfellow）在他的《雪花》（"Snowflakes"）一诗的第一节就利用了空间象似性来结构语篇的手法（卢卫中 2003）：

（23）**Snowflakes**（**H. W. Longfellow**）
Out of the bosom of the Air,
Out of the cloud-folds of her garments shaken,

Over the woodlands brown and bare,
Over the harvest-fields forsaken,
Silent, and soft, and slow
Descends the snow.

在该诗中，作者通过天宇—云层—树林—田野这一空间顺序的描写，呈现了雪花纷纷扬扬从空中飘过不同空间层面而最终降落大地的立体分布特点，从而营造出雪花飘落的意境之美。

2.3 话题象似性

文学作品的语篇结构与所谈论的话题存在某种相似性。比如，由亚里斯多德提出的古典主义戏剧创作的基本规律"三一律"作为一种无标记的戏剧语篇结构模式，从时间、空间、话题三个方面对事件进行模拟，有利于剧本情节结构的简练、集中，长期风靡欧洲剧坛。但到了文艺复兴时期，意大利戏剧理论家卡斯特尔维特罗将其绝对化而作为戏剧创作的一种程式，"三一律"就成了对戏剧创作的严重桎梏，18 世纪时许多剧作家已不再严格遵守"三一律"，到 19 世纪浪漫主义运动兴起时它则被完全打破（任大玲 2004）。

中国科举考试的"八股文"和现在的一些公文、讲话模式等都有话题象似性的特征。

2.4　过程象似性

文学作品的语篇结构与所叙述或说明的事物的发展过程、顺序等存在某种相似性。比如，欧美旅程小说着重叙述人物的行动或事件发生的客观过程，它主要以个人行动的顺序来结构语篇，表现了西方人重视个体行动和"独立的"人的思想意识，为后代作家所继承，是西方小说的传统表现手法。《堂吉诃德》主要讲述主人公的游侠过程。作者又添加了很多插曲，如第一部第三十三章至三十五章的《何必追根究底》完全与堂吉诃德的故事无关，这并不是结构松散的弊病，作者想借这种带有标记性的"节外生枝"的写作手法，来体现生活本身的随意性（任大玲 2004）。

《新目标大学英语综合教程》第一册第二单元的 A 课文 Left Behind 就典型地运用了这一象似性原则。全篇基本没有衔接手段，该故事整体非常严谨，具有很强的逻辑性，其实现手段就是充分利用 leave behind 这个短语的五个不同意义的一步步升华，一气呵成。"Leave Behind"在标题中的意义是"珍藏在时光背后的思念"，故事中的五个意义依次是："落下、留下、留存、忘却、留藏"。

2.5　心理象似性

文学作品的语篇结构与所描述的心理过程存在某种相似性。以"意识流"小说为例，作者充分利用了所描述的人物心理过程的自然进程来结构语篇，充分展示了人物的心理特征。《尤利西斯》《达洛卫夫人》《到灯塔去》《喧嚣与骚动》等都是典型的按照人物内心的意识活动来结构语篇的杰出作品。以《达洛卫夫人》为例，作者把故事时间限制在 1923 年 6 月的一天，描写了达洛卫夫人从早晨 9 点到晚上 12 点准备晚宴和举行晚宴的活动。在这 15 个小时的客观时间里，达洛卫夫人的意识活动跨越了 30 年的人和事，由此构建起小说叙述的心理时间（任大玲 2004）。

2.6 对称象似性

对称象似性是把概念上处于同等地位的信息以并列或对称的方式表达出来，在形式的并置过程中实现意义（思想）的并列。在语篇中，主要手段是排比结构或手法，如：

（24）**Virtue**（**G. Herbert**）

Sweet day, so cool, so calm, so bright,
The bridal of the earth and sky；
The dew shall weep thy fall to night,
For thou must die.

Sweet rose, whose hue, angry and brave,
Bids the rash gazer wipe his eye；
The root is ever in its grave,
And thou must die.

Sweet spring, full of sweet days and roses,
A box where sweets compacted lie；
My music shows ye have your closes,
And all must die.

Only a sweet and virtuous soul,
Like seasoned timber, never gives；
But though the whole world turn to coal,
Then chiefly lives.

该诗前三节第一行都是通过重复 sweet+名词的构式，引出各种美好的事物，第四节第一行也基本上保留了这种结构，只是在其前面添加了一个表示强调的副词 only，以示 virtue 的不同之处在于 chiefly lives，即只有美德才能永垂不朽。前三节的第四行也是一个对称性的表达 must die，虽然其前面的主语先后是 thou 和 all。本质上，这两个代词的意思是一样的，thou 也泛指任何人，基本等同于 all。韵律上也具有排比性，四节中的韵律都是遵循 ABAB 的韵律安排，非常整齐工整。整首诗实现了语言形式、韵律节奏的完美并列或相似，在形式的美感中强化与反衬了美德的永恒。

第三节　象似性与文学阅读的三重境界

象似性在文学中的作用在于增强表现力（expressivity），作家或诗人往往想以新颖、具体的方式将自己的思想表达出来，这就是象似性发挥作用的地方（Fischer & Nänny 1999：xx）。

普通读者与专家读者阅读文学作品的出发点是不一样的，同样的人不同的时候阅读文学作品的目的也是不一样的：有的是为了获得阅读的愉悦；有的是为了更好地认识世界、理解世界；有的是为了发现真谛，感悟人性。这自然就形成了阅读的不同境界。

3.1　阅读愉悦

人们喜欢看武打小说，因为武打小说对打斗场面的描绘非常细致、惊心动魄，很有画面感、代入感（involvement）。其实，这就是读者在大脑中不断将作者表达的意思转换成了系列生动的心理意象。这表明象似性与文学的最初关联是意象。有的人甚至认为，文学的基本任务就是给读者提供生动有力、情感丰富的意象（Johansen 1996）。

文学阅读中，有的人会不断地将语言符号（象征符号）所表达的意义转换成一个个或一系列连续呈现的生动心理意象，就像看电影一样。这样的阅读体验，其功用和价值主要是在形成或产生意象的过程中获得愉悦（Johansen 1996），如：

（25）杳杳寒山道，落落冷涧滨。
　　　啾啾常有鸟，寂寂更无人。
　　　淅淅风吹面，纷纷雪积身。
　　　朝朝不见日，岁岁不知春。（寒山《杳杳寒山道》）

寒山在此诗中主要想表达的是甘于寂寞、超脱尘世的心态。但诗人并没有把这个抽象的概念或想法直接说出来，转而采用了意象化的手法，呈现了一幅幅寺院、山水的画面。"杳杳寒山道，落落冷涧滨。"开篇就把读者带进一个清冷的境界。诗人由远而近，勾勒出寒山深远的小径与潺潺山涧相依的山景。一个"冷"字说明此处山高水清。[①]

重叠（叠字）是汉语中为数不多的形态标记手段，语言符号的增加带来意义上量或程度的变化，即重叠具有数量象似性和标记象似性的特征。诗中的叠字一方面获得整齐的形式美，读起来节奏感强，另一方面使读者产生缠绵之情。更重要的是，这些叠字给读者们呈现了一幅幅清晰的画面，让读者在感悟这些画面的同时，去捕捉诗人的心境和诗意："杳杳"有幽深感，"落落"有孤寂感；"啾啾"有声，"寂寂"无声；"淅淅"轻微的风声，"纷纷"，雪纷飞状；"朝朝""岁岁"，既指时间，也是诗人的主观感受。诗人通过叠字的运用，把自身的精神感受投射到由山、涧、鸟、风、雪等意象组合成的画面中，呼唤起欣赏者的审美共鸣。

3.2 多重理解世界

文学文本表面上看，含有大量具体的细节或场景描写。但作家或诗人显然不会停留在描写的层面，读者也不会满足于描写。作者和读者都希望通过描写，明白其中的道理、事物之间的抽象关系，建立起事物之间的对应联系，这实际就是一种拟象象似性的感悟过程（Johansen 1996）。下面是但丁关于 love 的拟象性概括（转引自 Johansen 1996）：

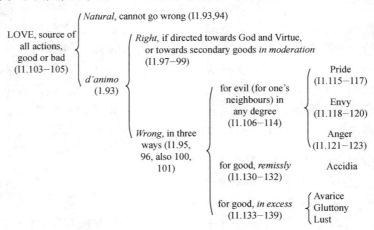

图 3　Intelligible relations between Virgil's varieties of love

---

①　汉语诗词的一些阐释，主要采用的是百度百科的说法，使用时做了一些精简。

图 4 是对图 3 的进一步抽象。

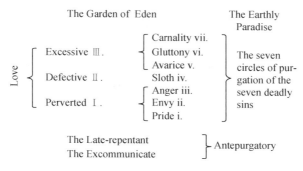

图 4　The location imagined by Dante

Johansen（1996）阐释道，在但丁《炼狱》的 XVII 和 XVIII 章中，但丁要表达的是，爱是推动人类和宇宙运动的超凡力量。但爱并不一定产生美德，它同样会催生七个致命的罪孽（seven deadly sins），因为爱可能会在三个方面出错，或因自傲、嫉妒、愤怒而变态、反复无常，或因懒惰而有缺陷，或因贪婪、贪吃、淫荡而纵欲。上面两图就是对不同类型的爱与品德之间的关系的一种形式化的抽象。

3.3　理解、掌控、接近世界

文学的阅读过程是不断地将对世界的感知（senses of the world）转换成理智（intellect）的过程。文本解读也是一个双向过程：感知转换成理智；理智投射到世界，以更好地理解世界、掌控世界、接近世界（Johansen 1996）。

（26）**The Second Coming（W. B. Yeats）**

　　Turning and turning in the widening gyre

　　The falcon cannot hear the falconer；

　　Things fall apart；the centre cannot hold；

　　Mere anarchy is loosed upon the world，

　　The blood-dimmed tide is loosed，and everywhere

　　The ceremony of innocence is drowned；

　　The best lack all conviction，while the worst

　　Are full of passionate intensity.

Surely some revelation is at hand;

Surely the Second Coming is at hand.

The Second Coming! Hardly are those words out

When a vast image out of Spiritus Mundi

Troubles my sight: somewhere in sands of the desert

A shape with lion body and the head of a man,

A gaze blank and pitiless as the sun,

Is moving its slow thighs, while all about it

Reel shadows of the indignant desert birds.

The darkness drops again; but now I know

That twenty centuries of stony sleep

Were vexed to nightmare by a rocking cradle,

And what rough beast, its hour come round at last,

Slouches towards Bethlehem to be born?

叶芝认为古希腊罗马传下来的西方文明今天已接近毁灭，两百年内即将出现一种粗野狂暴的反文明，作为走向另一种贵族文明的过渡。

《圣经》中说，耶稣基督将在升天一千年后再度降临，基督将在世界末日重临人间主持审判，在地上建立至福圣洁的千年王国，但在降临人间之前会出现各种灾难。19 世纪，欧洲笼罩着浓重的"世界末日"情绪，20 世纪初发生的第一次世界大战摧毁了人类信仰和社会文明。叶芝的这首诗是在第一次世界大战以后写成的。他目睹了第一次世界大战给人类带来的巨大灾难，经历了战争所带来的冷漠、破败与颓废、卑鄙与堕落。他对西方所标榜的社会政治彻底失望，并试图从宗教中寻找救世良方。叶芝借助基督教中基督的复活探讨现代文明的解体，伪基督的二次降临并不会给新世纪带来太平盛世，而是天下大乱，反映出当时人们对战争的恐惧和危机意识。从某种意义上来说，本诗是一个寓言性的隐喻（allegorical metaphor），或者是隐喻象似性，旨在告知人们一次大战就像基督的二次降临，带来黑暗、邪恶和野蛮，催生出对人类文明的幻灭感。

第四节　文学阅读中象似性实现的三种方式

皮尔斯还从另外的角度将符号分为映像符、拟象符和象征符三种，三种不同的符号与三种阅读境界相互关联。这意味着象似性在文学阅读中随之有三种实现方式：意象化（imaginization）、拟象化（diagrammatization）、寓言化（allegorization）（Johansen 2003）。

4.1　意象化

文学是由语言来表达的。文学阅读中，读者需要不断完成的任务之一就是填补那些预设存在但没有明确说出来的内容，在此过程中就往往有一个将象征符（语言）转换成映像符的过程。此转换过程能强化读者的代入感（Johansen 2003）。

意象化的过程实际就是辨识文本中能够激发心理意象的各种成分要素（Johansen 2003），如：

> （27）薄雾浓云愁永昼，瑞脑销金兽。佳节又重阳，玉枕纱厨，半夜凉初透。
>
> 东篱把酒黄昏后，有暗香盈袖。莫道不销魂，帘卷西风，人比黄花瘦。（李清照《醉花阴·薄雾浓云愁永昼》）

傅庚生（1983：4）对本词的意象化过程有非常精到的点评："帘卷西风，人比黄花瘦"九个字中，"西风、黄花、重阳，当前之景物也。帘卷而西风入，黄花见；居人憔悴久矣，西风拂面而愁益深，黄花照眼而人共瘦，写尽暮秋无限景，道尽深闺无限情"。九字中，帘、西风、人、黄花已占六个字，三个动词"卷""比""瘦"缀之一夜光。

傅庚生先生的点评道出了最后两句的精妙之处。其实，本词上片的第一行是把内心的苦闷寄托在"薄雾、浓云、永昼"三个意象之中，把百无聊赖寄托在"瑞脑销金兽"情景之中，把孤独之感借夜晚的寒凉表达出来，把借酒浇愁寓于把酒东篱黄昏之后。这些都是意象化很鲜明的表达手法，读者往往要从这样的意象表达中抽象出诗人要表达的意义。这实际就是填补那些未曾明说的内容。

文学阅读过程中，当文本被意象化以后，现实世界中的各种人际交往、喜怒哀乐都会带上个人知识的印记。读者一方面惊悚于文本中的景象并从其中的新奇事物中增长见识，另一方面又把自己的爱恨情仇的记忆与想象融入所读文本之中，如《包法利夫人》中的一个片段（转引自 Johansen 2003）：

(28)   They gradually began to talk more frequently of matters outside their love, and in the letters that Emma wrote him she spoke of flowers, poetry, the moon and the stars, naïve resources of a waning passion striving to keep itself alive by all external aids. She was constantly promising herself a profound happiness on her next trip; then she confessed to herself that she had felt nothing extraordinary. This disappointment quickly gave way to a new hope, and Emma returned to him more avid and enflamed than before. *She undressed brutally, ripping off the thin laces of her corset so violently that they would whistle round her hips like a gliding snake. She went on tiptoe, barefooted, to see once more that the door was locked, then with one movement, she would let her clothes fall at once to the ground; — then, pale and serious, without a word, she would throw herself against his breast with a long shudder.*

    Yet there was upon that brow covered with cold drops, on those stammering lips, in those wild eyes, in the grip of those arms, something strange, vague and sinister that seemed to Léon to be subtly gliding between them to force them apart.

    (Flaubert 1965: 205, trans. E. Marx Aveling, rev. by P. de Man)

这段描写中的包法利夫人婚内出轨，令人不齿。但从文学艺术创作的角度来说，作者非常好地运用了意象化的表现方式。首先，其事件发生的顺序与真实场景具有内在相似性，如斜体部分所示：undressed, ripping off, went on tiptoe, to see once more, let her clothes fall at once, throw herself against his breast。这些动作构成了一个完整有序的画面。这样一个事件呈现的顺序也符合人物情感的发展顺序。其次，ripping 还运用了通感的手法，激活了生动的声音意象。

文本意象化一般基于两点。一是文本本身的描写能够实现意象化的转换，如（28）所示。二是文本意象化虽然会具有个人性，即主观性，但整体上遵循意象图式的认知原理。这样读者才能在各种不同的具体描写中填补出未曾明说的东西，这实际上也是一个将个人感知内容与概念知识整合的过程。正如 Lakoff（1987：455）指出的，人类感知与心理意象是由意象图式来结构的，词语所激活的意象图式能够将我们的感知与意象匹配起来。这意味着，没有纯粹的、无结构的感知和图式，感知和意象也不完全是图像化的。在感知和形成意象的过程中，会赋予其一定的意象图式结构，把语言与感知和丰富的意象匹配起来，其关系如图 5 所示（Johansen 2003）：

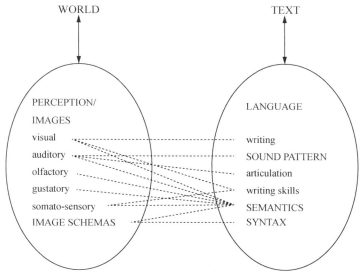

图 5　感知与语言的关系

通过意象化实现文本的象似性，产生于人类认知的二元表征属性（dual-code representation），即一个语言表征系统和一个非语言的表征系统。两者分别置于大脑的左右两半球，这两个系统既可独立运行，又通常相互作用。语言处理是线性的、序列性的，具有时间性特征；心理意象的识解是空间性的、整体性的。因此，二者能够形成有效的互动与互补（Johansen 2003）。

4.2　拟象化

如果意象化重在细节与个体，拟象化则重在抽象和系统，是对文本整体结构或风格的相似，即在阅读过程中，读者关注的不是将文本内容转换成具体的意象，而是跟踪文本要素在文本的发展过程中的语义特征或语义内涵，并从其转换过程中发现影响文本不同部分的组成关系的某种抽象特征（Johansen 2003）。

拟象化过程中，读者并不需要时时刻刻将一种符号转换成另一种符号以理解文本的意义，相反，只要在某个层面追踪文本各部分之间的关系以及相应的转换就可以达致对文本的理解。

（29）**The Road Not Taken**（**Robert Frost**）

> Two roads diverged in a yellow wood,
> And sorry I could not travel both
> And be one traveler, long I stood
> And looked down one as far as I could
> To where it bent undergrowth;
>
> Then took the other, as just as fair,
> And having perhaps the better claim,
> Because it was grassy and wanted wear;
> Though as for that the passing there
> Had worn them really about the same,
>
> And both that morning equally lay
> In leaves no step had trodden black.
> Oh, I kept the first for another day!
> Yet knowing how way leads on to way,
> I doubted if I should ever come back.
>
> I shall be telling this with a sigh
> Somewhere ages and ages hence:
> Two roads diverged in a wood, and I —
> I took the one less traveled by,
> And that has made all the difference.

罗伯特·弗罗斯特（Robert Frost）这首诗的拟象化过程很清晰，即将人生选择的不确定性比喻为林中漫步选择路的不确定性，选择是必然的；不管选择哪条路，我们永远都不知道自己的选择会意味着什么或带来什么样的风景，只有走过了才能知道。要看到更多的未知风景就要选择人迹更少的路，要有一点冒险的精神，且不要为自己的选择后悔叹息，这是最重要的。

顺便提一下，在"Yet knowing how way leads on to way"这一行中，way 本来是一个可数名词，按照语法规则，它前面应该有冠词来进行认知定位。两个 way 前都没有使用冠词，我们猜想，诗人是强调或暗示，森林中的路也好，人生的路也好，都是不确定的，没有现成的、已知的平坦之道，很难预测选择的结果。way 本应表示确定的路，不用冠词而表达不确定的路，吻合全诗的主题。

下面这首诗强调人生短暂，要珍惜光阴：

（30）**To the Virgins，to Make Much of Time**（Robert Herrick）

> Gather ye rosebuds while ye may，
> Old Time is still a-flying；
> And this same flower that smiles today，
> Tomorrow will be dying.
>
> The glorious lamp of heaven，the sun，
> The higher he's a-getting，
> The sooner will his race be run，
> And nearer he's to setting.
>
> That age is best which is the first，
> When youth and blood are warmer；
> But being spent，the worse，and worst
> Times still succeed the former.
>
> Then be not coy，but use your time，
> And while ye may，go marry：
> For having lost but once your prime，
> You may for ever tarry.

在这首诗中，诗人提醒人们要珍惜时间，珍惜当下。因为芬芳易失，采摘当及时；时光易失，转眼就是日薄西山；青春易失，韶华难

留。这就是一种生命哲学。

4.3　寓言化

隐喻象似性是三种象似性中抽象化程度最高的。隐喻性阅读意味着不断地将文本寓言化。寓言化即以一种另外的方式说话，那么，寓言性解读就是寻找文本隐含的额外的意义，或者说是将文本中美学的、道德的或认识论的意义通过抽象或联系实际的方式解读出来（Johansen 2003）。

在深入讨论阅读中的寓言化之前，我们先简单区分一下类比、隐喻、寓言、符号四者之间的异同。类比强调多个要素之间的比例关系，隐喻从语义的角度看是把不同范畴之间的成分关联起来的一种类比。寓言是一组由隐喻构成的拓展性隐喻网络。符号是一种在一定范围内具有普遍意义的隐喻。简而言之，类比、隐喻、寓言、符号都具有隐喻性特征。

既然寓言是隐喻中的一个类，寓言化的过程也自然是从文本本身开始的，几乎所有文学文本都有不同程度的寓言性，有些体裁的显著特征就是寓言性，如寓言故事，宗教文本、宗教文学等等。

下面我们简要介绍美国作家赫尔曼·麦尔维尔（Herman Melville）的小说《白鲸》的寓言式象征意义。[①]

在小说中，聪明、凶残的白鲸莫比迪克经常在海上兴风作浪，夺去了无数捕鲸人的生命。捕鲸船长亚哈在一次捕鲸中被莫比迪克咬掉了一条腿，从此怀恨在心，誓要报仇雪恨，出海寻找白鲸。在三天三夜的追踪后，最后他虽然用渔叉击中白鲸，但船被白鲸撞破，船长和全船人员与白鲸同归于尽，仅一位水手幸免。

小说中，白鲸是神秘与恶的化身，也是神的象征，等同于大自然本身。在某种程度上，白鲸所象征的是新兴的资本主义制度，反映出作者对其既心存恐惧，又充满忧患。既然白鲸是大自然的化身，而人类追捕白鲸，无异于与大自然对抗，掠夺大自然，那么冲突和对抗必然是激烈惨痛的。

作为全书的中心人物，亚哈船长的命运和结局是人生的悲剧。在麦尔维尔的笔下，亚哈船长是一个复杂的人物，他的性格是多重的：

---

① 参考陈秋红（1997）"《白鲸》象征意义的文化阐释"《外国文学研究》（2），96–99。

一方面，他象征着敢于反抗、百折不挠的战士。另一方面，他无责任意识和担当，违背船主的利益，丧失理性与道德，不顾船员的生命安危，一意孤行追杀白鲸，导致几乎全船覆没，一步步走向命运的归宿，从这个意义上来说他是比白鲸更可怕的魔鬼，代表着人类意识中的邪恶和黑暗。麦尔维尔旨在告诫世人一定要有理智和良知，不要被盲目本能冲昏头脑；一定要按大自然的规律和意志办事，不要让人性中恶的一面冲破理性的大堤。否则等待他们的只会是像裹尸布一样的滔滔无尽的大海和沉没在海底的亚哈和他的裴廓德号。

4.4　三种方式联合作用

文学阅读的过程本身就是一个生成象似性的过程。上面为了表述的方便，把生成象似性过程区分为三种形式。但事实上，在真实的阅读中，可能它们是相互作用，相辅相成的，如：

（31）　　　　　　　　　**40-Love**　　（**R. Mc Gough**）

middle	aged
couple	playing
ten	nis
when	the
game	ends
and	they
go	home
the	net
will	still
be	be
tween	them

此诗的表现形式就是一个视觉化的意象。这实际上就是把语言符号组成的文本转换成了视角符号和语言符号共同构成的文本，形式上就已经完成了意象化。其中，中间的虚线代表网球场上中间的网，虚线两边的文字代表场上的两名比赛选手。

从拟象象似性的层次来看，这是把中年夫妻的婚姻生活中爱情与网球比赛的比分建立了对应联系。其中，比赛是双方在彼此消耗，各方都希望战胜或赢下对方，网球比赛的逻辑对应于夫妻生活中的摩擦，比赛的结果对应于夫妻生活中摩擦的结果。Love 一词是同形异义词：作为常用词汇，表达爱情；作为网球比赛专业术语，表达 0 分。网球在 13、14 世纪的时候起源于法国，16、17 世纪流传到英国；因此，网球的一些专门术语或用词受法文的影响很大，而 0 的发音方式"l'oeuf"，听起来就像是 LOVE，所以网球比赛中就把 0 念成 LOVE，一直沿用到今天。"love game"指在一局比赛中有一方逼迫对方一分未得就取得了本局比赛的胜利。

从寓言化的层次来看，这是把人世间中年夫妻爱情生活中的隔阂与疏远的真实写照或普遍状态淋漓尽致地表达出来了，其语言形式的运用也十分巧妙地传递了这种意境。第一，拆词。middle-aged, tennis, go home 本是一个词或一个词组，但都被中间的网分开了，这象征着心灵与情感的隔阂。第二，移行造成的不和谐。比如，the game, between, tennis 被拆分到两行里，这意味着夫妻之间没有心灵的默契，难以实现协调一致。第三，泛指性。couple 本是一个可数名词，根据语法规则，要么之前使用冠词 the 或 a，要么其后使用-s，表示复数，实现认知定位或明确所指对象。但诗人违反认知定位的要求，其根本意图就是不确指某对夫妻，而是意指任何夫妻。诗中动词的时态用一般现在时强调夫妻情感的存在方式的泛时性，即永远都是这样。这种泛时性旨在强化零和比赛是中年夫妻爱情生活的普遍写照。这一意义由表示无时间意义的非谓语动词 playing 得到了强化。另外，will be 进一步加深了未来也是如此的意义，这是时间的另一种泛化方式。第四，书写形式上的标记象似性。整个这首诗的各行第一个字母都没有大写，其实也是强调它们表达的是一种普遍存在的状态。第五，全诗没有标点符号，意味着中年夫妻的这种爱情生活状态不是短暂的，而是没有尽头，与前面的 playing 形成了有机的呼应。

下面这首《复活节的翅膀》（"Easter Wings"）也有异曲同工之妙。

(32)　　　　**Easter Wings（George Herbert）**

Lord, who createdst man in wealth and store,

Though foolishly he lost the same,

Decaying more and more,

Till he became

Most poore：

With thee

O let me rise

As larks，harmoniously，

And sing this day thy victories：

Then shall the fall further the flight in me.

My tender age in sorrow did beginne：

And still with sicknesses and shame

Thou didst so punish sinne，

That I became

Most thinne.

With thee

Let me combine，

And feel this day thy victorie：

For，if I imp my wing on thine，

Affliction shall advance the flight in me.

　　本诗以鸟（云雀）的形状来象征人的出生、堕落、重生的过程。这是典型的基督教教义中所传世的观点。人在出生和重生以后，就像一只健硕的云雀，翅膀大而有力，可以展翅高飞。人一旦开始堕落，就会变得越来越弱小，只剩下中间小小的躯壳，失去了展翅高飞的翅膀与能力。在拟象化层次，诗人把人比喻为一只鸟。上帝在造亚当时，给了他财富和乐园，但他经不起引诱，堕落了，被逐出了伊甸园。诗中人的财富就日渐缩水，缩到了只有鸟的身子那个样子了，即陷入贫穷。根据基督教教义，耶稣下凡来拯救人类后再次升天。就像耶稣在复活日从灰烬中复活一样，人类再次变得精神富足，就像云雀的翅膀一样逐渐长大。第二节开始的诗行表示人类因原罪深重，深陷痛苦与罪孽之中，但随着 thee 对人类的升华，不断洗脱原罪，随着身体和灵魂的不断净化逐步升向天国。事实上，这首诗本身就是一首宗教性的寓言诗，告诫人们要不断地净化和升华自己灵魂，以避免堕落犯罪。

　　下面这首《城市的月亮》（"mOOn Over tOwn Moon"）是 E. E. 卡明斯非常有名的有关生态问题的一首诗，揭示了城市的扩张对人类生存环境和生存空间的破坏与侵犯。

（33）**mOOn Over tOwn Moon**（E. E. Cummings）

whisper
less create huge grO
pingness

whO perfectly whO
flOat
newly alOne：is
dreamest

oNLY THE MooN o
VER ToWNS
SLoWLY SPRoUTING SPIR
IT

　　这首诗首先呈现给读者的是月亮由大变小的视觉意象：标题也是第一节的第一行，字母 O 从标题到第二节包含好几个大大的 O，到了第三节全都是小写的 o 了。在拟象象似性层次，大写字母 O 由多变少最后到变得一个都没有了，象征着城市化对人类生存空间的一点一点地挤压，人们都不得不生存在狭小的空间里甚至夹缝中。这种挤压感、窒息感通过其他字母的小写得到进一步的强化。诗的标题和第一节、第二节中，只有 O 是大写的，其他字母都是小写的。它们象征着，过去城市中，一切都是那么自然、平和、平衡，给人以宁静和舒适的感觉。但到了第三节中，大大的、圆圆的月亮已经小到几乎看不到了，凸显在人们眼帘中的是其他各种各样的物体与存在。取而代之的是密布林立的高楼大厦，挤压着人类的生存空间。生活在城市里的人很难看到皓月当空、梦幻般的夜空美景了。全诗最后一行只有一个 IT。我们可以把 IT 看成是一个泛化了的 it，泛指任何其他物体，也可以指不同的庞然大物互相堆砌在一起，因为按照正常的书写规则，形式上应该是 It。在寓言化（隐喻化）层次，该诗是在控诉人类生态环境的恶化。

本讲小结

　　认知语言学认为，语言能力只是人类整体认知能力的一部分，语言结构既与经验结构紧密相关，又反映经验结构，即世界结构，包括说话人强加给世界的观点。这种认知上的象似性是认知语言学的一个重要原理，是人类认知在概念化世界并进行概念抽象之前，表达感觉世界的一种手段或方式。它在文学中的作用是增强表现力，以意象化、拟象化、寓言化三种方式实现文学阅读中的三重境界：阅读愉悦、多重理解世界、掌控与接近世界。

思考题

1. 如何理解象似性与意象主义的认知共性？
2. 象似性与文本表征的多模态的作用方式是什么？
3. 象似性与文学阅读的多重性的关系是什么？

拓展阅读参考书目

Freeman, M. H. 2011. The role of metaphor in poetic iconicity. In Fludernik, M. (Ed.). *Beyond Cognitive Metaphor Theory: Perspectives on Literary Metaphor*. New York/London: Routledge, 158-175.

Hiraga, M. K. 2005. *Metaphor and Iconicity: A Cognitive Approach to Analysing Text*. New York: Palgrave Macmillan.

Johansen, J. D. 1996. Iconicity in literature. *Semiotica* 110(1/2): 37-55.

Johansen, J. D. 2003. Iconizing literature. In Müller, W. G. & O. Fischer (Eds.), *From Sign to Signing Iconicity in Language and Literature 3*. Amsterdam/Philadelphia: John Benjamins, 379-410.

Joseph, B. D. 2020. System-internal and system-external phonic expressivity: Iconicity and Balkan affricates. In Perniss, P., Fischer, O. & C. Ljungberg (Eds.), *Operationalizing Iconicity: Iconicity in Language and Literature 17*. Amsterdam/Philadelphia: John Benjamins, 105-124.

Nanny, M. & O. Fischer (Eds.). 1999. *Form Miming Meaning: Iconicity in Language and Literature*. Amsterdam/Philadelphia: John Benjamins.

Perniss, P., Fischer, O. & C. Ljungberg (Eds.). 2020. *Operationalizing Iconicity: Iconicity in Language and Literature 17*. Amsterdam/Philadelphia: John Benjamins.

第七讲 概念合成与读者对文本意义的主体性建构

人类交际的过程，简而言之，就是交际双方不断相互建构话语意义的过程。在此过程中，交际双方的认知状态、图式化知识、话语的语境、语言表达式都参与其中。思维如此，日常行为也是如此。这样的建构过程涉及概念的投射、概念的合成、类比的思维、违实假设在不同认知域中的组织方式，同时也涉及文化、社会、心理等方面的认知方式之间的相互映射。这样的思维过程就是概念合成。

第一节　概念合成的基本内涵与运行方式①

概念合成理论的前身是心理空间（mental space）理论，据理论的创立者 Fauconnier（1994，1997）自称，心理空间类似于数学里的集合（set），强调知识的组织与运行方式不是离散的，而是以认知域的方式集合在一起，因而在思维与交际过程中能够实现快速、高效、动态。

1.1　概念合成理论的三个基本观点

概念合成（conceptual blending/integration）理论是美国加州大学认知科学系已故著名认知语言学家吉勒·福柯尼耶（Gilles Fauconnier）和凯斯西储大学著名语言学家马克·特纳（Mark Turner）共同创立的有关心理过程与思维的当代认知理论。该理论发端于心理空间理论，成熟于概念合成理论。

概念合成理论主要有以下三个基本观点：1）语言不是人的直觉或人的认知器官，这一点与乔姆斯基的语言直觉论、意义内在论根本对立；2）语言本身不具有意义而是引导（guide）意义，语言是激活意义的桥梁（access）；3）语言的生成性（generativity）从本质上来说是

---

① 第一节的内容改写自刘正光、李雨晨（2019）《认知语言学十讲》第七讲。

语义特征而不是句法特征，句法特征的生成性是语义生成性衍生的结果（Fauconnier 1994：xxii）。就语言与认知过程而言，语言只是认知构建过程中的冰山之巅。当我们构建话语的意义时，绝大部分的认知活动是冰山的水下部分。

Turner（1991：206）说得更加直截了当和明确："语言表达式没有意义，它们只是推动我们运用熟知的过程构建意义的动力。话语的意义绝没有存在于词中。当我们理解话语时，我们绝不是理解词在说什么。如果离开了丰富的细节知识和认知过程，词本身什么也表达不了。"

以上观点的核心是，语言表达式只是反映认知的在线性与开放性的入口。

1.2 心理空间

在概念合成理论体系里，心理空间是非常重要的基本概念，是语言交际与思维过程中随着话语的理解与交际的进行而构建起来的部分性组件（partial assemblies）（Fauconnier 1997）。心理空间有它的内在结构和运行原则。

1.2.1 心理空间及其属性特征

心理空间，作为知识的组织单位，类似于认知域或框架，是对一定情景下实体和关系的部分表征，无论该情景是感知的、想象的、记忆中的或者理解出来的（Coulson & Oakley 2000）。心理空间既与长时记忆的图式化知识（如框架）相联系，又与长时记忆中的细节知识相连；心理空间包含的要素由认知框架（frame）或其他认知模型组织起来（Fauconnier 2007）。

心理空间是动态的，在思维或话语过程中不断地构建与修改。心理空间由各种不同的映射联系起来，尤其是身份映射和类比映射。心理空间的内容可以用不同的方式激活并服务于不同的交际与思维目的，假如心理空间里有"他、国家大剧院、2019 年，看"这样一组心理表征内容，则根据说话方式的不同，可以建立这样一些不同的心理空间以实现不同的目的：

（1）a. 他 2019 年在国家大剧院看过演出。（报告过去的事件）

　　b. 如果他 2019 年在国家大剧院看过演出，……。（虚拟一个

          情景并审视其后果)

    c. 他肯定他 2019 年在国家大剧院看过演出。(陈述个人
       看法)

    d. 这张照片是他 2019 年在国家大剧院看演出的照片。(谈论
       照片的内容)

1.2.2　心理空间的建构方式

心理空间可以通过不同的途径建立起来，如一组概念域或知识框架、个人直接经验、获取的信息等：

(2) a. 老张今天去王府井买了套西装。

    b. 我在王府井碰到老张在买衣服。

    c. 老张都是自己买衣服，从来不要老婆买。

"吃、喝、买、卖"等都是一些常见的事件概念域。(2a) 激活了一个商业框架和相关的次框架"老王在王府井买西装"。生活中常见的框架如娱乐框架、休闲框架、日常生活习惯框架等等。(2b) 的心理框架来源于说话人自己的所见所闻，在心里就回想起当时的情景了。(2c) 建立起说话双方继续谈话的框架。

心理空间是动态建立起来的，主要存在于短时（工作）记忆中，但也可以固化在长时记忆中，如框架。框架实际上是心理空间里的成分打包了的形式，可以同时整体激活。

固化的心理空间有时还会附带其他心理空间，如 Jesus on the Cross（十字架上的耶稣）除了激活耶稣在罗马钉于十字架上的框架外，还有"上帝的儿子""婴儿耶稣""十字架下的圣母玛丽及其圣女"等相关框架（Fauconnier 1997）。这些不同的框架知识都与"耶稣"这个框架关联着。汉语里的"长城"除了实际的长城之外，框架里还附带有"孟姜女哭跨长城""古代边防设施""现代著名历史文化遗产"等。

在理解过程中，这样的固化心理框架附加上其他心理框架，依据的是说话人心理能够激活这些框架的程度与情况。这个依据称之为"可及性原则"（access principle），即描写或命名心理空间表达式 A 的表达式可以用来理解对应空间 B 的表达式。

1.2.3　心理空间的作用与意义

心理空间中的成分只能间接地指称世界中的实体，无论是实在的还是虚拟的，都只是心理表征的物体而已。这一基本特征使得心理空间能够对不断出现的某一成分的新信息进行分区，让受话人在指称层面能将信息分配给某一情景的不同侧面的概念（Coulson & Oakley 2000），从而实现思维的想象性与跳跃性，如：

（3）a. 考上大学以后，他才第一次走出家乡小镇到了北京。

　　　b. In the painting, the girl with blue eyes has dark eyes.

（3a）中，"他"说话的时候肯定不在北京。但是，"考上大学以后"建立起了一个考上大学时候所发生的事件的心理空间，这个空间对应于现在说话时候的心理空间。正是由于两个心理空间的存在，说话人在说这句话时就没有必要人在北京，听话人也能知道"说话人考上大学去了北京"。（3b）看上去是一个矛盾的句子，蓝眼睛一般不能变成黑眼睛。但是这句话也同样基于两个心理空间，一个是"画里的女孩"的心理空间，另一个是现实生活当中的女孩。本质上，一个是虚拟的，一个是现实的。下面转引 Fauconnier（2007）的一个例子详细说明心理空间的建构方式：

（4）Achilles sees a tortoise. He chases it. He thinks that the tortoise is slow and that he will catch it. But it is fast. If the tortoise had been slow, Achilles would have caught it. Maybe the tortoise is a real hare.

心理空间的建立需要一些空间建构语（space builder），如连词、介词短语、情态词，各类指示语等等。

根据 Fauconnier 的解释，第一句里，Achilles 是背景信息（base）中的一个成分的名字 a，a tortoise 中的不定冠词 a 表明这是一个新引进的成分 b，动词 see 引入 SEE 框架＿＿＿ sees ＿＿＿，如图 1：

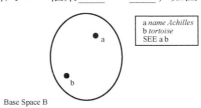

图 1　阿喀琉斯与乌龟

第二句里，人称代词 he 和 it 提供的背景信息表明，Achilles 是人，tortoise 是动物，如图 2：

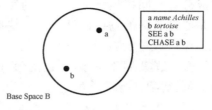

图 2　追逐

第三句里，he thinks 建立起一个情态空间（M），与背景空间（B）相关，背景空间将 Achilles 的心理想法区隔开，that 从句将新的空间内容建立内部结构，其中的 will 建立起一个意志空间与情态空间关联，这样背景空间的时间指示就维系下来了，如图 3：

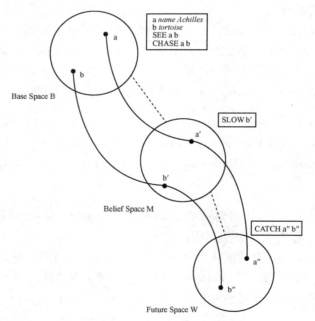

图 3　阿喀琉斯的信念

第五句里，连词 if 建立起一个虚拟的心理空间，过去完成式 had been 表明，对于背景空间（B）而言，这是一个违实空间，slow b_1 与 CATCH a_1 b_1 是新出现的两个结构，如图 4：

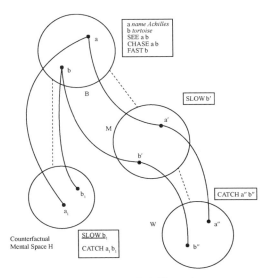

图 4 违实性

第六句表示说话人根据背景空间的信息发表的个人观点，maybe 建立起一个可能性空间（M），即 tortoise 的对应体是 hare。通达处理方式如下，可能性空间中的 b2 的对应体在背景空间里通过描绘的方式激活 b（tortoise），如图 5：

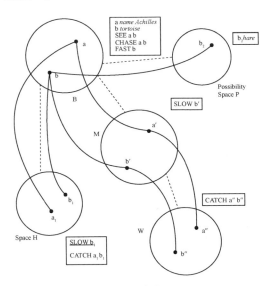

图 5 怀疑

上面我们介绍了心理空间的基本内涵、建构方式和运行过程。心理空间的建立为概念合成奠定了坚实的基础。

1.3 概念合成

概念合成理论是心理空间理论的发展（Fauconnier 1994）。例（4）一方面介绍了心理空间，同时也体现了概念合成的过程。比如，第五句将现实空间与虚拟空间交织在一起，说明说话人的心理活动与转换过程。第六句将乌龟与兔子赛跑的故事也糅合进来，说明了思维的想象性特征。

概念合成的实质是描述后台认知的过程，把人类认知冰山下的那些部分揭示出来。概念合成包含三方面的主要内容：概念合成网络、认知过程、处理原则。

1.3.1 概念合成网络

概念合成理论最核心的部分是概念合成网络。它由四个空间组成：两个输入空间，一个类属空间，一个合成空间，如图6（Fauconnier 1997：151）：

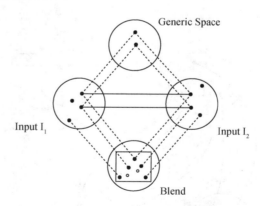

图6 合成网络示意图

如图6所示，四个圆圈表示四个空间。输入空间1和输入空间2的连接实线表明其映射关系是点对点的跨域映射，各空间里认知域包含的信息将两个空间组织起来；类属空间包含网络中各空间共享的结构；合成空间选择性地接受来自各空间的结构与信息并形成自己的结构和百科知识——涌现结构（emergent structure）；虚线表示输入空间与类属空间或合成空间的联系；合成空间里的实线方框表示概念合成后生成的涌现结构。下面这则广告能简单明了地说明合成网络的内容：

（5）趁早下"斑"，不要"痘"留。（化妆品广告）

（5）中的"斑"和"痘"，作为谐音双关语，激活了两个输入空间：一个是上班的心理空间，作为背景；另一个是脸部的容貌，作为话语的焦点。这种语音形式上的合成比较容易识别与理解，因为它们之间具有直接的相似性。但是，该合成也是概念上的合成，因为它们涉及两个概念域的内容，一个是日常工作与生活的习惯，另一个是个人美容与心理感受。输入空间1包含"下班、早回家"，输入空间2包含"雀斑、青春痘"；类属空间包含的结构关系是"感受"，即"早下班的感受"和"没有斑与痘的感受"；合成空间把以上空间的结构与信息进行整合，并得出下面这个隐含的意义：如果长"斑"、长"痘"了，趁早把它们祛除。

1.3.2　涌现结构与处理过程

涌现结构表示概念合成的意义具有动态性、衍生性、创造性，产生于三种认知过程：

1）组合（composition）。将输入空间的投射内容整合到一起，生成出两个输入空间各自独立不存在的关系。具体做法是将一个空间的关系与另一个空间的某个或某些成分对应起来。如（5）中，"下班、早回家及其幸福感"作为组织性框架被投射到"脸上长斑、长痘及其痛苦感"上。

2）完善（completion）。充分利用背景框架、认知域的知识将来自输入空间组合的结构投射到合成空间，合成空间在继承投射来的结构型式后，衍生出更大的涌现结构，如早下班、不逗留，很可能不会遇到交通拥堵，路上花的时间就少，因此可能有一种幸福感。这些都是经由长时记忆里的框架知识补充出来的。语义网络也可以起到框架的作用，因此，也可以实现完善的功能。这是因为，语义网络里语义作为概念结构，其中的概念表征为具有层级性的相互联系的节点，这些节点通达以后便会产生扩散激活。

3）扩展（elaboration）。意义构建所涉及的认知活动，形成合成空间的结构，这些结构依据自身新的逻辑关系运行（running the blend）。扩展与完善联系很紧密，其本质是，心理空间对某一事件的心理或物理模拟。扩展可以是并行的（coupled elaboration）（Coulson & Oakley 2000），也可以是单一的。换句话说，心理模拟可以和一定的行为活动一起进行。比如，你为女朋友买了一件很精致的礼物，在送给她之前，为了享受那种惊喜，你独自一人坐在房里，慢慢地把它从包里拿出来，放在手中，细细地看看，然后放到你想象中坐在身边的女朋友手中。这是典型的并行扩展。单一扩展指只有心理模拟，没有实际的行为实现。下面我们用一个比较简单的例子（boy 语义变化为 servant，即 boy in service）来图解这三个过程（Grygiel 2004）：

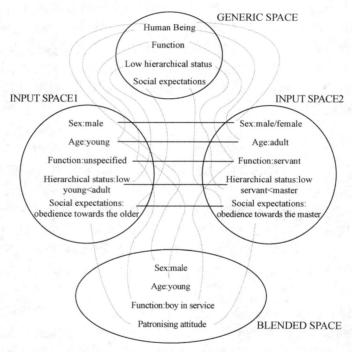

图7　BOY（boy in service）合成图

如图7所示，输入空间1是关于 boy 的知识框架，包含性别、年龄、身份（不明确）、社会地位（低、年轻、成年人）、社会期望（尊重长者）；与此对应的输入空间2是关于 servant 的知识框架。读者可以区分两个框架里信息的细微差异，如输入空间1里不明确的信息在输入空间2里明确了，或者稍有调整。类属空间里是两个输入空间的共享特征。合成空间里的衍生意义体现在说话人施舍或者高人一等的态度（patronising attitude）。这个意义是前面两个输入空间里都没有的，而是在类属空间的调节下，合成后衍生出来的。

1.3.3　处理原则或限制

概念合成理论似乎对任何现象都可以作出比较充分的描写，看起来是一个非常强大的理论。但正因为这样，看似什么都能解释，实际上什么都没有解释（Gibbs 2000），至少没有解释透彻。因此，怎样限制合成过程，就非常重要。为此，Fauconnier & Turner（1998b）提出了最优化原则（optimality principle），包括六条次原则。

1）整合（integration）原则：合成空间的心理表征可以作为一个单位操作。

2）拓扑（topology）原则：合成空间的关系应该与其他空间里对应体的关系匹配一致。

3）网络（web）原则：心理空间的表征应该维持对输入空间的映射。

4）解包（unpacking）原则：就一个合成空间而言，阐释者应该能推导出网络中其他空间的结构。

5）合理（good reason）原则：必须让合成空间里的成分具有意义。

6）转喻压缩（tightening）原则：经由转喻联系起来的成分投射到合成空间时，必须压缩它们之间的"距离"。

整合原则的本质是在概念合成过程中，尽可能将各种信息组合到一块，类似于认知上的"块构化"（chunking）。每一个知识域（domain）的信息整合成一个心理空间，如输入空间1、输入空间2等。各种不同的心理空间整合成概念合成网络。拓扑原则指的是，在跨空间映射过程中，其映射必须保持原有的内在结构或逻辑，如图7所示，输入空间1与输入空间2的点对点的映射。网络原则指合成空间里表征的内容应该保持输入空间的映射，如图7里两个输入空间到合成空间的映射，用虚线表示。在网络原则下，可以直接通过输入空间里的名称和描写来理解合成空间中的内容成分，也可以允许合成空间中的结构投射到整合网络中其他空间里去。这可以从图7里的连接线都没有箭头方向看出来。解包原则指我们可以从合成空间的结构内容逐渐推导出输入空间和类属空间的结构，这种映射关系的典型反映就是概念隐喻映射（如战争与辩论之间的对应关系等）和转喻映射（部分指代整体、生产商指代产品、容器指代内容等等）。合理原则的本质是合成空间里的成分应该有意义上的增值，如图7的合成空间里的衍生出来的"高人一等"的含义。转喻压缩原则的本质是应尽可能保持概念之间的紧密内在联系,以便能够快速地被理解。

第二节　概念合成与主体性建构的作用

概念合成理论深刻地揭示了人类认知和语言使用中隐而未现的冰山运动,能够有效阐明文本内在关系的建立过程、语言使用与表达风格的创新和文学典故重构的内在方式。

2.1　建立文本意义的连贯性

文本阅读过程实际上也是读者不断建构文本意义和文本要素之间关系的过程。Fauconnier(1994:xxii)说:"当我们使用语言时,语言只是认知构建过程中的冰山之巅。在话语展开时,大量活动在进行:新领域出现了,联系建立起来了,抽象映射在运行,内部结构产生并展开,视点与焦点不断变化,常识推理得到看不见的、高度抽象的心理创造的支持,语法有助于引导这些心理创造但本身不能界定它们。"这表明,文本本身不足以让读者建立起文本的内在逻辑关联。相反,文本的关联手段、连贯关系的形成需要语言使用者或文本阅读者大量调用百科知识并通过认知建构才能得以实现。意识流作品的解读过程能够典型地说明这一特征。意识流小说大师詹姆斯·乔伊斯(James Joyce)在其惊世之作《尤利西斯》中描写主人公 Bloom 回忆当年与妻子热恋的恍惚迷离的思绪时使用了不符合逻辑的语言手法:

(6) She kissed me. My youth. Never again. Only once it comes. Or hers. Take the train tomorrow. No. Returning not the same ... The new I want. Nothing new under the sun ... Think you are escaping and run into yourself. Longest way round is the shortest way home ... All changed. Forgotten. The young are old ...

对于这段描写,我们且不说其语义上的连贯与符合逻辑与否,就连其句子结构也特征显著:句子短促,大多为片断式语句。这种句子结构应该说是十分恰当的。它形象而又生动地再现了 Bloom 的思维活动,与作者要表达的意图十分吻合:零乱而又片断式的回忆。从这一点上来说内容与形式都达到了高度的统一，因而是十分连贯的。对意识流小说的分析离不开对作者的创作意图的分析与理解（刘正光 1999）。虽然根据话语意图，我们能获取作者可能要表达的意义，但心理空间和概念合成理论能够就意义的获取过程作出细致、清晰的刻画。实际上，这里存在着两种时空：一个是当时热恋的时空与事件，可以视为输入空间 1 的内容；另一个是梦境的时空，这是输入空间 2。读者对梦境与思维特征的百科知识，充当类属空间的内容。两个输入空间的内容在类属空间的整合作用下，形成话语最终意义的理解，即 Bloom 的意识已经逻辑含糊不清，语句排列无序，反映出言语者思维跳跃或思维紊乱的特点，这是合成空间的内容，如图 8 所示：

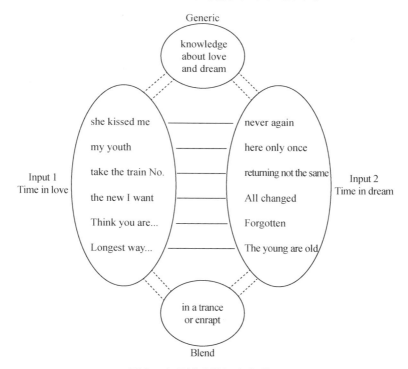

图 8　心理活动的概念合成图

　　意识流小说对人物的心理再现不同于写实小说的心理描写。写实小说的心理描写是作家理性审视后的再现。意识流小说中的心理再现则是原生态的，力图按照意识的自然流动真实再现人物的主观感知和体验。因此，创作上打破常规，另辟蹊径，最典型的就是时空错乱，物理时空和心理时空纠缠盘结，或者穿梭变换，造成难以理解之感。

（6）就是比较好的例子，下面再看：

（7）① Old Mr. Michael came padding softly in, ... ② The extraordinary unreality was frightening; but it was also exciting. ③ Going to the Lighthouse. ④ But what does one send to the Lighthouse? ⑤ Perished. Alone. ⑥ The grey-green light on the wall opposite. The empty places. ⑦ Such were some of the parts, but how bring them together? she asked. （Virginia Woolf, *To the Lighthouse*）

在这段引文中，①⑤⑥三句描述的是物理时空发生或存在的状态，是当前故事世界，即输入空间 1，交代 Lily Briscoe 和 Old Mr. Michael 故地重游和重游时的所见（perished, alone：人去楼空）；②③④⑦描述的是故事主人公 Lily Briscoe 的心理感受，是输入空间 2 的内容，讲述 Lily Briscoe 睹物思情，百感交集。物理时空和心理时空中发生的事件在类属空间（故友重逢故地重游的意象图式或百科知识）的作用下，生成合成空间的意义（Lily 相隔多年再回到度假小岛上后睹物思情、物是人非的心理感受），如图 9：

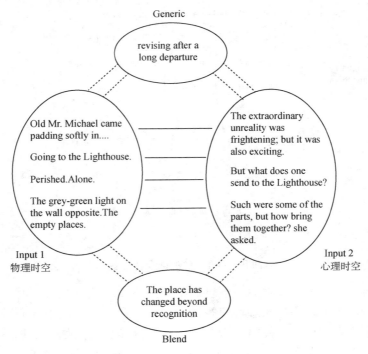

图 9　Lily 的心理活动图

诗歌（尤其是意象派诗歌）和意识流小说往往由于违反合作原则的方式准则而缺乏表层的衔接，有时甚至连内在的语义连贯关系都不易看出来。然而这样的诗作和小说却成为传世名篇。其中一个很重要的原因就是它们所表达的主题或意境（交际意图）经读者的联想揭示出来后意象鲜明，令人回味无穷。这种鲜明的意象或主题起着统摄与整合的作用，而保证了诗文的深层连贯性，如埃兹拉·庞德（Ezra Pound）的《在地铁站》（"In a Station of the Metro"）：

(8) The apparition of these faces in the crowd;
    Petals on a wet black bough.

从语言衔接角度来分析，该诗无衔接手段，结构关系松散。然而读者通过整合两个不同事物的特征，领悟该诗的真正意象"姑娘的美丽脸蛋"后语义上的连贯就很明显了。人群中的 faces 充当输入空间 1 的内容，黑色树枝上 petals 充当输入空间 2 的内容；类属空间里花瓣的知识（花瓣都是鲜活美丽的）将脸蛋和花瓣对应起来或等同起来，或者说是意象的叠加，就产生了涌现空间里"脸蛋就是美丽的花瓣"的隐喻意义。

再如苏轼的《惠崇春江晓景》：

(9) 竹外桃花三两枝，春江水暖鸭先知。蒌蒿满地芦芽短，正是
    河豚欲上时。

中国古典诗歌意象丰富、简洁凝练。例（9）中就有竹、桃花、春江、水暖、鸭、蒌蒿、芦芽和河豚等意象。这些离散的意象如何形成一个整体的意境需要作者进行认知上的整合或概念上的合成。第一句和第二句构成输入空间 1 的内容，表达现实的景象，暗写桃花知春，稀疏的两三枝开于竹外，透露出早春的春意。群鸭知春，一个"知"字画龙点睛，描绘出群鸭嬉戏醋游、恬然自得的神态。第三句和第四句构成输入空间 2 的内容，表达诗人从前两行得到启发而驰骋想象，感觉到一切万物，无论岸上、江中、静的、动的，似乎都为春的到来而欢欣鼓舞。全诗围绕"春晓"着力抒写，一气呵成。"春江晓景"这一意境将各不相干的景物构成了一个连贯的统一和谐的画面。早春的春意，欢欣鼓舞作为合成空间的内容是类属空间将桃花、春江、水暖、芦芽短和河豚欲上分别整合的结果。

2.2　细致再现文本意义的生成过程

概念合成理论源自心理空间理论。心理空间是一个小的概念包，方便交际者进行局部的话语意义处理与理解，其间会经历组合、完善和扩展三个认知过程，能够有效地揭示文本意义的动态建构过程。下面我们以欧内斯特·米勒·海明威（Ernest Miller Hemingway）的著名短篇为例（转引自 Semino 2003：84-85）。

（10）**A very short story**（**Ernest Hemingway**）

One very hot evening in Padua they carried him up onto the roof and he could look out over the top of the town. There were chimney swifts in the sky. After a while it got dark and the searchlights came out. The others went down and took the bottles with them. He and Luz could hear them below on the balcony. Luz sat on the bed. She was cool and fresh in the hot night.

Luz stayed on night duty for three months. They were glad to let her. When they operated on him she prepared him for the operating table; and they had a joke about friend or enema. He went under the anaesthetic holding tight on to himself so he would not blab about anything during the silly, talky time. After he got on crutches he used to take the temperatures so Luz would not have to get up from the bed. There were only a few patients, and they all knew about it. They all liked Luz. As he walked back along the halls he thought of Luz in his bed.

Before he went back to the front they went into the Duomo and prayed. It was dim and quiet, and there were other people praying. They wanted to get married, but there was not enough time for the banns, and neither of them had birth certificates. They felt as though they were married, but they wanted everyone to know about it, and to make it so they could not lose it.

Luz wrote him many letters that he never got until after the armistice. Fifteen came in a bunch to the front and he sorted them by the dates and read them all straight through. They were all about the hospital, and how much she loved him and how it was impossible to get along without him and how terrible it was missing him at night.

After the armistice they agreed he should go home to get a job so they might be married. Luz would not come home until he had a good job and could come to New York to meet her. It was understood he would not drink, and he did not want to see his friends or anyone in the States. Only to get a job and be married. On the train from Padua to Milan they quarreled about her not being willing to come home at once. When they had to say good-bye, in the station at Milan, they kissed good-bye, but were not finished with the quarrel. He felt sick about saying good-bye like that.

He went to America on a boat from Genoa. Luz went back to Pordonone to open a hospital. It was lonely and rainy there, and there was a battalion of arditi quartered in the town. Living in the muddy, rainy town in the winter, the major of the battalion made love to Luz, and she had never known Italians before, and finally wrote to the States that theirs had only been a boy and girl affair. She was sorry, and she knew he would probably not be able to understand, but might some day forgive her, and be grateful to her, and she expected, absolutely unexpectedly, to be married in the spring. She loved him as always, but she realized now it was only a boy and girl love. She hoped he would have a great career, and believed in him absolutely. She knew it was for the best.

The major did not marry her in the spring, or any other time. Luz never got an answer to the letter to Chicago about it. A short time after he contracted gonorrhoea from a sales girl in a loop department store while riding in a taxicab through Lincoln Park.

该短篇小说是海明威一战后从意大利返回美国后发表的，具有自传体的影子，可能是基于他和美国红十字会护士安格妮·冯·库洛斯基（Agnes von Kurowsky）的恋爱故事，她在海明威受伤住院期间照料着海明威。这个短篇小说反映的是海明威的创作主题：战争、爱情、失去。

这个故事虽然很短，但故事矛盾冲突很激烈。概括起来，主要有三条线。一条线是无名的他和露兹的爱情。他实际引申为受战争影响的任意普通人，在战场上受伤，失去了健康。这可以构成输入空间

1 的内容。战争造成人为地将恋爱的双方分隔两地，虽然彼此十分相爱，书信很多，但却无法收到，最后导致他失去了露兹的爱，这是精神上的失去。这构成输入空间 2 的内容。类属空间里的内容是战争的残酷性和毁灭性等相关知识。合成空间里生成的涌现意义是战争毁灭了两位恋人的爱情和美好生活。

另一条线是现实与理想之间的矛盾冲突。战争结束后，他和露兹必须开始新的生活。露兹的愿望构成了输入空间 1 的内容："he should go home to get a job so they might be married. Luz would not come home until he had a good job and could come to New York to meet her. It was understood he would not drink, and he did not want to see his friends or anyone in the States. Only to get a job and be married."。在这一段文字里，助动词和情态的动词的运用匠心独运。should，might，would，could，would not，did not want 都暗示着，这些条件都是他自觉自愿的，而不是露兹强加给他的，虽然读者们都明白，这些都是露兹自己内心的愿望，只是借着他的口吻表达出来。而现实却是他回到美国以后就忘记了自己的责任，开始堕落了，"Luz never got an answer to the letter to Chicago about it. A short time after he contracted gonorrhoea from a sales girl in a loop department store while riding in a taxicab through Lincoln Park."。这些内容作为输入空间 2 的内容，与输入空间 1 形成了强烈的反差。类属空间里则是战争必然给人们的生存与生活带来各种影响。合成空间因而就生成了，生活的不幸皆因战争而起。

第三条线是露兹在背叛与他的爱情时的心理矛盾冲突。作为输入空间 1 中的内容，露兹在与他热恋的时候，"They wanted to get married, … They felt as though they were married, but they wanted everyone to know about it, and to make it so they could not lose it."。与此对应的是输入空间 2 却深入刻画了露兹的放荡与轻率，当他从意大利返回美国以后，露兹不得不返回波尔德诺内新开的战地医院，在孤独无聊的雨季，她遇上了一位意大利少校的求爱，露兹抱着猎艳的心理，背叛了原来的誓言，但内心却充满了挣扎，并竭力自我解脱："she had never known Italians before, and finally wrote to the States that theirs had only been a boy and girl affair. She was sorry, and she knew he would probably not be able to understand, but might some day forgive her, and be grateful to her, and she expected, absolutely unexpectedly, to be married in the spring. She loved him as always, but she realized now it was only a boy and girl love. She hoped he would have a great career, and believed in him absolutely. She knew it was for the best. "。类属空间中仍然是战争所带来的灵与肉的距离对人们生活的影响。合成空间涌现出了战争剥夺了普通人一切，健康、爱情和理想。

最后，故事的标题非常令人回味。可以看作一个双关语，既可以指本故事是很短的故事，也可以指露兹先后与两个男人的爱情故事都因战争而很快烟消云散，昙花一现，无疾而终。

2.3　重构文学隐喻新内涵

认知概念隐喻强调从源域到靶域的单向性概念投射，能够有助于读者获取对事物的典型特征的把握与理解。但概念合成理论强调不同输入空间中概念内容的选择性投射或匹配（correspondence），它们在类属空间中的结构性知识的调节下，产生创新性的（novel）意义或理解。特朗普在谈到美国的移民政策时重构了《农夫和蛇》这则寓言故事，赋予其新的时代内涵（转引自 Berberović & Džanić 2020）。

（11）So this is called—this is called the snake.

And think of it in terms of immigration and you may love it or you may say isn't that terrible? Okay. If you say isn't that terrible, who cares. Because the way they treat me, that's peanuts compared to the way they treat me. Okay. Immigration.

The Snake

On her way to work one morning

Down the path alongside the lake

A tender-hearted woman saw a poor half-frozen snake

His pretty colored skin had been all frosted with the dew

"Oh well," she cried, "I'll take you in and I'll take care of you"

"Take me in oh tender woman

Take me in, for heaven's sake

Take me in oh tender woman," sighed the snake

She wrapped him up all cozy in a curvature of silk

And then laid him by the fireside with some honey and some milk

Now she hurried home from work that night as soon as she arrived

She found that pretty snake she'd taken in had been revived

"Take me in, oh tender woman

Take me in, for heaven's sake

Take me in oh tender woman," sighed the snake

Now she clutched him to her bosom, "You're so beautiful," she cried "But if I hadn't brought you in by now you might have died"

Now she stroked his pretty skin and then she kissed and held him tight. But instead of saying thanks, that snake gave her a vicious bite

"Take me in, oh tender woman

Take me in, for heaven's sake

Take me in oh tender woman," sighed the snake

"I saved you," cried that woman

"And you've bit me even, why?

You know your bite is poisonous and now I'm going to die"

"Oh shut up, silly woman," said the reptile with a grin

"You knew damn well I was a snake before you took me in"

"Take me in, oh tender woman

Take me in, for heaven's sake

Take me in oh tender woman," sighed the snake

And that's what we're doing with our country, folks. We're letting people in. And it is going to be a lot of trouble. It is only getting worse.

本例中一个有意思的地方是，首先特朗普就说明了他使用这个寓言故事的意思是美国政府的移民政策就像农夫。这实际上构成了输入空间 1 的内容。"The Snake"则构成输入空间 2 的内容。表面上看，输入空间 1 和输入空间 2 彼此之间没有什么联系，但特朗普的开场白实际上能够帮助读者建立起这种联系。"农夫和蛇"这个寓言故事的基本隐喻意义是"善对于恶而言是没有意义的"，其概念合成过程如下。蛇是输入空间 1 中的内容。蛇作为一种野性动物，野外生存，没有理性，按照其本性行事，即它的毒汁会给人或其他动物造成致命的伤害。农夫代表人，是理性动物，能够对自己的行为作出判断，并为之负责。问题是，蛇被拟人化以后，说出了人话，但依然是按恶性行事。这就造成两个输入空间的内容在选择性投射过程中产生了不一致（incongruity），由此而涌现出这个寓言故事的讽刺意义或警示意义，引导读者或听众对移民政策作出自己的判断。

　　用这个寓言来表明美国政府移民政策的危害，特朗普在 2016 年的总统竞选造势集会上说过，2018 年在保守派政治行动大会上也说过，而后引发了各种各样的评论。其中之一就是《纽约时报》记者莫琳·多德（Maureen Dowd）写的一篇讽刺性故事，如（12）。

（12）**This Snake Can't Shed His Skin（Maureen Dowd，*The New York Times*，24 February 2018）**

On her way to work one morning，down the path along the lake，a tenderhearted woman saw **a rich，coldhearted，frozen** snake. **His tangerine skin was all caked with makeup and his bald spot** was frosted with the dew.

"Poor thing，" she cried，"I'll take you in，and I'll take care of you."

"Take me in，oh tender woman. Take me in，for Heaven's sake. Take me in，oh tender woman，" sighed the **vicious** snake.

She wrapped him up all cozy，**tucking in his absurdly long tie of silk**，and laid him by her fireside **with two Big Macs，two Filet-O-Fish，and a chocolate shake of milk**.

She hurried home that night **from holding up a torch on Liberty Island**，and soon as she arrived，she found that **the freaky snake，transfixed by his own image on TV**，had been revived.

"Take me in，oh tender woman. Take me in，for Heaven's sake. Take me in，oh tender woman，" pleaded the cunning snake.

She clutched him to her bosom，which he really seemed to like.

"**You think you're pretty**，" she cried. "But if I hadn't brought you in，by now surely you would have died."

She stroked his puffy Velveeta scales again，and kissed and held him tight. But instead of saying thank you，**that grabby snake wrapped around her you-know-what** and gave her a vicious bite.

"Take me in，oh tender woman. Take me in for Heaven's sake. Take me in，oh tender woman，" **sighed the sneaky snake as he**

changed to "Fox & Friends" for news that was fake.

"I saved you," cried the woman. "And you've bitten me. Heavens, why? You know your bite is poisonous, and now I'm going to die."

"Oh, shut up, silly woman," said the serpent with a grin. "You knew damn well I was a snake before you took me in."

记者多德改编了农夫与蛇的故事。从 on her way to work 可以看出，故事发生的场景变成了现代都市，男性农夫转换成了一个心地善良的女士；冻僵了的蛇变得富有、冷酷，且蛇皮橘红色，还化了妆，光秃之处积满了霜水，蛇还主动哀求女士救他，但又流露出凶残的本性。用胸膛温暖蛇苏醒的农夫变换成了百般细心照顾的女士：把蛇（他）安顿在火炉边，用长长的丝质领带把蛇掖得舒舒服服的，还给蛇两个巨无霸汉堡包、两个鱼柳包、一杯牛奶巧克力。在这里，作者在暗讽特朗普就是这条蛇，因为长长的丝质领带是特朗普的标配。更具讽刺意味的是，女士晚上下班匆忙回家的路上还举着自由岛的火炬（这象征着美国是自由的国度，而特朗普反对移民），回家后却发现这条怪异的蛇在电视上变换了形象，已经复活了。女士惊叹道："你认为自己很帅吗？"

心地善良的女士轻抚着蛇胀大了的软软的黏稠蛇鳞，充满着关心与抚爱，但贪婪的蛇缠绕着女士，告诉她早该知道其本性，然后歹毒地咬了她一口。

鬼鬼祟祟的蛇一边哀求着女士救他，一边又转换到 Fox & Friends 脱口秀节目，谈论其假新闻的事情。

多德在改编这个寓言故事的时候，以蛇比喻特朗普，女士比喻选民。选民们（包括大量从世界各地来到美国的移民）心地善良，为社会进步辛勤工作，但特朗普却不知报答，反咬一口说移民们给社会带来了各种各样的问题与麻烦。多德的讽刺意味很明显，也很强烈，即特朗普才是不仁不义的、真正凶恶的蛇。

这个改编的寓言故事里，原来的农夫和蛇的故事是输入空间 1，特朗普反对移民政策是输入空间 2；寓言的原比喻意义构成了类属空间的信息，引导读者据此对新的寓言故事作出理解，即特朗普是现代版的蛇，讽刺他反对移民政策，不仁不义。这种新的讽刺意义是在上面三个空间的信息被选择性投射到合成空间后才产生的。

这个改编的寓言故事还揭示出文学阅读中作者和读者的创造性与

创新性，即文学隐喻或文学典故在创造性使用过程中所带来的体裁或风格的变异与创新，也体现出读者们怎样运用原有知识框架，对原隐喻或典故的创新变异使用进行有机动态整合，获取新的文学解读。

第三节　多层合成与文本意义生成

一个文学作品的意义生成往往叠加了多次概念合成或整合的过程，以增加表达的深度和思想的层次性。下面我们再以陆游的《钗头凤》为例说明其语篇层次的多次整合过程。

（13）红酥手，黄縢酒，满城春色宫墙柳。东风恶，欢情薄。一怀愁绪，几年离索。错，错，错！

　　　春如旧，人空瘦，泪痕红浥鲛绡透。桃花落，闲池阁。山盟虽在，锦书难托。莫，莫，莫！（陆游《钗头凤》）

就全首词而言，我们可以把上阕视为输入空间1，下阕视为输入空间2，整首词的意义可以在此基础上建构生成。但是上、下阕本身又各自可构成一个小语篇，其内部意义也经历了一个整合过程。上阕的合成过程如图10：

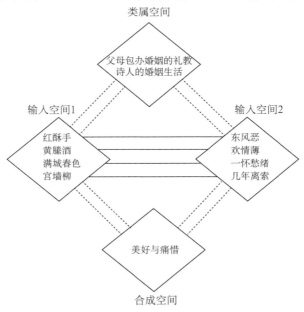

图 10　上阕概念合成图

上阕的输入空间 1 表现陆游与唐氏新婚后的快乐与幸福美满生活，输入空间 2 是陆游的母亲棒打鸳鸯，拆散陆游与唐氏的无情，以及由此带给陆游的痛苦。下阕的合成过程如图 11：

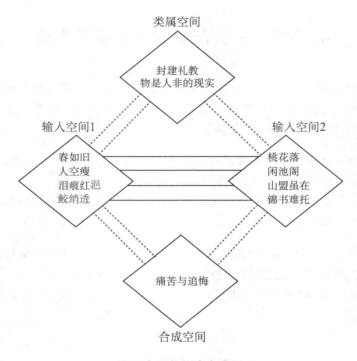

图 11 下阕概念合成图

下阕的输入空间 1 描述陆游在家乡的沈园重逢唐氏时的所见所感，或说唐氏的表现，输入空间 2 讲述陆游重逢唐氏后的痛苦不堪的心情。类属空间中仍然包含有儿女婚姻由父母包办的封建礼教的社会陋习。

整词层次的合成过程如图 12 所示，上阕为输入空间 1 的内容，下阕为输入空间 2 的内容：

整首词抒发了陆游对母亲拆散他与唐氏的婚姻、剥夺了他们美满幸福生活的痛苦与不满，同时又表达了赤诚的相爱却无法相守的无奈现实。

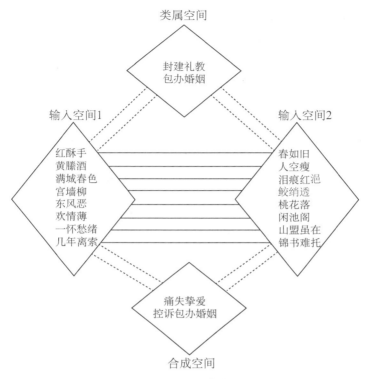

图 12　整首词概念合成图

本讲小结

本讲首先概述了概念合成理论的基本内涵以及意义建构的实现方式。第二节阐述了概念合成理论在文学阅读中实现主体建构的路径与过程。第三节进一步阐述了文学阅读中意义建构的多维复杂性。概念合成理论对文学批评中实现认知主义具有重要的方法论意义。

思考题

1. 概念合成理论对文学创作中的多条主线并行有何解释力？
2. 怎样运用概念合成理论解读意识流小说的人物心理活动？
3. 概念合成理论如何解释文本意义生成的认知过程？

拓展阅读参考书目

Booth, M. 2017. *Shakespeare and Conceptual Blending: Cognition, Creativity, Criticism.* Cambridge, MA: Palgrave.

Coulson, S. & T. Oakley. 2000. Blending basics. *Cognitive Linguistics* 11(3/4): 175-196.

Fauconnier, G. 1994. *Mental Spaces: Aspects of Meaning Construction in Natural Language.* Cambridge: Cambridge University Press.

Fauconnier, G. 1997. *Mappings in Thought and Language.* Cambridge: Cambridge University Press.

Fauconnier, G. & M. Turner. 2002. *The Way We Think: Conceptual Blending and the Mind's Hidden Complexities.* New York: Basic Books.

Gomola, A. 2018. *Conceptual Blending in Early Christian Discourse: A Cognitive Linguistic Analysis of Pastoral Metaphors in Patristic Literature.* Berlin/Boston: Mouton de Gruyter.

Oakley, T. 1998. Conceptual blending, narrative discourse and rhetoric. *Cognitive Linguistics* 9(4): 321-360.

Semino, E. 2003. Possible worlds and mental spaces in Hemingway's 'A very short story.' In Gavins, J. & G. Steen(Eds.), *Cognitive Poetics in Practice.* London/New York: Routledge, 83-98.

Semino, E. & J. Culpeper. 2002. *Cognitive Stylistics: Language and Cognition in Text Analysis.* Amsterdam/Philadelphia: John Benjamins.

第八讲　指示语与叙事视角

　　词语、话语成分在规则的协调下，组合起来能够表达人们的思想、观点、情感，实现信息共享。然而，在使用语言进行交际时，语言使用者必须根据交际的情景和对象，谨慎地选择语言成分，以达到最佳的交际目的，因为每一个语言成分都蕴含了社会、文化、情感意义，它们在不同的语境下，可以有不同的解读。任何话语都是在一定的语境下说出来的，那么，语境可以改变话语的意义。其中，指示语的使用是调节话语意义的重要手段和方式，没有指示语，语言几乎难以有效地完成其交际功能。因此，无论是在日常交际中，还是在文学作品、电影、歌曲和其他艺术作品中，指示语都是非常重要的表情达意的手段。

第一节　指示语的主要类型

　　Levinson（1983：54）给指示语的定义是，将话语环境或话语事件的特征编码或语法化的方式。这个定义强调指示语是一种语言表达方式。但 Yule（1996：9）认为指示语是更加具化了的指向某物的语言表达式或语言符号。根据 Levinson（1983：62）的分类，指示语主要有五种类型：人称指示语、地点指示语、时间指示语、社会指示语和语篇指示语。当然这样的分类本身并不完全在同一个维度。这个是理论本身的逻辑问题，但这不是本讲关注的问题。下面分别介绍五种指示语的基本特征。

1.1　人称指示语

　　人称指示语指交际中的个体对象，标明其交际身份，如第一人称、第二人称、第三人称。第一人称是说话人的自称，在实际的话语或交际中，第一人称既可以指说话人自己，也可以指说话人和受话人，还可以指说话人和某群体。第二人称与说话人相对应，指受话人，既可以是某个受话人，也可以是受话群体。第三人称指说话人和受话人之外的人或实体。汉语和英语还细分了性别和生命体与否，如"他、她、它""he（his），she（her），it（its）"。

Yule（1996）把表示"近"和"远"系列的指示语归入到人称指示语一类中。近指指示语在汉语里是"这"系列，远指的是"那"系列。英语里与之对应的是 this（these）、here、now 和 that（those）、there、then。

1.2　地点指示语

地点指示语，也可称之为空间指示语，其确定依据是按照指示中心来确定人或物的位置。Levinson（1983）把指示中心称之为话语事件中的锚点（anchorage points），标明的是说话人位置。最简单与常见的分类是"这、此"系列表示近指的物体，"那、彼"系列表达远指的物体。空间位置的确定有两种方法：一是命名该物体，二是定位该物体（Lyons 1977）。

1.3　时间指示语

时间指示语指的是相对于某一时间点（说话时间）的其他具体时间点，以定位时间轴上的时间位置、时间长度、事件的运动或发展方向。时间指示语在英语里主要有两类：一类是时间词，一类是时态。

1.4　社会指示语

社会指示语是对交际中话语参与者（包括说话人、受话人，作者、读者等）的身份以及其间的社会关系的编码（Fillmore 1997：111—112；Saeed 2009：197），也涉及所谈论的话题或内容中所蕴含的社会特征及社会特征的变化。社会指示语主要有两种类型：绝对社会指示语和相对社会指示语（Levinson 1979：207）。社会指示语使用的基本取向是尊人谦己。

1.4.1　绝对社会指示语

绝对社会指示语专指说话人和特定地位的受话人。汉语中，最典型的是对封建社会皇帝的称呼。他称的如皇上、圣上、今上、上、陛下、万岁，自称的如朕、孤、寡人等。英语里对国王的称呼如 your majesty、your highness，对上帝的称呼如 my Lord、God。政府职位的称呼，如总统、主席、议长、委员长、州长、省长、局长等，职业的称呼，如教授、船长、将军等，这类称呼语往往蕴含某领域的专业特长或权威性。

1.4.2　相对社会指示语

相对社会指示语形式多样，在日常生活中非常重要，使用广泛。最典型的是敬语系统。汉语中的敬辞如您、请、劳驾等。谦辞敬语包括："拙"组成的词语，如拙文、拙著、拙见、拙笔、拙荆等；"小"组成的词语，如小弟、小儿、小女、小人、小店、小生、小可等；"薄"组成的词语，如薄酒、薄技等。英语里敬语相对没有汉语和日语丰富，常用的有 please 组成的表达式，以及一些句型，如 would you mind... , we are pleased to... , it is our pleasure to... , we sincerely hope... 等。日语里有丰富的敬语系统。比如，说对方的母亲，用"お母さん（おかあさん）"，说自己的母亲，则是"母（はは）"（附：这一般是小孩子用的）。说"看"，一般是"見る（みる）"，汉字是"见"；表示尊敬，用"御覧（ごらん）"，汉字是"御览"。名词前加上お、ご表示尊敬。在类型上，敬语有三类：一是郑重语，表示谈话双方互相尊重，句子以です，ます，ございます结尾及名词前加お，ご；二是尊敬语，表示对听话人及和听话人有关的人、事物的尊敬，有六种表现手段，表示"请"的"ください"就是其一；三是自谦的动词。人名可以用作相对社会指示语，往往用于地位高的人对地位低的或年轻一些的人说话的交际环境。昵称（terms of endearment）作为相对社会指示语往往用于父母对儿女或情侣之间，以表达温情与钟爱。种族身份也是一种社会指示语，因为它把其他族群成员视为非真正的人或至少身份模糊的人（Widlok 2015）。

相对社会指示语主要表示以下几种关系：1）说话人与所指对象之间的关系，敬语系统就是表达说话人对所指对象的敬意；2）说话人与受话人之间的关系，如各种受话对象的敬称（Huang 2014：209）；3）说话人与旁观者之间的关系，这类关系的敬语，英汉语里如岳父（father-in-law）/岳母（mother-in-law）等（Huang 2014：209）；4）说话人与说话情景之间的关系（Levinson 1983：90）；5）标示社会地位或身份的各种表达式。

社会指示语一般与人称指示语密不可分，因为社会指示语通常表达的是社会阶层、亲属关系、年龄长幼、性别、职业、民族群体等（Huang 2014：208-211）之间的亲疏程度、社会距离、等级差异。人称和社会指示语在政治话语中是非常重要的调节说话双方关系与距离的重要手段，尤其在竞选演说里极为重要。

1.5 语篇指示语

语篇指示语是指向话语语境（语篇）中的某一部分或方面的语言表达式，一般而言，语篇指示语或者与常规指示语一道指向话语中的某一部分，或者将其前景化，作用在于促使读者在文本理解过程中有效利用或反思或重新思考前后话语，以理解叙事者的说话视角（即指示中心），从而确定语篇指示对象的意义（Macrae 2019：35-36）。根据 Macrae（2019：49-59），语篇指示语在构建或前景化读者指示中心的过程中，在语篇或概念的维度与以下三个方面相互作用：1) 文本本身（话语的某部分，话语的出现顺序、读者的阅读过程），如代词、时空关联词（last，previous 等）、章节标题、回指语等各类指示语；2) 前后话语的命题（propositional）内容；3) 构建故事世界的过程，该过程本质上也是通过各类指示语调节读者的理解视角，即指示中心，是综合运用前两个方面的过程，如（转引自 Macrae 2019：57）：

(1) I am *now* beginning to get fairly into my work；and by the help of a vegetable diet ［...］ I make no doubt but I shall be able to go on with my uncle Toby's story，and my own，in a tolerable line.

该例中的时间指示语 now 将虚拟（pseudo）作者或说话人前景化为指示中心，同时也将人称代词 I 所指的虚拟作者前景化。

第二节　人称指示语指称游移与表达效果

无论是口头交际、书面交际，还是文学叙事，人称指示语都直接表达说话或叙事视角。人称指示语在政治话语中起着十分重要的作用，根据 Kristiano（2021）的研究，特朗普在总统就职典礼上主要使用第二人称 you 和包含受话对象的 we，以表达对听众们和支持者们的赞赏；在与阿拉伯领导人会晤发表演讲时使用包含受话对象的 we；而在联合国气候峰会上使用 I 和非包含性的 we，以凸显他个人的主角地位、美国的优先地位。在 2016 年的竞选演说中，特朗普多用人称指示语来提升自己的地位，同时攻击对手。

因此，我们单独用一节重点介绍不同人称的叙事视角与表达效果之间的关系。我们将其他类型的指示语结合在一起讨论。

2.1 说话人视角与移情

说话人的认识是构成说话人视角的基础，说话人移情产生于说话人视角的改变。人称代词指称游移充分体现了这一基本规律。其中，移情既能视为动机，又同时体现着主观化的效果。移情指说话人从某一个视点或某一个观察角度（a camera angle）来描写事物的状态。从这个意义上讲，也可以把"移情"定义为观察事物的点或角度。如果视点与说话人距离较近，则该点的移情值高，反之，则移情值低。Kuno（1987）提出两条移情原则：

第一，"表层结构移情等级体系"（Surface Structure Empathy Hierarchy, SSEH）：主语所指对象往往比其他名词短语所指对象更容易取得较高的移情值。该原则可用公式表示为：

$$\text{SSEH：Subject>other NPs}$$

第二，"言语行为移情等级体系"（Speech Act Empathy Hierarchy, SAEH）：说话人本身总是比别人更容易获得较高的移情值。或者说，说话人与自己的关系总是比与别人的关系更密切。这条原则可以用公式表示为：

$$\text{SAEH：Speaker>Others}$$

根据"言语行为移情等级体系"，可以引申出"人称移情等级体系"（Person Empathy Hierarchy, PEH）：第一人称代词所指对象往往比其他人称代词所指对象更容易获得较高的移情值，其次是第二人称代词所指对象，而最不容易获得较高移情值的是第三人称代词所指对象。本条原则是直接从 SAEH（即 speaker>hearer>third person）引申出来的。SAEH 的直接含义自然是：$1^{st}>2^{nd}>3^{rd}$。

2.2 移情与人称代词指称游移

本节主要从"移情"的角度概括性地讨论"我、你、他"分别发生指称游移后的认知与表达效果，而非对各人称的指称游移现象进行穷尽性的描述。事实上，人称代词指称游移现象都不同程度地与移情相关。

2.2.1 第一人称指称游移及其作用

第一人称移情度最高，能拉近叙事人与听者或读者之间的距离，容易引起共鸣，且显得亲切，易被接受，非常利于说话人或作者淋漓尽致地抒发感情。

2.2.1.1 拉近心理距离，激发思想与情感的共鸣

在实际的语言使用中，第一人称可以用来指代第二人称和第三人称。这样使用时，说写者一般是为了拉近与听者或读者之间的距离，如：

(2) 乌玛·瑟曼自豪地回忆说：那天晚上，每位（女）演员的衣服看起来都一个样。……你与人们穿的不一样，你就会令人讨厌。这时候，你就会这样说，我要当穿着最差的一位！最后我成了穿着最差的那位，我为此感到高兴。……我需要这样的批评。

(3) a. 记者：第一年分水的时候确实影响了我们农民的收入，……

   b. 嘉宾：我们处罚的这个力度，比方讲罚款，最高就 20 万，……

   c. 那孩子生下来以后，做父母的不会希望我的孩子没出息。

   d. 原来农民漫灌，水是老天爷下来的，我不用白不用；现在我这个用水，我这一亩地只能用多少水，他马上有一个观念在变化。

(4) a. 主持人：节水型社会涉及乡村，城镇，整个国家，我们要通过什么方式节水呢？

   b. 比方讲罚款，最高就 20 万，我们可能大家都觉得，对这几百亿的，十亿以上的这些违规的项目来讲，九牛一毛。

（2）中的"我"并不指她本人，而是指那个虚拟的"你"。这个"你"在这里也不指听话人，而是虚指想象情景中的人物。乌玛·瑟曼这样说，主要是表明，自己和别人没有两样。（3a）中的"我们"指的是"农民"，表明了记者对农民的处境的一种关切。用"我们"代替"他们"有效地拉近了说话者和被提及对象的心理距离，使语言更显亲切。（3b）中的"我们"指说话者所代表的机构——环保总局，表明说话人作为行政管理机关，即使是在执法，也不是一种对立的立场。（3c）中的"我"指父母，表明天下父母心同此心。（3d）中的"我"指农民，指这种用水的心态是可以理解的，同时第三个"我"表明了一种赞扬。这三个"我"更表明了农民用水观念的自觉变化。（4a）中的"我们"指代全体社会成员，表明说话人的共同立场。（4b）中的"我们"指称对象模糊，可以指未明确界定的一些人、"大家""人们"或别的模糊概念，说明一种共同的认识。

2.2.1.2 　"我+NP"凸显主体意识和抒发强烈的亲切感

"我+NP"是汉语中一个非常具有表达效力的构式，凸显出说写者的强烈移情，主要有两方面的作用：凸显说写者的主体意识和抒发强烈的亲切感。

2.2.1.2.1 　凸显主体意识

根据《现代汉语八百词》（吕叔湘 2005）："我"跟自己的名字或表示身份的名词连用，带感情色彩。我们认为这种感情色彩就是强烈的主体意识，如：

（5）a. 李云龙大声向马天生打招呼："马政委，我李云龙来赴宴了，请帐下的刀斧手准备，咱们开始吧。"

b. 一缕鲜血顺着李云龙的额头流下来。他暴怒地吼道："马天生，放你娘的屁，我李云龙不是反革命，我是中国人民解放军的将军，为这个国家流过血……"

c. （自言自语对楚云飞）：1949 年你小子跑了，我还挺高兴，不然逮住你我李云龙可救不了你，八成 1950 年镇反时就把你小子毙了。这还不是最好的结局？我还以为这辈子没有交手的机会了。

《亮剑》[①] 是一部深受观众欢迎和喜爱的电视剧，男主角李云龙是

---

① 根据张旺熹（2010）的统计，《亮剑》中共有"人称代词+NP"用例 788 例。

一个富有鲜明个性的人物，语言风格与人物性格极其吻合。其中高频出现的一个表达方式"我+李云龙"（据不完全统计，40 次左右），对刻画李云龙所具有的霸气、刚直不阿、顶天立地的个性起到了很好的作用，体现出作者对"李云龙"这个人物的深深喜爱与敬意。下面（6）的用法在某种程度上是这种主观移情的进一步扩展：

(6) a. 我航天测控技术已达载人航天要求。

　　b. 我数字电视移动接收技术获突破。

　　c. 我深层气井压裂技术取得突破。

　　d. 我"医药科技政策"出台。

　　e. 我亚运军团"严打"兴奋剂。

根据《现代汉语八百词》（吕叔湘 2005）："我"用在工厂、机关、学校等对外称自己，名词限于单音节，只用于书面语，口语用"我们"。上面的例证一方面表明这种解释已经不适应语言使用的新发展，另一方面也没有解释清楚这种用法的动因。（6a）（6b）（6c）反映出作者的自豪与喜悦。（6d）（6e）反映出作者对相关部门所采取的政策与措施的积极支持态度。

2.2.1.2.2　抒发强烈的亲切感

据朱东润主编的《中国历代文学作品选》上编第二册的注释，诗文中的"我+名词"表达作者的口吻。杨树达在《高等国文法》中说，这种用法的"我"表示"亲爱"，如：

(7) a. 开我东阁门，坐我西阁床。脱我战时袍，著我旧时裳。当窗理云鬓，对镜帖花黄。（《木兰诗》）

　　b. 日出东南隅，照我秦氏楼。秦氏有好女，自名为罗敷。罗敷喜蚕桑，采桑城南隅。（乐府民歌《陌上桑》）

　　c. 燕丹善养士，志在报强嬴。招集百夫良，岁暮得荆卿。君子死知己，提剑出燕京。素骥鸣广陌，慷慨送我行。（陶渊明《咏荆轲》）

（7a）是《木兰诗》的第五段。该段表达木兰还乡与亲人团聚的喜悦场面与兴奋和欢乐的心情。"开我东阁门，坐我西阁床。脱我战时袍，著我旧时裳。"这一连串的"我+名词"表达出木兰对故居的亲切感受和对女儿装的喜爱。假如采用第三人称叙事，这种表达效果将荡然无存。（7b）《陌上桑》塑造的是一位貌美品端、机智活泼、亲切可爱的女性形象。整首诗除开头一句有个"我"字外，其余均为第三人称叙述。作为叙事基调的第三人称是一种客观的叙事方式。作者一开始就插入一个表达作者自己口吻的"我+名词"的叙事结构，表达出作者对罗敷的喜爱和肯定，因为处于该结构中的"我"不是说这"秦氏楼"真是我们的。(7c)"慷慨送我行"中的"我"实际是由于句子字数的限制对"我们的荆轲"的省略表达。这个省略匠心独运，充分表达出诗人对荆轲壮士去兮不复还的英雄壮举与豪迈气概的一种激扬之情。有时候，这种亲切之情会以一种悲怆的形式表现出来。

(8) a. ……出门东向看，泪落沾我衣。
　　　　（乐府民歌《十五从军征》）
　　b. ……柴门何萧条，狐兔翔我宇。
　　　　（曹植《泰山梁甫行》）

(8a) 描述一个十五岁从军，八十岁返乡的老兵返乡的情景。几十年的军旅生涯，历经沧桑，物是人非。记忆中家乡的美好与亲切都烟消云散，家败人亡。亲切之情越切，悲怆之感越浓。这其实也是从另一个角度表达对说话对象的亲切。(8b) 是曹植抒发自曹丕篡权后，从自己的艰难不幸中逐渐体会到下层百姓的疾苦，刻画了海边农村残破荒凉的景象：柴门简陋凄清，在海风中摇动，狐狸兔子好像从天上飞下来一样在屋檐下飞来窜去。

2.2.2　第二人称指称游移及其作用

第二人称指代第一人称和第三人称时，可以表达两种相互矛盾的感情：一是强烈的亲切感，二是强烈的抨击。

2.2.2.1　强烈的亲切感

第二人称叙事，将作品中的人物用"你"来称呼时，同时也将读者置于了"你"的位置上。读者会感受到作者在跟他进行面对面直接交流，作者、读者和作品中的人物三者之间的心理距离消失，读者与"你"合二为一。因此，第二人称叙事是一种表现力、感染力、震撼力都非常强烈的叙事模式，多出现于记叙、怀念、悼亡等抒情性文章中，表达作者难以抑制的强烈情感。

(9) a. 坐在回来的车上我又后悔，儿子还不知道怎么样，还顾忌什么亲家不亲家？有儿子才有亲家，没儿子哪来什么亲家。

　　鬼才跟你做亲家。

　　b. 这孩子跟人亲，一天到晚笑眯眯地跟你贱。没事就搂你脖子，跟你贴脸儿，趴你耳朵眼里热乎乎地喘气，弄得你缩脖子直痒痒。

　　c. "谦，日子真快，一眨眼你已经死了三个年头了"，"孩子和我平分你的世界，你在日如此，你死后若还有知，想来还如此的。告诉你，我夏天回家来着……"（朱自清《给亡妇》）

　　（9a）是说话人对自己行为不当的自责。在最后一句"鬼才跟你做亲家"中，如果仍然用第一人称"我"称呼自己，则心理距离为零或很小，严重威胁自己的面子。改用"第二人称"，心理距离拉远了一些，指向受话人，一方面挽救了说话人自己的面子，另一方面将受话人纳入进来，凸显了个人经历和感受的普遍性。（9b）也具有同样的效果。有时，第二人称叙述中的"你"或"你们"不指读者，而指文章中的人物，即被叙述者。（9c）是这种用法的典型范例，表明了朱自清先生自己深深沉浸在对亡妻武仲谦的思念中，行文如与亡妻对面而坐，似在和亡妻倾谈肺腑，感人至深。第二人称叙事能有效地拆除读者与叙事者之间的心理屏障，感受对话的亲切，如：

　　（10）亲爱的朋友们，当你坐上早晨第一列电车驰向工厂的时候，当你扛上犁耙走向田野的时候，当你喝完一杯豆浆，提着书包走向学校的时候，当你坐到办公桌前开始这一天工作的时候，当你往孩子口里塞苹果的时候，当你和爱人一起散步的时候……朋友，你是否意识到你是在幸福之中呢！你也许很惊讶地说："这是很平常的呀！"可是，从朝鲜归来的人，会知道你正生活在幸福中。请你意识到这是一种幸福吧，因为只有你意识到这一点，你才能更深刻地了解我们的战士们在朝鲜奋不顾身的原因。朋友！你是这么地爱我们的祖国，爱我们的伟大领袖毛主席，你一定会深深地爱我们的战士，——他们确实是我们最可爱的人！（魏巍《谁是最可爱的人》）

　　（10）是脍炙人口的《谁是最可爱的人》的结尾一段，该作品抒发了作家魏巍对志愿军战士浴血奋战、英勇打击美军的可歌可泣英雄事迹的无限感动和敬意。这一段实际上是敬告读者应该珍惜来之不易的幸福生活。作者采用第二人称叙事，把自己与读者置于接受的同一平面上，"你"或"你们"明确地指读者，思维反映则更倾向于对读者认识的把握。读者内心唤起一种因受到信任和重视而生的亲切情感，从而产生与作者思想感情相协调的"和谐美"（麻晓燕 1994）。

2.2.2.2　强烈的抨击

第二人称指称游移有利于进一步挖掘主人公的心理意识、复杂的人生体验和感悟，更有利于对心理的呈示和表现，因为第二人称具有一种对话性，表现在叙述者身上，就是叙述者在意识上一分为二，好像两个自我，其中一个自我扮演当事者的角色，另一个充当评判者，烘托出对话时咄咄逼人的情势。

（11）a. 听妹夫这么一说，我这脸上青一块紫一块的，心里这个憋气，心想你这小妹也不知中了哪分儿邪了，你这是丢全家人的脸啊。（责备）

　　　b. 梁中书听了大惊，骂道：这贼配军，你是犯罪的囚徒，我一力抬举你成人，怎敢做这等不仁忘恩的事！我若拿住他时，碎尸万段！（责备、愤怒）

　　　c. 这些匪夷所思的玩意儿，作为一个排字工你都得面对，都得认可，不能提出任何疑义，也不能生气。一个排字工提什么疑义？你以为你是谁呀？（无奈、愤懑）

　　　d. 老婆孩子当然都走掉了，家人为此愤愤不平，伍湖生觉得没什么，谁用短暂的一生陪你苦呢！（自责）

（11）中各句的"你"回指第三者，可以是被叙述者，也可以是叙述者心中虚拟的"自己"。第三人称改用第二人称后，心理距离由远变近，情感距离也由此变近，因而"责备"之意就更强烈，强化了说话人要表达的情感。第三人称变为第二人称，心理距离由远而近，不满情绪由弱变强。

2.2.2.3　"你+NP"表达赞赏和抨击

根据《现代汉语八百词》（吕叔湘 2005），"你"跟对方的名字或表示对方身份的名词连用，带感情色彩。我们考察认为，其感情色彩为赞赏与抨击。如前所述，第二人称具有一种自我分裂的特征。"你+NP"作为一种表达方式能够集中体现第二人称既能表达强烈的亲切感又能表达强烈的抨击的基本特征，如：

（12）a. 你老张真是有办法！

　　　b. 你小子是人见人爱啊！

　　　c. "雅？我就不懂得什么叫雅？只有你江雁容才懂得雅。"

　　　d. 田心："你这个混蛋葛树敢碰我，我田心也不是好欺负的。"

（12a）（12b）表达说话人对老张和"小子"的赞扬与夸奖。
（12c）表示说话人对对方说他不懂"雅"的反感和不满。（12d）宣示
了田心的针锋相对的态度。

2.2.3　第三人称指称游移及其作用

第三人称是叙事当中最常见的方式，能够给叙事者提供最大的叙
事空间和自由，并突出叙事的客观性。但第三人称指称游移同样能够
有效地表达叙事者的感情色彩。

2.2.3.1　拉远心理距离，便于自由、客观地表达思想与情感

心理距离越远，移情距离越远，表达思想也就越自由、越客
观，如：

（13）如果有两个人相爱了，可是女孩的父母反对他们的女儿和那
　　　个男孩结婚，因为那个男孩很穷，而女孩家很有钱，你说，
　　　在这个时候，他（＝我）应该怎么办呢？（左思民《汉语语
　　　用学》）

（14）a. "现在已两点钟，遥想你在南边，或已醒来，但我想，因
　　　为她（＝你，信中指许广平）明白，一定也即睡着的。"
　　　（《鲁迅全集》第九卷）

　　　b. 传说你抱着一大抱鲜花去医院看过她，我们不知真假。这
　　　些年有关你的传闻实在是太多太多了。他的风流故事像他
　　　的歌声一样，几乎敲穿了我们的耳膜。

（15）a. His（Your）Majesty

　　　b. 他妈的。

　　　c. 你他妈的。

　　　d. 打他个稀巴烂。

（13）用第三人称指代第一人称，将心理距离由最近拉到了最远，
有效地转移并减弱了对说话人的注意力，有利于听话人更加自由地表
达看法，从而获取更加客观的意见。（14a）用"她"指代说话对象

"你"（许广平），一方面表达出鲁迅对妻子许广平的尊重，另一方面反映出两人心灵的默契。（14b）采用远距离的视点，便于交代一些背景材料，"他"若改成"你"，语气非常尖刻，用第三人称代词"他"，则语气要平淡得多，因为视点变了，视距远了，语气也就被冲淡了。（15）从两个极端反映出心理距离与礼貌之间的关系。心理和社会距离越远，越礼貌，如（15a）。（15b）是一句骂人话。从认知心理的角度看，第三人称由于不指向说话双方，移情度最低，因此带来的负面影响最小。这一效果可以从"你他妈的"一句中看出来。如果直接说"你妈的"，受话人肯定会感到攻击和谩骂，很生气。但加上"他"改为"你他妈的"，语气极大地缓和了。（15d）中的"他"实际是一个表示虚指的代词，根本没有指称对象，其主要功能是在语用上使话语更加口语化。这正好证明第三人称移情度很低。

2.2.3.2　　"他+NP" 表达不满等情绪①

《现代汉语八百词》解释道，"他"跟这个人的名字或表示他身份的名词连用，带感情色彩。黄瓒辉（2003）的研究认为，"他+NP" 常用来强调对 NP 或他人的不屑、不满或怀疑的情绪。② 然而，这种不满情绪来自哪里，黄瓒辉并没有解释。这实际上还是由于第三人称拉远了交际双方的心理距离，移情等级最低的缘故，如：

（16）a. 他张小刚什么东西？我生病的时候，他张小刚从来没来看过我。

　　　b. 信息是明确的：他马垂章今年不会下台。

　　　c. 按照传统中国人男主外、女主内的逻辑，他心宁真是有愧做一京的丈夫，做东东的爸爸。

　　　d. 你瞧他王师傅折腾得！

　　　e. 石光荣："186 团咋了，他胡毅 186 团长还能把我撅巴撅巴吃了？"

---

① 陈群（2000）指出，"我+NP" 可表示自傲自负、自得自大的心态和自尊自爱的心理。韩蕾（2009）认为，"我+NP" 还可表示自嘲自贬自损；"你+NP" 也可流露出吹捧、抬高、夸大的情味；"他+NP" 也可以强调对他人的满意、信任或佩服等情绪。这些观点和发现都是正确、有意义的。本书的目的不在穷尽这些不同构式的所有主观性意义，而在于通过讨论它们各自主要的移情意义，证明移情在人称代词主观意义产生过程中所起的作用。

② 当然，除了表示不满等情绪以外，还可以表示其他感情，如"这事儿成与不成就看他老张了"。

（16a）的不满情绪溢于言表，因为张小刚在"我"生病的时候根本不关心"我"，从来没来看过"我"。（16b）中的"他马垂章"实际是描写马垂章的心理活动，即"我马垂章"今年不会下台，从而告诫那些认为他会下台的人，他们的想法是错误的，表达了对那些人的不屑一顾。（16c）同样是描写心宁的内心活动，意即"我心宁"应该为自己没有履行丈夫和父亲的责任而羞愧，是一种自责和不满。（16d）表达了说话人对王师傅瞎折腾的反感和不屑。

2.3　不同人称交替使用，以适应话语的不同表达需求

言语交际中，由于说话人基于对话语内容的把握和对说话对象侧重点的关注与变化，希望通过叙说角度达到特定的表达效果，可能采用角度变化的叙事视角，如：

(17) 谁赞成一个中国的原则，我们就支持谁，我们就跟他谈，什么问题都可以谈，可以让步，让步给中国人嘛。谁要是搞台湾独立，你就没有好下场，因为你不得人心，你违背了海峡两岸中国人的人心，你违背了全世界华裔、华侨的人心。（朱镕基《在九届人大三次会议记者招待会上的答记者问》）

（17）中的"他"和"你"都回指"谁"。第一个"谁"和第二个"谁"虽然都表达任指，但第一个"谁"的指称辖域更广，指全世界所有赞成一个中国原则的人。这当然是绝大多数。这是从正面来说。第一个"谁"用"他"回指，更具广泛性、客观性，也凸显出中国政府的一贯立场。第二个"谁"指称辖域小于第一个"谁"，任指搞"台独"分裂的人。第二个"谁"用"你"来回指，一方面指称范围缩小了，也明确一些，另一方面带有警告的意味，表明义正词严的立场，表示强烈的抨击。

下面这段铭文充分反映出使用不同人称叙事对作者表达内心情感的优势：

(18) 唯王五月，辰在戊寅，师于淄潴。公曰："汝尸，余经乃先祖，余既尃乃心，汝小心畏忌，汝不坠夙夜，余引厌乃心，余命汝政于朕三军，肃成朕师旟之政德，谏罚朕庶民，左右

毋诲。"尸不能懋戒，虔恤厥尸事，勩和三军徒旌，舆厥行师，慎中厥罚。‖①公曰："尸，汝敬恭台命，汝膺鬲公家，汝巩劳朕行师，汝肇敏于戎功，余赐汝莱都、密、胶，其县三百，余命汝司台莱，造鬺徒四千，为汝敌寮。"尸敢用拜稽首，弗敢不对扬朕辟皇君之登纯厚乃命。"汝尸毋曰余小子，汝専余于艰恤，赐休命。"公曰："尸，汝康能乃有吏，采乃敌寮，余用虔恤不易，佐佑余一人，余命汝职佐正卿，绩命于外内之事，中専明刑，以専戎公家，膺恤余于盟恤，汝以恤余朕身，余赐汝马、车、戎兵，莱仆三百又五十家，汝以戒戎迮。"尸用或敢再拜稽首，膺受君公之赐光，余弗敢废乃命。‖尸典其先旧，乃其高祖，赫赫成唐，有严在帝所，溥受天命，翦伐夏后，掼厥灵师，伊小臣唯辅，咸有九州，处禹之堵。丕显穆公之孙，其配襄公之出，而成公之女，雩生叔尸，是辟于齐侯之所，是小心恭齐，灵力若虎，勤劳其政事，有恭于桓武灵公之所，桓武灵公赐尸吉金铁镐，玄镠铸铝，尸用作铸其宝钟，用享于其皇祖、皇妣、皇母、皇考，用祈眉寿，灵命难老。丕显皇祖，其祚福元孙，其万年纯鲁，和协而有事，俾若钟鼓，外内阘辟，楮楮誉誉，造而俪剷，毋或丞颖，汝考寿万年，永保其身，俾百斯男，而执斯字，肃肃义政，齐侯左右，毋疾毋已，至于世，曰："武灵成，子子孙孙永保用享。"‖（赵明诚《金碟》十三·二，转引自梁华荣 2005）

　　《叔尸钟》作为一篇铭文，是人称代词使用最齐全的，第一人称、第二人称、第三人称都使用了，如第一人称的"余、朕"，第二人称的"汝、而（尔）、乃"，第三人称的"乃、厥、其"。铭文一般记录该器的器作者、起因、用途、作器时间等。叙事视角往往采用第一人称或第三人称中的一种，不会同时采用两种叙事视角。因此，有学者（梁华荣 2005）认为，这是人称代词使用混乱。作为这么一篇旷世铭文，且作器者还是一位显赫的人物，简单地将其视为人称代词使用混乱，未免太武断和简单化了。通读全文，我们认为，这里叙事视角的不断变化（人称代词的交替使用）与叙述者的主观移情有很大关系。

---

　　① "‖"是笔者为了分析的方便加的。该铭文可以分为三个部分，这样能更容易理解该铭文中人称代词使用变化的缘由。

　　第一部分叙说桓武灵公册命叔尸"政于三军"时的训诰，以及叔尸在接受册命后的所做的事。训诰部分采用的是直接引语，而对叔尸接受册命后的行为采用的是第三人称："虔恤厥尸事""舆厥行师""慎中厥罚"中的"厥"都指代叔尸。这是客观地陈述发生的事件，因而采用了第三人称。

　　第二部分叙说桓武灵公的赏赐训诰，以及叔尸在接到赏赐后的感恩行为。训诰部分仍然用直接引语，但对谢恩行为的叙说换用了第一人称。"朕辟皇君"显然是用第一人称代词"朕"指代叔尸自己。同样，在"余弗敢废乃命"中，叔尸用第一人称"余"来指代自己。

　　第三部分叙述叔尸身世和辅佐桓武灵公时的功绩。他得到了桓武灵公赏赐的吉金，铸钟献给皇祖、皇妣、皇母、皇考。铭文采用的是第三人称叙事视角："其"用来指代叔尸自己。然而在"汝考寿万年，永保其身"句中，"其"表明一直是第三人称叙事。"汝"虽然是第二人称代词，但表明是在用第一人称叙事。

　　从通篇铭文看，先是第三人称叙事视角，接着转换成第一人称叙事视角，再变换为第三人称叙事视角，最后又变换为第一人称视角。表面上看，叙事视角在不断变换，人称代词使用出现了混乱。实际上，当我们仔细审视其变换过程时，会发现第三人称叙事视角用于对叔尸的行为的表述，其行为或业绩都是客观存在与发生的。第一人称则用于叔尸对赏赐训诰的谢恩。谢恩是一种主观意愿和态度。作器者叔尸为了表达谢恩的真挚，采用第一人称叙事，更加凸显了作器者谢恩的心愿与态度。

　　本篇铭文人称代词的交替使用，充分反映出识解对说话人认识和视角的调节作用，从而影响说话人的态度或移情。

第三节　指示转换与阅读代入

　　第二节的讨论表明，在文学作品的创作，尤其是阅读当中，作者或读者可以自由地驰骋于文学想象当中，进入文本中的世界，似乎自己在亲历这个世界发生的一切，这样的想象过程在认知上就是一个指示转换（deictic shift）的过程，即文本的理解需要读者进入文本之内或叙事世界的某个位置（Segal 1995：14）。阅读过程中，读者随着人物喜怒哀乐的变化而变化。这样的阅读过程称之为阅读代入（reader involvement）（Jeffries 2008）。

3.1　指示域及其作用

指示域指一组指示语共同指向的指示中心所构成的认知域，通常围绕某个人物、叙述者、被叙说对象或中心角色而形成。一个文本世界一般由一个或更多的指示域组成（Stockwell 2002：47）。Hanks（2005）把指示域称之为一种"情景"（situation），包含三个构成要素：一是交际主体在交际框架内各自所处的相对位置，包括说话人、受话人和其他参与者；二是所指对象或事物的位置；三是彼此关联或通达的各种维度。这意味着做出一个指称行为就是在指示域中确定一个位置，因此，指示域具有其自身的结构逻辑（structural coherence）。指示域本身不具有社会文化意义，但可以在语境的相互作用下嵌入社会文化意义。

最早注意到指示语在叙事中的作用的是奥地利心理学家 Karl Bühler（1982）。他发现，指示域以三种方式作用于叙事过程。第一，当下（here and now）感知环境（ad oculos），当说话人指着某物体说出"这个"的时候，受话人如果共享了当下的感知环境则能感觉到所指对象。第二，回指，即把语篇本身视为结构化的话语环境，当说话人用"这个"来回指话语中的某物时，如果受话人一直在用心听，就能理解其所指对象。第三，想象或长时记忆，即在想象一个文本世界的过程中，长时记忆中的存在总是作为背景知识起作用。第三种方式是在阅读过程中从身体的经验和方向中解放出来，并以此构建出想象中或概念上的新环境。

3.2　指示转换

指示域实际上是以说话人的时间和空间指示成分作为参照点或零点（zero ground）的（Levinson 2006：111；Abualadas 2019）。当话语的参照点转换为其他参照点时，则发生了指示转换，有利于读者进入故事世界，即从一个世界转换到另一个世界（Segal 2009：74）。

指示转换能够有效地解释读者在文本世界的阅读定位，尤其是解释读者为什么在阅读过程中会产生身临其境之感（McIntyre 2006：92）。

　　指示转换与概念合成理论（Fauconnier & Turner 2002）具有异曲同工之处。概念合成理论由四个空间组成，其中，两个输入空间体现事物之间的投射关系，类属空间和输入空间的信息在大脑中依据各类结构性和百科知识进行整合，然后得出新的理解，即涌现结构。心理空间的最大理论优势是给予想象的自由，说话人可以自由地进行身份或时空错位，前面第二节讨论人称代词指称游移的大部分例证都能说明这个问题。

　　下面我们引用 Jeffries（2008）对一首诗的分析来详解指示转换的作用过程。

（19）**Mittens**（**Peter Sansom**）

> I *am* wearing mittens.
> I've not worn mittens since Infants,
> *can* *still* *smell* the stink of the toilets,
> still *feel* the grey thick-painted cloakroom pegs.
> I *don't know* if there *was* string to them then
> but there's string to *these*,
> a couple of metres threaded through the sleeves.
> The coat *is* bright blue.
> The mittens *are* red, hand-knitted.
> I'd forgotten how hard it *is* to grip in mittens.

　　这首诗的指示转换非常突出。诗充分运用两类指示语：一类是时态和时间副词组成的时间指示语；一类是人称指示语。全诗共十行，九行有指示语。叙事过程中，指示语越多，与读者的联系纽带就会越强，会让本是听者身份的读者以说话人的身份去描述与回应故事中的人和事（Furrow 1988：372）。

　　诗中的现在时和表示现在的副词组成一个近指指示域，过去时和表示过去的副词组成一个远指指示域。诗中几处过去时间的使用将两个指示域重合在一起，进行时空转换，实际上也是一个心理空间的转换，能够有效地唤起对过去事情的回忆。其中 still 和 since 作为时间指示语能够激发读者将过去生活的点点滴滴重现在记忆中，让人有历历在目的感觉。这样就不断地把读者代入到叙事者的指示域或视角当中，即本诗中的第一人称和现在时。

第四节　多种指示语交互作用

伟大的作品之所以伟大，在表现方式上一定是多维并用、精细复杂的。即使是运用某种手法，也会是多种方式融为一体的，下面我们以珀西·比希·雪莱（Percy Bysshe Shelley）的经典十四行诗《奥斯曼狄斯》（"Ozymandias"）为例来阐释各种不同类型指示语构成的指示转换所产生的文学效应。

（20）　**Ozymandias（Percy Bysshe Shelley）**

［1］ I met a traveller from an antique land

［2］ Who said, Two vast and trunkless legs of stone

［3］ Stand in the desert. Near them, on the sand,

［4］ Half sunk, a shattered visage lies, whose frown,

［5］ And wrinkled lip, and sneer of cold command,

［6］ Tell that its sculptor well those passions read

［7］ Which yet survive, stamped on these lifeless things,

［8］ The hand that mocked them and the heart that fed;

［9］ And on the pedestal these words appear:

［10］ "My name is Ozymandias, king of kings:

［11］ Look on my works, ye Mighty, and despair!"

［12］ Nothing besides remains. Round the decay

［13］ Of that colossal wreck, boundless and bare,

［14］ The lone and level sands stretch far away.

Ozymandias 即古埃及第十九王朝的第三位法老，也是古埃及最著名的法老——拉美西斯二世（"拉美西斯"在古埃及语中的意思是"拉之子"，即"太阳神之子"）。奥斯曼狄斯是他的希腊语名字。他是古埃及著名政治家、军事家、艺术家、建筑学家，也是古埃及文化最著名的代表人物。在古埃及，他的名号等同，甚至凌驾于众神："王中之王！万能的众神啊，但观吾之伟业——然后绝望俯首吧！"

雪莱的这首诗与苏轼的《念奴娇·赤壁怀古》异曲同工，大江东去，浪淘尽，千古风流人物。一切的英名、权势，在时间的长河中终将消散。时间拥有毁灭一切的力量。

为了表达这样的主题，雪莱使用了四个指示域：时间指示域、人称指示域、空间指示域、社会指示域。四个指示域不断转换，穿越时空，穿越历史。下面分别阐述。

时间指示域转换。本诗中，时间指示域主要由三种时间指示域组成：现在时、过去时、无时间意义的非谓语动词（过去分词）。现在时用于表达说话人所看到和想到的一切，如第 3 行中的 stand，第四行中的 lies，第六行中的 tell，第七行中的 survive，第九行中的 appear，第十行中的 is，第十一行中的 look，第十二行中的 remains，第十四行中的 stretch。本诗中，现在时是主要的叙事时间，凸显诗人要强调的主题：任何功名伟业在最强大的时间之器面前都不堪一击，终将灰飞烟灭。过去时有两个功能：一是设定本诗的故事情景，即第一行中的 met，第二行中的 said，两个动词虽然用的是过去时，却是在诗人说话的时间，其实也隐含着现在；二是用于表达雕刻家的创作，如第六行中的 read，第八行中的 mocked、fed，过去时在此诗中起着还原历史的作用。第四行中的 shattered，第五行中的 wrinkled，第七行中的 stamped，这些无时间意义的过去分词表达一种存在状态，与现在时相互作用，强调某种恒定的现实。

人称指示域转换。本诗中，人称指示域包含了第一人称 I（说话者），my（Ozymandias），第三人称 traveller（内嵌的叙述者），第二人称 ye（你们，古语）。第一人称作为全诗的表达视点，代言诗人所要表达的主题思想，但此诗中的第三人称有助于将读者代入到话语情景中来，因为有时候远指也可以用来强化说话人的视角（Jeffries 2008）。ye 作为第二人称一方面将读者带入到遥远的过去，另一方面与 my 一起有利于表达诗中人物（Ozymandias）当时目空一切的傲慢。

空间指示域转换。空间指示域包含近指的 on the sand、in the desert、near them、on the pedestal、the lone and level sands，远指的 antique land 和 far away。其实两个远指指示语也暗含着近指的当下。诗中以近指空间指示语为主，强化时空跨越和时间的流逝与力量，近远指相互转换意味着时空的跨越，进一步强化和衬托时间流逝的意义。

社会指示语转换。诗中第五行的 sneer、cold、ye Mighty 蕴含着 Ozymandias 高高在上的社会地位和"王中之王、万能众神"傲视群雄、鄙视一切的高傲。第八行中的 mocked 借用雕刻家之手表达诗人的讽刺之意。

第五节　指示语的认知效应

文学作品中语言结构的形式实际上蕴含着作者对表达对象或内容的认知处理方式和处理过程。正是因为认知处理的不同，作品中所蕴含的强烈的情感表达或思想主题才得以实现。下面我们引用 Tsur（2003）对两首诗的阐释说明空间指示语的抽象表达功能和营造情感氛围的认知实现方式。

（21）This width, that is spreading its nostrils.

　　　 This height that is yearning for you.

　　　 The light flowing with the whiteness of milk.

　　　 And the smell of wool,

　　　 And the smell of bread.

（22）This night.

　　　 The estrangement of these walls.

　　　 A war of silences, breast to breast.

　　　 The cautious life

　　　 Of the tallow candle.

例（21）在语言结构和语言表达上有两个很鲜明的特点：一是指示语加抽象名词结构，如 this width、this height；二是抽象名词加 of 再接名词结构，如 the whiteness of milk、the smell of wool。在近指指示语 this 加抽象名词结构中，this width、this height 暗示着一个第一人称说话者身处叙事（perceiving self）的情景，第二行中的 that is yearning for you 强化了这个"感知的自我"的存在，动词 yearn 活化了这个隐形的、感知的自我。width 和 height 本来用于表达空间，但名词形式把空间意义抽象化了，在 this 的作用下，蕴含了一种身临其境的强烈情感。也就是说，前两行中指示语加抽象名词结构并不是指向事物的存在，而是营造一种氛围或情景。后三行将这种氛围和情景进一步强化。强化的手段是省略和抽象名词加 of 加抽象名词结构。Tsur（2003）甚至认为，这里的省略结构都具有指示意义，表达一个当下的情景（immediate situation）。the whiteness of milk、the smell of wool 和 the smell of bread 的常规表达实际是 white milk、smelling wool、smelling bread 这样的形容词修饰名词结构。转换为 the whiteness of milk 和 the smell of wool 这样的结构以后，在表达效果上是把属性特征 white、smelly 的名词形式话题化，强化其属性特征意义的表达。这样的话题化结构有两个特征：一是由指称事物转向概念抽象；二是从常规描述到话题凸显，从而强化"身临其境"的情景感。此诗的标题是 Shepherd，再和 wool 和 bread 结合起来，传递给读者的就是牧羊人的生活状态和情景。（22）将此推向了一个更高的高度。the estrangement of the walls 强调的是高墙壁垒的森严感或者现实环境，breast to breast 把 a war of silences 推向了极致，两两面面相对，互不说话，多么凝固的气氛，寂静得可怕，针落可闻。

本讲小结

本讲介绍指示语的主要类型，论述了人称代词指称游移的文学表达效果、指示转换作用于阅读过程中读者参与的作用方式和多种指示语相互作用产生文学经典的叙事效应，最后简述了指示语对抽象思维的作用。

思考题

1. 指示语怎样影响叙事视角？
2. 指示语对人物形象塑造的影响方式是什么？
3. 指示语对文学思维的作用方式是什么？

拓展阅读参考书目

Abualadas, O. A. 2019. Deictic shifts in fiction translation: Evidence of a more marked perspective in the translated narrative. *Indonesian Journal of Applied Linguistics* 9(2): 424–433.

Galbraith M. 1995. Deictic shift theory and the poetics of involvement in narrative. In Duchan J. F., Bruder, G. A. & L. E. Hewitt (Eds.), *Deixis in Narrative: A Cognitive Science Perspective*. New York/London: Routledge, 19–60.

Furrow, M. 1988. Listening reader and impotent speaker: The role of deixis in literature. *Language and Style* 21(3): 365-378.

Hanks, W. F. 2005. Explorations in deictic field. *Current Anthropology* 46(2): 191-220.

Huang, Y. 2014. *Pragmatics* (2nd edition). Oxford: Oxford University Press.

Jeffries, L. 2008. The role of style in reader involvement: Deictic shifting in contemporary poems. *Journal of Literary Semantics* 37: 69-85.

意象图式与文学创作和理解

意象图式是认知语言学理论中的核心概念之一，集中体现出认知语言学体验认知的哲学主张，在解释人类基本认知能力的产生与来源方面具有重要的认识论价值，对于文学理解过程也具有深刻的阐释意义。

第一节　意象图式的基本内涵与基本特征

作为认知语言学中的一个核心概念，"意象图式"首先出现在 Lakoff 的《女人、火与危险事物》(*Women, Fire and Dangerous Things*, 1987) 和 Johnson 的《心智中的肉身》(*The Body in the Mind*, 1987) 这两部著作中。巧合的是，他们两人 1980 年合著了认知语言学奠基作品之一的《我们赖以生存的隐喻》(*Metaphors We Live by*)。这个核心概念在认知语言学中的关键价值在于说明人类认知的体验属性。

1.1　基本内涵

Johnson (1987：xiv) 的定义一直被人们沿用，几乎成为经典定义："意象图式是人类感知互动和运动结构反复出现的动态型式，赋予人类经验以逻辑与结构 (An image schema is a recurring, dynamic pattern of our perceptual interactions and motor programs that gives coherence and structure to our experience.)。"这个定义具有以下内涵 (Johnson 1987：19-21)：

第一，体现了人类经验与环境的互动关系；

第二，意象图式具有抽象性和结构性；

第三，意象图式具有其内在逻辑结构。

下面我们以"容器"图式来说明，意象图式是怎样产生于人类感知与神经运动 (motor) 经验的互动之中的。

日常生活当中，我们无时无刻不感觉生活在一个无形"容器"的界域中，甚至把自己的身体也看成一个容器，常常说"脑海里、肚子里、心里、眼中、胸中、嘴里、鼻孔里"，连与身体相关的思维与意识也被看成一个容器，如"记忆中、想象中，感觉中、思想里、感情里、情理之中"等等，我们还说"身外之物、分内之事"等等。也许最初我们感觉的是物理经验，如吸入空气、把东西塞到嘴里、把食物吞到肚子里、进出屋子、放进口袋、拿出来等等，然后才慢慢扩展到抽象的认知范畴。从这样的经验当中，人们抽象出了"里"（IN）与"外"（OUT）的对立。在抽象的过程中，人们学会了分化、分离、方向、圈定（enclosure）等相关的下位概念。

容器图式里所蕴含的反复出现的经验结构反映出人类认知的丰富内涵，主要有以下五个方面（Johnson 1987：22-23）：1）自我保护免遭外部力量的影响，如眼镜放在盒子里，就能免遭外力磨损；2）容器密封意味着对容器内之物的力量实施某种控制，如把老虎关在笼子里，它就难以跑出来伤人；3）正因为这种控制，器内之物处于某种稳定的位置或状态，如东西拿在自己手上总是有安全感、踏实感，就像英文谚语"One bird in the hand is worth two in the bush."所说的那样；4）物品一旦密封在容器内，人们就无法取出，或者因为密封的容器内无光而无法知晓器内之物是什么，如 spill the beans、let the cat out of the bag 两个习语都表示"泄露秘密"的意思；5）容纳关系具有及物性，如你睡在床上，床在房间里，这就意味着你在房间里。

Johnson（1987：126）罗列了以下主要的基本意象图式：CONTAINER；BALANCE；COMPULSION；BLOCKAGE；COUNTERFORCE；RESTRAINT REMOVAL；ENABLEMENT；ATTRACTION；MASS-COUNT；PATH；LINK；CENTER-PERIPHERY；CYCLE；NEAR-FAR；SCALE；PART-WHOLE；MERGING；SPLITTING；FULL-EMPTY；MATCHING；SUPER-IMPOSITION；ITERATION；CONTACT；PROCESS；SURFACE；OBJECT；COLLECTION.

1.2 基本特征

意象图式的基本特征是人类感知经验的抽象，以便将空间性结构投射到概念结构（Tseng 2007）。意象图式具有六个主要特征（Hampe 2005；Szwedek 2019）：体验性、前概念性、整体格式塔性、内在结构性、可变性、独立性。刘正光、李雨晨（2019）根据 Evans & Green（2006）概括总结了九种特征。此处，我们根据文学文本理解的需要，以六种特征为例。

1.2.1　体验性

Johnson（1987：25）指出，意象图式的产生并不局限于某一种感知经验，而是与所有感知经验相关，当然视觉经验尤为重要。Lakoff（1987：446）则补充道，触觉经验也很重要。Szwedek（2019：13）归纳总结了以下意象图式与经验的关系：

OBJECT	own body of the foetus; the womb;
CONTAINER	foetus– womb relation;
PROCESS/PATH	movements of the foetus;
LINK, CONTACT	umbilical cord, or direct contact (touching) with the wall;
PART/WHOLE	hand-foot experience;
BALANCE	position of the foetus (the development of the labyrinth begins about 21 days after conception, and is completed about 4 months later);
FORCE	baby's force against the wall of the womb;
BLOCKAGE	wall of the womb;
COUNTERFORCE	wall of the womb;
DIVERSION	rotations;
SCALE, MATCHING	different blockage forces in front and towards the spine;
NEAR-FAR	position in the womb, relation between extremities;
SURFACE	wall of the womb;
CYCLE	cyclical movements of the mother's walk;
MATCHING	various comparisons of different places in the womb;
UP-DOWN, FRONT-BACK	during rotations;
SELF MOTION	own body of the foetus;
CAUSED MOTION	mother's motions cause the foetus' motion? (Mandler, 1992)

1.2.2　前概念性

意象图式是直接有意义的前概念结构，如"容器"的图式。人们从生活经验中会感觉到：容器可以装东西，当容器关闭时，里面是黑的，有什么物体也是未知的，物体放在里面是安全的；相反，容器打开以后，就会有光照射进去，就可以知道里面的物体是什么，物体放在容器外容易被人发现而可能不安全。当这样的经验无数次反复以后，就会形成概念。因此，从这个角度来说，意象图式是先于概念而存在的。

意象图式的前概念性还具有神经生理学基础。大多数学者认为，意象图式是在人出生后形成的，尤其与视觉相关（Szwedek 2018）。婴儿在学会说话之前（一岁之内）就已经发展出了丰富的概念系统（Johnson 1987）。但 Neisser（1976：54）就坚定地认为，图式是神经系统的一部分，神经系统和触觉在大约妊娠 7 周时就开始发展。这就是说，意象图式在人出生前就开始发展，Szwedek（2018）举出了很多例子，比如：

1）"物体"（OBJECT）图式的结构里，"容器"图式自然基于胎儿与母亲的子宫。

2）"部分"（PART）图式产生于身体各部分之间的关系，如手抓住脚时，回应性感知（reciprocal sensation）就会刻印在神经系统之中。

3）"表面"（SURFACE）图式产生于胎儿与子宫壁的接触。

4）方向图式中的"近/远"（NEAR/FAR）、"左/右"（LEFT/RIGHT）等产生于身体各不同位置与子宫壁的关系，而且还和手与身体其他部位的互动关系有关。

5）"接触"（CONTACT）图式也许产生于胎儿与子宫连续的物理接触。

6）"路径"（PATH）图式产生于胎儿只要运动，就必然要选用某条路径这样一个事实。

7）"平衡"（BALANCE）图式按照 Johnson（1987：74）和 Gibbs（2008：234）的观点产生于出生以后，但内耳中主管平衡运动的前庭系统（vestibular system）在胎儿 8 周左右就开始发育了。

8）"力"（FORCE）图式中的各种变化，如"阻遏"（BLOCKAGE）、"反作用力"（COUNTERFORCE）、"分叉力"（DIVISON）、"反推力"（REPULSION）、"摩擦力"（FRICTION）都是胎儿生长过程中不断地与子宫壁作用，从而在神经系统刻印了下来的结果。

1.2.3　整体格式塔性

整体格式塔性是与详略度对应的。整体格式塔性指的是图式的普遍共性，详略度指的是图式的丰富多样性（Langacker 1987：132；Grady 2005：35-37）。

但多数研究都更关注意象图式的普遍共性，认为意象图式是高度图式化的整体构型或格式塔（gestalt），如图 1 所示（刘正光、李雨晨 2019：49）：

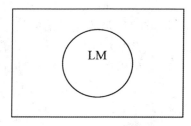

图 1　容器的图式关系

图 1 体现的是一个"容器"的意象图式。在该图式里，圆圈表示陆标（landmark，LM）（背景或目标），包含两个要素：容器的内部和边界。陆标的外部是容器的外部，即除了圆圈以外四方形以内的空间。陆标的边界（圆弧线）和外部空间构成了一个"容器"的格式塔。

1.2.4　内在结构性①

意象图式体现感知运动经验与结构，表达事物之间的空间关系。比如，"over"表达的空间关系是纵向的，如箭头所示。横向箭头上面的粗黑线圆是射体（凸显物，注意力的焦点），下面的是陆标。横向箭头表示，相对于陆标，射体的空间运动方向是横向的，如"The plane flew over the mountain."。除此之外，该图中的射体和陆标再也没有其他信息了，这也体现出其整体构型特征。

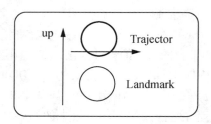

图 2　Over 的图式关系

如果我们将 under 的意象图式放在这里比较的话，就更容易发现其

---

① 本节内容主要来自刘正光、李雨晨（2019）《认知语言学十讲》，49-52。

差异了：表面上看，这两个意象图式没有两样。事实上，一个重要的差别在于，图 3 中，射体是横向箭头下的物体，而图 2 中射体是横向箭头上的物体。这组图说明两点：1）over 和 under 形成一对语义关系；2）其差异在于强调的角度不一样，即注意的焦点不同。

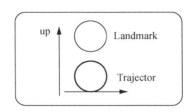

图 3　Under 的图式关系

1.2.5　可变性

意象图式可变性的本质特征是物体在关系结构中的抽象层级性差异。意象图式既具有整体格式塔性，体现出感知运动的结构关系，同时又可以产生更具体的图式，具有动态性或可变性，如：

（1）a. John went out of the room.

　　　b. Mary got out of the car.

　　　c. Spot jumped out of the pen.

（2）a. She poured out the beans.

　　　b. Roll out the carpet.

　　　c. Send out the troops.

（3）The train started out for Chicago.

Johnson（1987：32）认为，意象图式作为动态的体验型式，发生在时间的进程中，它们不一定只是视觉上的，还可以是多模态的。（1）各句中表达空间意义的 out 反映了容器图式的动态性特征。本组例句中，运动的射体（trajectory：TR）（句中的主语）是具体明确的，out 的运动陆标（LM）（离开的地点）都是边界确定的（the room, the car, the pen），但（2）中的运动射体（TR）是 out 后的宾语，陆标没有出现，扩展得模糊、不确定了。事实上，这里的射体和陆标位置重叠了。（3）描述的是线性路径运动，路径根本没有表达出来，三者的差别如图 4 所示：

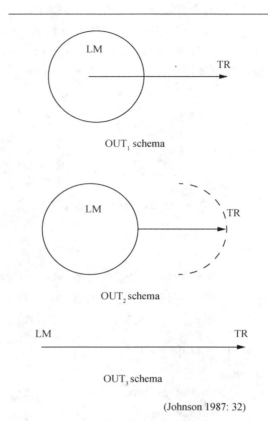

OUT₁ schema

OUT₂ schema

OUT₃ schema

(Johnson 1987: 32)

图 4　Out 的三种图式关系

1.2.6　模拟性

意象图式具有模拟性（analogous representation）。意象图式是抽象了的知识结构，它不是直接的感知经验。现实生活中这种情况很普遍：比如做红烧肉，看过厨艺书的人能把做红烧肉的过程和要求讲得头头是道，好像他做出来的一定很好吃，但他实际做出来的红烧肉却味道一般；再如学开车，在学开车时，我们可能非常熟悉各种驾驶要领和交通规则，但在实际驾驶的时候，却手忙脚乱。这种现象反映的就是从感知经验到意象图式的模拟性特征。

第二节　意象图式的认识论价值

意象图式的根本作用在于强调概念化和推理的各种结构都具有身体的、运动感知属性。它的认识论价值在于意象图式作为运动感知经验能解释体验认知（embodied mind）同时为何能进行抽象思维，说明意义的产生方式，并对世界进行抽象、概念化和推理（Johnson 2005）。因此，**意象图式的认识价值在于能够较好地解释意义理解和推理的实现方式**。

2.1　世界的认识是概念化的结果

人类存在于物质（物理）世界和现象世界，人类实现对理性真理（intellectual truths）的理解必须通过感知，因为我们所有的知识都来自感知，也就是说，我们可以在物质世界和精神世界之间建立起某种相似性（Szwedek 2019）。这样的认识在不同学术流派中都有相似的论述。

生成语言学家 Chomsky（1965：114ff）在论述选择限制时最早区分了物体与关系。名词以其语义特征来定义，如+Common，+Count，+Animate，+Human 等等。动词表达过程，须经由名词和名词的语义特征来定义。

认知语言学家 Langacker（1987：183）把世界切分成"事物"（THING）与"关系或过程"（RELATION or PROCESS）。"事物"不仅仅是物体，关系又可以进一步细分为由动词表达的时间关系（temporal relation）和由非谓语动词、介词短语、形容词、副词表达的非时间关系（atemporal relation）。事物在概念上是自主的，关系在概念上是依存的，因为关系的感知必须经由与实体的相互联系才能概念化。

哲学家 Johnson（1987：x）认为，现实世界由具有内在特征和各种关系的物体组成。

对比语言学家 Krzeszowski（1997）作出了与 Langacker 类似的区分，即区分了物质世界和现象世界。所有的事物都存在于物质世界中，其中的大多数是概念化的结果，即使是抽象的事物，如友谊、爱、数学、母爱等也不可能存在于人类经验之外的实体，独立于概念化。本质上而言，它们都是概念化的结果。

篇章语言学家 Beaugrande & Dressler（1981：4）把文本世界区分为概念与关系。概念是知识（认知内容）的构型（configuration），概念可以在大脑中不同程度地协调与一致性地激活，关系是文本世界中概念之间的联系（links），每一种联系都和与之相联结的概念所指相关。

上面这些不同表述有一个基本的共同点，即人类对世界的认识都是认识抽象化（概念化）的结果。抽象化的过程中所形成的特定型式就具有图式化的特征。Johnson（2005）引用了 Kant 对"狗"的意象图式的形成过程来说明这一点。"狗"图式，既不是"狗"的概念，也不是某一特定的狗或对你摇尾乞怜的实际的狗，它是一个想象的过程（procedure），以构建某种四只脚的毛茸茸的动物的意象，而且该意象能够把人们对狗这个概念所蕴含的特征都体现出来。

2.2　意象图式阐释想象与理解的体验性

意义、想象、推理，这些人类智能的标志，是在与环境的身体经验互动中产生出来的。这样一种认识典型地体现了人类认知的体验观，抛弃了身心二元对立或主客体对立的认识观。相反，人类感知与行为的结构必须相应地形塑理解和认知行为，感知运动能力必须参与抽象思维（Johnson 2005）。

体验认知对想象思维的新认识还体现在经验与理解之间的连续体性质和多维性特征。体验是意义生成、思维和判断的中心（locus），具有图式化（抽象性）、形式化的功能，不仅仅是理解和推理的过程，还是体验性意义建构的过程，是有效利用人类经验结构的过程。想象思维不完全是主观的个体性思维。它既不纯粹是心理的，也不仅仅是体验性的；既不仅仅是认知的，也不仅仅是情感的；既不仅仅是思维的，也不仅仅是感受的（feeling）。想象思维是在日常复杂的各种经验的在线流动中发生的。以上各种不同类型的经验都与人类与环境互动中的运动感知型式密不可分，从而为人类理解与思维提供型式。由此而言，心智与身体并不是彼此分离的独立个体，而是互为一体的。意象图式的本质特征和基本功能就是为了回答认知的体验性这个根本问题（Johnson 2005）。

2.3　意象图式自身的逻辑结构可运用于抽象思维

　　如前所述，意象图式产生于不断反复的感知与身体运动，因而有它自身的逻辑结构。这种逻辑结构可以作为关于抽象思维活动推理的基础。从神经学的角度来看，有些感知运动联结被抑制了，而意象图式结构可以保持在激活状态，适合抽象思维。这同时也意味着，空间身体概念和抽象概念并没有两种逻辑结构，而是直接使用基于身体的意象图式逻辑来进行抽象思维或推理（Johnson 2005）。

　　意象图式的逻辑结构运用于抽象思维时往往通过概念隐喻来实现。Lakoff & Nunez（2000）在《数学的起源：体验认知催生了数学》（*Where Mathematics Comes From：How the Embodied Mind Brings Mathematics Into Being*）里提供了非常好的例子。比如算术里的加减乘除就是以下图式通过概念而实现的。

　　加减法与聚集图式（COLLECTION）相关。加法实际上就是把物体加到一群或一堆里去，减法就是从中拿走。物体添加或拿走与加和减之间的关联就成了概念隐喻的基础，所以 Lakoff 和 Nunez 抽象出了概念隐喻 ARITHMETICS IS OBJECT COLLECTION，其源域和靶域如下（Lakoff & Nunez 2000：56）：

ARITHMETIC IS OBJECT COLLECTION

Source Domain (OBJECT COLLECTION)		*Target Domain* (ARITHMETIC)
Collections of objects 　of the same size	>>>>	Numbers
The size of the collection	>>>>	The size of the number
Bigger	>>>>	Greater
Smaller	>>>>	Less
The smallest collection	>>>>	The unit (One)
Putting collections together	>>>>	Addition
Taking a smaller collection 　from a larger collection	>>>>	Subtraction

　　该例表明，意象图式（运行于概念隐喻）能够让我们运用感知运动经验的逻辑来实施抽象实体或抽象认知域的高阶认知运算（Johnson 2005）。数学如此，法律（Winter 2001），道德（Johnson 1993），心理学（Gibbs & Colston 1995）等其他领域也是如此。

第三节　意象图式与文学理解

文学作品的理解既有宏观层次的主题性思想的提取，又有微观层次的描写所蕴含的文学内涵的解读。意象图式作为抽象的型式，既可以作用于宏观层次的抽象，又可以作用于微观层次的解读。

意象图式的整体格式塔特征有利于建立文本的宏观结构，即抽象出作品的主题思想或情节结构。宏观结构具有两个功能：一是故事回忆，二是文本连贯。下面我们首先看宏观结构的故事回忆功能。

3.1　充当故事回忆的助记符

宏观结构的形成过程中，需要把主题抽象为一些名言警句，简明扼要地捕捉矛盾冲突、计划失败、解决方案等（Graesser、Pomeroy & Craig 2002：26）。这样的名言警句的抽象过程能够压缩推理的结构，从而在事件记忆中具有凸显的地位（Kimmel 2005）。抽象出压缩了的宏观抽象结构离不开意象图式的作用，因为这实际上是把故事浓缩到一些经典的场景，《安娜·卡列尼娜》这部小说也好，电影也好，其中最震撼人的场景就是当安娜·卡列尼娜极度痛苦，精神错乱，无处栖身的时候，她买了一张火车票，站在站台上，估摸着火车的行进速度，思考着以死来结束一切的痛苦，决然地跳下，巨大的火车无情地撞击她的头，碾压着她的身躯，她就这样死去了。这样的场景就成为人生走投无路、无比绝望的意象图式。

童话故事《灰姑娘》的经典场景是灰姑娘的那双水晶鞋和皇家宫廷舞会。有一天，城里的王子举行舞会，邀请全城的女孩出席，但继母与两位姐姐却不让灰姑娘出席，使得她很伤心。这时，有一位神仙教母出现了，帮助她摇身一变为高贵的千金小姐，并将老鼠与南瓜变成马车，又找了一双水晶鞋穿在了灰姑娘的脚上。灰姑娘很开心，赶快去参加舞会，但神仙教母在她出发前提醒她，不可逗留至午夜十二时后，因为魔法会解除。灰姑娘答应了，她出席了舞会，王子一看到她便被她迷住了，并立即邀她共舞。欢乐的时光过得很快，眼看就要午夜十二时了，灰姑娘离开的时候在仓皇间留下了一只水晶鞋。王子很想找到她，于是派大臣至全国探访，查看哪个少女能穿上这只水晶鞋。结果大臣找到了灰姑娘，并识破了继母和她两个姐姐的诡计，灰姑娘终于穿上了那双水晶鞋，王子很开心，便向她求婚。两人从此过上了幸福生活。这样的场景就成为吃苦耐劳、忍辱负重地活着，即使极度艰难困苦，只要心怀对美好未来的无限憧憬，保持善良与积极的心态，就能最终获得幸福生活的意象图式。

这样的经典场景实际上就是一个故事的梗概或框架，成为我们回忆故事情节或主要内容时的助记符（plot mnemonic）或挂钩（peg）（Kimmel 2005）。

3.2　建立起文本内容的逻辑关联

一部作品的丰富内容怎样形成有机的整体，形成高度连贯的故事和内在的逻辑性，有赖于意象图式所形成的概念隐喻网络。概念隐喻网络从不同层次、不同侧面细化故事内容，彼此阐释，共同说明（cospecify）。下面，我们再次以叶芝的《第二次降临》（"The Second Coming"）为例，从它意象图式与概念隐喻的相互作用关系来说明其内在的连贯方式。

（4）**The Second Coming**（**W. B. Yeats**）

> Turning and turning in the widening gyre
> The falcon cannot hear the falconer;
> Things fall apart; the center cannot hold;
> Mere anarchy is loosed upon the world,
> The blood-dimmed tide is loosed, and everywhere
> The ceremony of innocence is drowned;
> The best lack all conviction, while the worst
> Are full of passionate intensity.
>
> Surely some revelation is at hand;
> Surely the Second Coming is at hand.
> The Second Coming! Hardly are those words out
> When a vast image out of Spiritus Mundi
> Troubles my sight: somewhere in sands of the desert
> A shape with lion body and the head of a man,

A gaze blank and pitiless as the sun,
Is moving its slow thighs, while all about it
Reel shadows of the indignant desert birds.
The darkness drops again; but now I know
That twenty centuries of stony sleep
Were vexed to nightmare by a rocking cradle,
And what rough beast, its hour come round at last,
Slouches towards Bethlehem to be born?

本诗的基本意象图式是"中心·边缘",表达事物之间的相互关系。但中心与边缘可以从很多不同的维度来认识:物理的、社会的、心理的、感知的等等。当我们超越物理维度,从社会、心理、感知等维度来理解中心与边缘的相互关系时,这在认知上就是 Lakoff & Turner (1989) 所说的隐喻扩展。本诗的第一节从力量控制、社会组织关系、道德政治来说明其主题思想"社会的去中心化",即一战后西方社会的分崩离析。

第一行"Turning and turning in widening gyre"中,turning 本来是围绕一个中心点的,但是 widening gyre 意味着这个中心点的力量在不断缩小,才导致逐渐远离中心点。第二行"The falcon cannot hear the falconer"则回应了第一行的意思。正常情况下,猎鹰人有足够的力量来维持猎鹰在其控制范围之内。但是本行中,猎鹰都已经听不到猎鹰人的命令了,这实际上是隐喻着猎鹰已经脱离了中心。这两行实际是 CENTER AS INFLUENCE 扩展后形成了 DECENTERING AS LOSS OF INFLUENCE 的隐喻。

第三行"Things fall apart; the center cannot hold"和第四行"Mere anarchy is loosed upon the world"则将中心扩展为中心部分,激活一个社会是一个有机体 (body) 意象 (Deane 1995),构成 SOCIETY AS BODY 的隐喻。各部分围绕中心聚合在一起。但当各部分都 fall apart 时,它们也是在脱离中心 (decentering),所以,作为整体的社会就分崩离析了 (disintegrate)。有机体分崩离析是无序状态,社会分崩离析是无政府状态 (anarchy)。这样前两行与第三、第四行又形成了一种源域和靶域的关系。由此,这四行构成了一个双重隐喻,从不同维度说明"脱离中心"。

第五行和第六行表面上看,好像没有围绕中心与边缘的意象图式,但本质上却依然在表达脱离中心的意义。因为 tide 只有波浪向四周扩散，水的本质特征是向四周漫延，没有中心，所以 tide 不可能流向一个中心点。这实际是一个 WATER AS ANARCHY 的隐喻，以水的无中心来隐喻社会的无中心，即无政府状态。

第七行和第八行中，passionate intensity 指的是人的感知维度。感知的力量越强，越趋向于中心。但可悲的是 the worst are full of passionate intensity，这实际上也意味着非正义的（即边缘的）具有更强的力量，结果自然是脱离中心。这两行中，the best 和 the worst 指向的是道德政治维度。

诗人以"中心·边缘"意象图式的四个不同维度全面、透彻地揭示了当时西方社会的各种危机，短短八行既深刻震撼，又构成了一个紧凑的逻辑整体，振聋发聩。

上面详细分析了"中心·边缘"意象图式所扩展出的概念隐喻如何形成一个概念隐喻网络从不同维度说明当时的西方社会的无政府、分崩离析的社会乱象。下面简要分析第二节中"中心·边缘"意象图式的作用方式。

在第二节中，诗人表面上看是在写重返中心（recentering）。"The Second Coming"本指耶稣重返人间拯救人类。但这个前往伯利恒（Bethlehem）投胎成为拯救者的却是一个狮身人脑的野兽。狮子作为百兽之王，力量强大，靠武力统治动物世界；人脑意味着有智慧，没有情怀与情感，重利益；野兽象征着残暴无仁慈。如果未来世界的拯救者充当世界的中心，那些生活在沙漠荒野（边缘地区）因畏惧于狮子的力量而愤怒地注视的鸟们（隐喻非正道人士）一旦时机成熟，必将群起攻之。这本质上意味着，如此重构出的中心也潜藏着随时分崩离析的风险。

第四节　意象图式在文学理解中的作用方式

意象图式虽然具有高度的抽象性和结构性，但在文学创作中，意象图式的扩展或压缩既体现出意象图式的动态性，同时又给读者带来陌生化的文学效应，因为读者在阅读过程中需要不断重新理解动态变化的图式（Stockwell 2002：18）。

4.1 图式的动态性、演化性

图式可以解释语言使用各层次语言组织结构的信息与组织特征。相应地，文学创作中，文学体裁、小说的章节（episode）、人物等都是语篇知识不断协调的结果。其中，关键之处在于，这样图式知识结构既是动态的，又可根据经验的积淀而不断发展。这就意味着，图式是可以演化的，演化的方式主要有三种：增容、调整和重构（Stockwell 2002：78-79）。

4.1.1 增容

增容指在原有图式的基础上增加新的事实或信息。此处再次以 E. E. 卡明斯的《孤叶落地》（"A Leaf Falls on Loneliness"）为例，它典型地体现出图式演化中的三种实现方式。

（5）**A Leaf Falls on Loneliness（E. E. Cummings）**

l（a

le
af
fa
ll
s）
one
l
iness

增容表现为"量"的强化。体现为两个方面。一是"极小量"。如第六讲1.2节的分析所示，全诗几乎每一行都蕴含着"极小量"，以凸显孤零与孤独之意。二是"程度大量"。第六行的一般现在时第三人称 s 和第九行的名词后缀 iness 都是强调持续恒久的状态，意即挥之不去的沉重。

4.1.2 调整

调整指在图式内部修改或调整事实或相互关系。请看华兹华斯

《阳春三月》第一节的调整方式：

（6）**Written in March**（**William Wordsworth**）

The cock is crowing,

The stream is flowing,

The small birds twitter,

The lake doth glitter,

The green field sleeps in the sun;

The oldest and youngest

Are at work with the strongest;

The cattle are grazing,

Their heads never raising;

There are forty feeding like one!

诗歌的第一节主要是描写自然景象（第 1 行至第 5 行，第 8 行至第 10 行）：公鸡、小鸟、溪流、湖泊、草地、牛群在阳春三月尽情地享受阳光，呈现一幅生机勃勃的整体早春图景。但诗的第 6 和第 7 行突然插入 "The oldest and youngest/Are at work with the strongest"，描写了不分老幼、强弱的人群在愉悦地劳作。从表面上看，一个完整的图景变成了两幅图景，但调整后的图景组合成了一幅更能体现春天给万物带来活力与喜悦的图画。自然物体、牲口、人组成了一幅更和谐的画面，衬托出所有人都为春天的到来做好了准备并欣然投入到新生活的创建之中，表现了人们作为一个整体对战争结束后新生活的向往和改变现状的决心和努力。

4.1.3　重构

重构指构建新的图式。《孤叶落地》的意象图式重构实现方式是部分重构落叶的意象图式。从自然的角度来看，树叶飘落的过程应该是不会太持久的。

图式的动态性与演化性在科幻作品里表现得尤为突出。下面我们以科幻作品中交通图式的变化来说明时代、经验、创作视角的变化对图式的作用。交通图式里的基本元素有交通工具、旅行者、道路、目的地。次要一些的元素有交通过程中的见闻、感受等等。但是，随着人类科技的发展、生活追求的变化、社会环境的改变、社会公共意识的变化、人类文明的传承等，人们对交通的相关概念就会在某种程度上发生内容上的一定增减甚至重构。下面的这组图（来自网络 baijiahao.baidu.com/s? id =1655054853923344058，访问日期：2021 年 6 月）就充分体现了人们对交通图式概念的变化和发展。

图 5 是早在人们还不了解太空奥秘的时候，对太空城市的幻想，幻想未来随着科技的发展能够乘坐飞行器进入太空。

图 5　太空时代的卫星城市

图 6 中的飞行器是我们对现在熟悉的航天飞机的早期幻想。显而易见的是，加入了旅行者，人们更希望去太空旅行，见识太空的美妙。

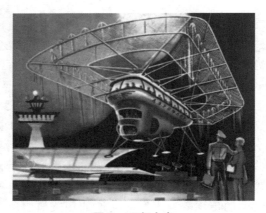

图 6　飞向太空

图 7 很像我们国家现在探索月球的嫦娥卫星。它显示出人们不但观赏太空、探索太空，更要行走方便，所以幻想中的交通工具能在崎岖不平的星球表面行走自如。

图 7　探索太空

图 8 反映出环保时代，环保意识的觉醒，所以内燃机组和以风能为动力的高铁同时并存。

图 8　风能高铁和内燃机组

图 9 则进入完全的环保时代，利用风能作为动力，实现绿色、环保的梦想。

图 10 则表达了随着科技的发展，人们能够像在地球一样在太空舒适地生活，太空飞行器带着我们随时可以方便地回家，享受家庭的惬

意生活。

图 9　风能高铁

图 10　回家

　　图 11 想象着一家人在无人驾驶的汽车里舒适安全、其乐融融地享受旅行的过程。

　　图 5 至图 11 都生动体现了图式的演变。图 6 和图 10 增加了参与者，更有现实生活感；图 7 里人们能够在外星上行走，亲身感悟太空的奥秘；图 8 和图 9 体现了环保的理念，这表明绿色、环保应该成为

图 11　人工智能时代的无人驾驶

未来交通工具的重要特征与目标。图 6 至图 8 更多体现出图式动态性中的"增容"与"调整",图 10 和图 11 则更体现出图式的重构,更接近人们的现实生活。

4.2　意象图式的开放性提供人物刻画的动态框架

莎士比亚四大悲剧之一的《麦克白》(*Macbeth*) 的人物塑造和叙事结构体现出了意象图式的重要作用 (Freeman 1995):如挪威国王是一个容器 "that spring whence . . . Discomfort *swells*" (I. ii. 27–28),麦克白夫人被包围在 "in this earthly world, where to do harm/Is often laudable, to do good sometime/Accounted dangerously folly" (Ⅳ. ii 74–76),苏格兰国王邓肯的尸体里盛有 "Yet who would have thought the old man to have had so much blood in him" (V. i. 35–37),剧中最令人印象深刻的就是女巫们的大坩埚,女巫们用它把麦克白的雄心炖成了残忍与罪恶。

下面我们简要分析"容器"对刻画该剧中最重要的人物麦克白性格的作用。第一场第五幕中的麦克白夫人是这样评价麦克白的:

(7) Glamis thou art, and Cawdor; and shalt be
　　　What thou art promis'd; yet do I fear thy nature;
　　　It is too full o' the milk of human kindness
　　　To catch the nearest way: thou wouldst be great;

麦克白是一个多么善良正直的人，心中装满的是"仁慈的牛奶"（the milk of human kindness）。麦克白夫人的精神容器里起初装的也是 human kindness 和 sexuality，和麦克白一样是善良的，但麦克白夫人为了自己的野心和权力之梦，既要抽干自己仁慈的液体，更要以她自己更换了的精神液体替换麦克白的仁慈的牛奶，以实现改造麦克白的目的（第一场第五幕）：

(8) That I may *pour my spirits in thine ear*;

And chastise with the valor of my tongue

All that impedes thee from the golden round,

Which fate and metaphysical aid doth seem

麦克白夫人既要改造自己的容器（unsex me here），也要将自己体内的"柔弱、温柔与仁慈"更换为"最可怕的残忍"（direst cruelty）（第一场第五幕）：

(9) Come, you spirits

That tend on mortal thoughts, unsex me here;

And fill me, *from the crown to the toe*, *top-full*

Of direst cruelty! make thick my blood,

Stop up the access and passage to remorse,

That no compunctious visitings of nature

Shake my fell purpose, nor keep peace between

The effect and it! *Come to my woman's breasts*,

And take my milk for gall, your murd'ring ministers,

Wherever in your sightless substances

在麦克白犹豫的时候，麦克白夫人继续蛊惑道："来吸吮我的乳汁，喂养你的厚颜无耻（Come to my woman's breasts, And take my milk for gall）。"这段台词说明麦克白夫人的容器里已经从装满养分与仁慈转变成了装满毒汁与残忍，并以此去"喂养"麦克白将军。

当麦克白谋杀了班戈将军以后，他自己"和平的容器里装满的是仇视（rancor）"（第三场第一幕）：

(10) Upon my head they plac'd a fruitless crown,

And put a barren scepter in my grip,

Thence to be wrench'd with an unlineal hand,

No son of mine succeeding. If 't be so,

For Banquo's issue have I filed my mind;

For them the gracious Duncan have I murder'd;

Put rancours in the vessel of my peace

麦克白在杀害了班戈以后，对以后还未实现的目标非常地担忧，满脑子装的都是蝎子，下面对他老婆说的这句台词就清楚地表明了这一点（第三场第四幕）：

(11) *O, full of scorpions is my mind, dear wife!*

Thou know'st that Banquo, and his Fleance, lives.

因此，当弗里恩斯逃走以后，麦克白更害怕了，认为自己被装进了一个更大的容器里，不过这个容器是一个装满恐惧的容器（第三场第四幕）：

(12) Then comes my fit again: I had else been perfect;

Whole as the marble, founded as the rock;

As broad and general as the casing air:

But now I am cabin'd, cribb'd, confin'd, bound in

To saucy doubts and fears. But Banquo's safe?

在剧的结尾，麦克白深感血债累累、罪恶深重：

(13) I have almost forgot the taste of fears.

The time has been my senses would have cooled

To hear a night-shriek, and my fell of hair

Would at a dismal treatise rouse and stir

As life were in't. *I have supped full with horrors.* （第五场第五幕）

But get thee back! *My soul is too much charged*

With blood of thine already. （第五场第八幕）

麦克白原本是个受人尊敬、战无不胜、深受国王信任的将军。但三个女巫的预言放大了人性的欲望，麦克白对于至高权力的欲望开始被催化、慢慢膨胀。当他犹豫不决的时候，他夫人蛊惑、推动麦克白一步一步疯狂地追逐权力与地位，利令智昏。他不惜一切代价获得了王位，患得即会患失，欲望并不能泯灭人尚存的良知。当他谋杀了国王、班戈将军以后，他生活在了失去王位以及杀人的恐惧之中，恐惧却使他更为疯狂暴戾，最终的结局也更为悲惨。麦克白的心路变化历程被莎士比亚用一个容器隐喻刻画得淋漓尽致，极其深刻。

4.3　搭建读者、文本与经验之间互动的桥梁

意象图式在理解、思索世界的过程中起构成性和建构性（constitutive and constructive）的作用，将我们的经验区划为一些基本的经验轮廓（contours）。意象图式的产生取决于大脑工作的方式、生理的结构、生存的环境等因素，从而把身体与理智、思想与情感联结起来（Johnson 2005）。

作者写作时也许不会刻意想到使用意象图式，但其作品内容（文本）必定与身体感知和运动之类的经验相关。意象图式既然产生于反复出现的经验型式，那么，话语的生成与理解过程中也就必然有意象图式的作用。读者在阅读与理解文学作品时，会即时涌现出相关的意象图式，从而影响阅读理解，主要有以下三种情形。

第一，动态识解，情景模拟。作为读者，我们既积累了世界经验反复出现的型式（意象图式），又要不断地建构经验型式在文本中的互动关系，因而意象图式就从静态转换为动态。因此，当读者阅读和理解作品时，可能会在心中想象或模拟故事发生的情景，这实际是读者依据所阅读内容，在线构建意象图式（Tseng 2007）。不同的读者根据自己的经验所识解的内容与原有图式结合后产生出了动态的新图式，从而产生各自不同的解读。比如，文学经典，不同时代、不同的读者总能读出新的意义与内涵，即人们常说的"一千个读者，就有一千个哈姆雷特"。同样，E. E. 卡明斯的《孤叶落地》能够很好地帮助读者模拟树叶独自飘落的情景，从而更好地理解其孤独之意。

第二，连带激活，产生社会文化意义。意象图式因其内在结构性，在人类认知当中，一个意象图式一旦被激活，其相关的图式或其他下位图式也会连带被激活。这就有利于读者从不同的维度和深度建立起个人经验与文本之间的关联。比如，我们在本讲第 3.2 节阐述《第二次降临》中的"中心·边缘"图式时，能够让读者联想起 FAR-NEAR 的下位图式以及 CENTER AS INFLUENCE 和 DECENTERING AS LOSS

OF INFLUENCE 的概念隐喻。这实际就是一个连带激活的过程。连带激活的文本功能在于能够帮助读者将看似不相干的人物事件或情形构建出内在的逻辑关联，从而使文本在更广阔的画面上呈现要表达的主题。

　　第三，提供多维理解的可能。意象图式因其相互交织性和连带激活性，一方面包含世界经验的结构、价值与目的，另一方面也为我们的多维理解和思索提供了不同的可能，因为意象图式都内嵌于文化、语言、惯习（institutions）、历史传统之中（Johnson 1987：126-137）。比如，"梅花"意象图式，陆游在他的《卜算子·咏梅》中以其傲然不屈来暗喻自己虽一生坎坷却坚贞不屈的品格；毛主席则歌颂其威武不屈和革命到底的乐观主义精神；今天我们也可以将其理解为要像山花一样在恶劣的环境中顽强地吸收营养，拒绝躺平，做强自己，成就美好。

本讲小结

　　本讲简要概论了意象图式的基本内涵与特征，以此为基础概述了意象图式在文学阅读中的作用和作用方式。意象图式的概括性和抽象性一方面能够提供作品的框架性结构，另一方面其动态性为不同的读者作出各自独特的理解提供了可能。同时，意象图式作为心理抽象表征和结构，为一定的社会成员所共享，体现出社会文化认知的特征。

思考题

1. 图式化差异对寓言、体裁、读者预设、读者期待的影响方式是什么？
2. 意象图式如何影响文本意义的历史演变？
3. 意象图式如何影响不同读者对同一文本的解读？

拓展阅读参考书目

Deane, P. D. 1995. Metaphor of center and periphery in Yeats' *The Second Coming*. *Journal of Pragmatics* 24: 627-642.

Graesser, A., Pomeroy, V. & S. Craig. 2002. Psychological and computational research on theme comprehension. In van Peer, W. & M. Louwerse (Eds.), *Thematics in Psychology and Literary Studies*. Amsterdam: Benjamins, 19−34.

Johnson, M. 1987. *The Body in the Mind: The Bodily Basis of Meaning, Imagination, and Reason*. Chicago: University of Chicago Press.

Johnson, M. 2005. The philosophical significance of image schemas. In Hampe, B. (Ed.), *From Perception to Meaning: Image Schemas in Cognitive Linguistics*. Berlin/New York: Mouton de Gruyter, 15−33.

Tseng, M-Y. 2007. Exploring image schemas as a critical concept: Toward a critical-cognitive linguistic account of image-schematic interactions. *Journal of Literary Semantics* 36: 135−157.

Szwedek, A. 2018. The OBJECT image schema. In Żywiczyński, P., Sibierska, M. & W. Skrzypczak (Eds.), *Beyond Diversity: The Past and the Future of English Studies*. Berlin/New York: Peter Lang, 57−90.

第十讲 概念隐喻的诗学功能

对隐喻的本质特征与作用的认识，国内外大致有三种传统：修辞学、语言哲学和语言学。无论哪种传统都有以下两个基本特征：第一，虽然在其他许多领域（如绘画、宗教仪式、电影等）都存在大量的隐喻，但一般都以语言隐喻作为基本对象；第二，无论哪种途径的研究，其侧重点可能各不相同，但都会或多或少地认识到隐喻的认知功能。隐喻作为一种认知与思维方式，其发现过程是人类认识逐渐深入的必然结果。

发端于亚里斯多德的修辞学传统虽然没有开宗明义地提到研究隐喻的认知功能，但是亚里斯多德在论及类比思维在推理过程中的作用时，认为隐喻是学习新知识、言说没有被认识到的相似性的途径。这实际上是对隐喻的认知功能的充分肯定。

当逻辑实证主义困难重重的时候，分析哲学家发现了隐喻的重要作用。他们发现，在研究语言的日常用法与语义变化的过程中，隐喻的认知功能不仅不可忽视，而且是至关重要的。这为逻辑实证主义无法解决的问题找到了解决的方式与途径。科学哲学家们在考察范式革命时发现，隐喻思维起着无比重要的作用。认知科学家在研究人工智能时发现，必须要找到隐喻的理解方式与计算形式，才能有助于人工智能的发展。

20 世纪 80 年代以来，认知语言学给隐喻研究带来前所未有的研究热潮。尤其是以 Lakoff 为代表的概念隐喻①理论明确提出，隐喻是人类思维与语言运行的基本方式，从而把隐喻从灰姑娘提升到了王子的地位。隐喻研究涉及的领域之广泛，研究成果之丰富，也许是难以比拟的。②

---

① 在 Lakoff 的概念隐喻理论体系里，转喻被包含在隐喻里。后来随着研究的细化与深入，一些认知语言学家提出了概念转喻的观点。为了表述的简洁，本讲采用 Lakoff 的分类体系。

② 这个导论部分摘自刘正光（2007）《隐喻的认知研究——理论与实践》的前言。

第一节 概念隐喻的特征与认知功能

认知语言学的产生与隐喻在人类思维与语言中的认知意义的发现具有密不可分的关系。其中的功劳当然应该属于以乔治·莱考夫（George Lakoff）为代表的认知语言学家。四部著作和一篇论文奠定了认知隐喻理论的地位：《我们赖以生存的隐喻》（Lakoff & Johnson 1980），《女人、火与危险事物：范畴显示的心智》（*Women, Fire, And Dangerous Things: What Categories Reveal About the Mind*）（Lakoff 1987），《超越理性：诗歌隐喻分析指南》（*More Than Cool Reason: A Field Guide to Poetic Metaphor*）（Lakoff & Turner 1989），《肉身哲学：亲身心智及其向西方思想的挑战》（*Philosophy in the Flesh: The Embodied Mind and its Challenge to Western Thought*）（Lakoff & Johnson 1999），《当代隐喻理论》（"The Contemporary Theory of Metaphor"）（Lakoff 1979/1993）。这些文献都是认知隐喻理论和认知语言学中的经典之作。

1.1 概念隐喻理论的三个基本观点

一个概念隐喻由源域和靶域两个概念域组成，它们之间构成映射关系。映射的方向是从源域到靶域。在源域映射到靶域的过程中，源域的基本结构保持不变（Lakoff 1979/1993）。概念隐喻的基本原则是以具体的、熟悉的（源域）来理解抽象的、不熟悉的（靶域）。"这个外科医生是个屠夫"的映射过程如下：

源域	映射	靶域
屠夫	———————→	外科医生
动物	———————→	人
商品	———————→	病人
杀猪刀	———————→	手术刀
屠宰房	———————→	手术室
切猪肉	———————→	切人肉

概念隐喻理论提出了三个与以往关于隐喻的认识不同的观点：1）隐喻普遍存在于语言之中；2）日常语言中的隐喻具有内在关联性

（coherence）和系统性；3）隐喻是一种思维方式。这三个基本观点从根本上否定了两千多年来人们对隐喻的传统看法。在该书问世之前，关于隐喻的主流观点是，隐喻是一种修辞方式、一种语言的偏离用法，被纳入修辞学的研究范畴。

隐喻的系统性可以从以下概念隐喻之间的蕴含关系得到证明（刘正光 2007：9-11）：

（1）时间是金钱（TIME IS MONEY）

    a. 我们不要浪费时间。

    b. 这项技术能节省大量的时间。

    c. 我们没有时间给你。

    d. 你最近是怎么打发时间的？

    e. 排队花了一个小时。

    f. 他在这个女人身上花了许多时间。

    g. 我们缺的就是时间。

    h. 考试时要计划好时间。

    i. 我们中年人要留点时间做运动。

    j. 比赛还剩下多少时间？

    k. 他没有有效地利用在国外留学的时间写出点东西来。

（1a）—（1k）虽然从整体上看都是以"时间就是金钱"这样一个概念隐喻说明时间的价值和意义，但更进一步看，这些隐喻表达式又具体地蕴含着"时间是一种资源"，或更具体一点，"时间是一种有价值的商品"这样一些次概念。它们与"时间是金钱"构成一种内在的蕴含关系而具有系统性。

1.2　隐喻是思维和语言运行的最基本方式之一

在概念隐喻理论确立之前，隐喻一直被当作一种修辞方式和语言的偏离用法。Lakoff 等人通过对语言中大量的所谓的"死喻"（dead metaphors）的研究，发现它们所构成的概念隐喻是人类理解抽象的概念与经验的最重要的方式。

隐喻作为人类认知的基本方式，主要体现在以具体的理解抽象的，以熟悉的理解陌生的，其基本依据是认知主体识解出两个认知域之间的相似性，或者说两个认知域各自的结构关系具有对应性，其操作机制是将源域中的结构关系映射到靶域之上，从而达致对靶域的理解。隐喻作为一种认知方式，让人类思维具有想象性、虚拟性和创造性。

隐喻作为语言系统的运行方式体现为语词意义和结构功能的扩展，由此产生语言系统的多义性和语义变化的动态性，建立起语词意义之间的系统联系，丰富和创新语言的表达方式，让语言具有表达的张力。

1.3　隐喻的三种主要类型

Lakoff & Johnson （1980：7-33）将概念隐喻粗略地分为以下三类①：结构隐喻、方向隐喻和本体隐喻。不过这三种分类缺乏逻辑上的内在一致性，下面对这三个类型进行简述（刘正光 2007：14-15）。

结构隐喻：一个概念通过隐喻的方式用另一个概念表达出来。两个概念之间具有某种结构上的相似性，如：

（2）时间是金钱；人生是旅程；人生是舞台；争论是战争等。

这样的隐喻之间的相似性具有系统性。

方向隐喻：一个概念系统彼此根据某个概念组织起来，这样的概念隐喻往往与空间方位相关，如"上—下"，"前—后"，"里—外"等：

（3）HAPPY IS UP；SAD IS DOWN

HEALTH AND LIFE ARE UP；SICKNESS AND ILLNESS ARE DOWN

HAVING CONTROL OR FORCE IS UP；

BEING SUBJECT TO CONTROL OR FORCE IS DOWN

MORE IS UP；LESS IS DOWN

HIGH STATUS IS UP；LOW STATUS IS DOWN

GOOD IS UP；BAD IS DOWN

VIRTUE IS UP；DEPRAVITY IS DOWN

RATIONAL IS UP；EMOTIONAL IS DOWN

方向隐喻可能会随物理的、文化的和经验的不同而体现出一定的

---

① 这个分类从逻辑的角度看是不严谨的，因为它们彼此不在一个维度上。

差异。

本体隐喻：人类对客观物质或实体的经验既丰富，又有直接的感性知识。这些经验又成了人类理解其他经验的途径或方式。这种物质实体构成的隐喻叫本体隐喻：

(4) THE MIND IS A MACHINE
    THE MIND IS A BRITTLE OBJECT
    INFLATION IS AN ENTITY
    TIME IS MONEY

有一点值得注意的是，本体隐喻与结构隐喻可能有重叠的地方。结构隐喻反映的是事物的内在特征，而本体隐喻是就构成隐喻的对象而言的。

1.4　概念隐喻的体验性（具身性）

我们在第一讲 1.2 节已经从经验性和神经生理性两个方面论述了概念隐喻的体验性（具身性）。在方位词"上、下"构成的方向隐喻中，"上"往往与积极的情感体验和认知相关，"下"总是与负面的、消极的情感体验和认知相关，如：趾高气扬、兴高采烈、高高兴兴、扬眉吐气；情绪低落、垂头丧气、病倒；set up、put up、cheer up、add up、live up to、in high spirit；cut down、put down、break down、pull down、come down with、in low spirit。这样的方向隐喻体现出经验的抽象。情感隐喻，如冷冰冰的态度、热情的话语、亲密接触、温暖的拥抱等，既有经验的基础，也有神经生理的基础。它们体现出人类认知与情感的跨感官映射，将抽象的感知经验具象化。

这样的隐喻表明，概念隐喻的具身经验性和神经生理性具有内在的关联。反复的具身经验在神经元或神经结构的作用下形成稳定的神经回路，成为隐喻的生理基础。认知心理学和神经生理学实验表明，隐喻理解时大脑的激活型式本质上是具身经验所形成的神经结构的复现。

不同民族因生活环境和生活方式的差异，对相同范畴（如时间）的经验感知会存在差异，这样的经验差异在长期的反复过程中形成稳定的神经生理联系，投射到认知结构中。比如，英语中"前"总是表达未来，"后"表达过去，这与英语民族以空间运动的方向来表达时间运动的方向有关；汉语中的"前"和"后"分别表达"过去"和"未来"，这与汉民族以事件是否发生或状态是否出现作为判定时间的方向有关。

概念隐喻的体验性和神经生理性意味着，人类认知既有共性的特征，也有文化的差异。

第二节 概念隐喻的诗学功能

既然隐喻是思维和语言运行的基本方式，是人类经验的积淀和抽象，那它必然对文学作品的生成与理解起到十分重要的作用。Lakoff & Turner 的《超越理性：诗歌隐喻分析指南》对此有清晰的论述。

2.1 概念隐喻的结构化效应

我们在第九讲的 1.2.2 节已经论述了意象图式的前概念性。事实上，意象图式是人类感知互动和运动结构反复出现的动态型式，与概念隐喻具有内在的一致性，反映出思维与感知之间的关系。日常语言中的隐喻结构体现着现实世界物理经验的结构，由此我们可以得出人们理解世界的认知模型（Freeman 1995）。

下面我们以 Lakoff & Turner（1989）第一章中提到的关于 LIFE，DEATH，TIME 在文学作品中的不同表达方式和视角为例来说明隐喻的结构化效应。

(5) **The Road Not Taken**（**Robert Frost**）

> Two roads diverged in a yellow wood,
> And sorry I could not travel both
> And be one traveler, long I stood
> And looked down one as far as I could
> To where it bent in the undergrowth;
>
> Then took the other, as just as fair,
> And having perhaps the better claim,
> Because it was grassy and wanted wear;

Though as for that the passing there
Had worn them really about the same,

And both that morning equally lay
In leaves no step had trodden black.
Oh, I kept the first for another day!
Yet knowing how way leads on to way,
I doubted if I should ever come back.

I shall be telling this with a sigh
Somewhere ages and ages hence:
Two roads diverged in a wood, and I—
I took the one less traveled by,
And that has made all the difference.

弗罗斯特这首诗运用 LIFE IS A JOURNEY 结构了整首诗的思想主题，尤其是以旅行当中的方向的选择来比喻人生方向选择的重要性。

表1　《未选择的路》中的概念隐喻

JOURNEY	LIFE
Diverged road	Choice in life
The road leads to different scenery	The choice leads to different life
Different visiting journey	Different living patterns
Impossibility to revisit the journey	Impossibility to revisit the journey
Destination for the journey	Goal in a certain period of life

除此以外，诗人还运用图形·背景逆反和视点变化来表达人生选择的艰难与选择时踌躇的心路历程。

第一节的第一行的图形是 two roads，强调旅行到十字路口所面临的选择，第二行开始的图形是 I，强调选择者，凸显 I 作为选择者的困难。第二节的前两行承接第一节，依然是以 I 作为图形，但第三行至第五行则以路和途经此路（passing there）作为图形，凸显选择的困难。经过两次图形·背景逆反或转换，全诗就把选择者和选择的困难巧妙地勾勒在读者眼前，暗示出选择者选择时踌躇的心态和踌躇产生的原因。

视点的变化主要体现在时间和叙述两个维度。当诗人描述选择的困境和选择的心态时使用的是过去时间视点，第一节至第三节都使用过去时态和表示过去的时间副词。第四节第一行和最后一行使用将来时间和现在时间视点，第二行和第三行使用过去时间视点，呼应前面三节的过去时间视点，以对比选择的困难和艰难选择的心路历程与现在的结果，彰显诗人对自己正确选择的庆幸（that has made all the difference）。最后一行提升了全诗的意境。

叙述视点的变化体现在叙述自我和体验自我的变化。叙事心理学认为，人在处理一个事件的时候，体验自我（experiencing self）和叙述自我（narrating self）分别起着不同的作用。体验自我主要处理当下正在发生的酸甜苦辣，即时地做出反应，即我正在经历事件中的眼光，它可以把读者直接带到我所正在经历的事件中，让读者感受我的内心世界。回顾往事时的自我被称为叙述自我。叙述自我更多地刻画自己的内心活动，主要负责秋后算账，对发生过了的事进行总结梳理。"经验自我"讲述过去的经历，"叙述自我"叙述经历的感受，交替使用能取得独特的叙述效果。

第一节和第二节的前两行，诗人采用经验自我来讲述当时自己面临选择的经历，第二节的第三行至第五行和第三节的前两行采用的是叙述自我，描述当时选择时的心理感受，将选择时的踌躇心理跃然纸上。

下面这首关于"死亡"的诗仍然是运用概念隐喻 LIFE IS A JOURNEY，但映射的内容和视角很不一样。

(6) **Because I Could Not Stop for Death**（Emily Dickinson）

> Because I could not stop for Death—
> He kindly stopped for me—
> The Carriage held but just Ourselves—
> And Immortality.
>
> We slowly drove—He knew no haste
> And I had put away
> My labor and my leisure too,
> For His Civility—

We passed the School, where Children strove
At Recess—in the Ring—
We passed the Fields of Gazing Grain—
We passed the Setting Sun—

Or rather—He passed Us—
The Dews drew quivering and Chill—
For only Gossamer, my Gown—
My Tippet—only Tulle—

We paused before a House that seemed
A Swelling of the Ground—
The Roof was scarcely visible—
The Cornice—in the Ground—

Since then—'tis Centuries—and yet
Feels shorter than the Day
I first surmised the Horses' Heads
Were toward Eternity—

　　死亡与永生是艾米莉·狄金森（Emily Dickinson）诗歌创作中的重要主题之一。在《因为我不能停步等候死神》（"Because I Could Not Stop for Death"）中，诗人同样采用了 LIFE IS A JOURNEY 这个概念隐喻，但视角完全不一样，强调的是旅行过程中平和淡定的心态。第一节里，诗人把死亡比喻为一位彬彬有礼的绅士，赶着马车与人同行，载着我们，载着永生。在第二节，死亡绅士不急不慢（know no haste），诗人自己也怡然自得（put away my labor and my leisure），第三节描述诗人以坦然的心态走过其少年（the School）、壮年（the Gazing Grain）和晚年（the Setting Sun）。这种淡然的态度在第四节进一步强化，死亡虽然已经过我们，尽管死亡来临（the chilled dews），但我们的衣裳仍然是薄薄的披肩和绢网。第五节告诉人们，诗人在墓地前（A Swelling of the Ground）停留下来了。第六节写几个世纪的停留比一天还短，诗人才感到马车是在驶向永生（the Horses' Heads were toward Eternity）。这是一种极致的淡然。诗人在这首诗里虽然把人的一生比喻成一场旅行，但她的视角聚焦在旅行的心态上。人生重要的是看风景的过程和看风景的心态，这也许就是诗人要表达的主题。

（5）和（6）这两首诗表达了完全不同的人生态度与人生哲理，但都是借用了 LIFE IS A JOURNEY 这样一个概念隐喻。旅行包含这样一些基本要素：

源域	靶域
旅行者	生活者
起点	生命的开始
终点	生命的结束（死亡）
目的地	人生目标
路线	实现人生目标路径
旅行中的困难	人生磨难
导游	建议者
旅行进度	人生进步（人生阶段）
路标	测量进步的参照物
交叉路口	人生选择
旅行装备	才华与资源

当源域中的这些结构性要素映射到靶域中的对象时，我们就可以建立起两个不同范畴之间的对应联系。弗罗斯特在人生选择的关键时刻选择了一条无人走过的路，表达出诗人勇于进取、敢于冒险的积极人生态度。

（6）是狄金森描述她对死亡的人生态度。根据 Lakoff & Turner（1989：4-6）的阐释，狄金森这首诗也运用了 LIFE IS A JOURNEY 的概念隐喻。不同的是，诗人不能停下来的原因是人生充满有意义的活动。人生的目的即旅行的目的地，第二行中的 Carriage 清楚地表明，她不愿停下来的是人生的旅程。该诗以旅行的终点（死亡）为主题，以旅行"离开"隐喻死亡。诗的第三节至第五节回顾生命的不同阶段，学龄阶段隐喻孩提时代，成熟的庄稼地隐喻成年时代，西下的夕阳隐喻老年时代，黄昏时的露珠和寒冷隐喻死亡的来临，隆起的地面隐喻墓地，即生命（旅行）的终点。这些不同阶段构成了一个意象性隐喻，即 DEATH IS GOING TO A FINAL DESTINATION。

狄金森在这里通过人生即旅行的隐喻，把死亡看成旅行的结束，因此，死亡并非可憎可怕，表达出诗人对死亡的平静甚至自然轻松的人生态度。

2.2 概念隐喻的文化视野

隐喻作为认知模型，可以从两个方面理解：一是自身的直接经验；二是所处的社会文化环境或传统。西方文化传统中，人的一生往往被比喻为一天或一年。黎明（春天）隐喻出生，中午（夏天）隐喻壮年，黄昏（秋天）隐喻老年，夜晚（冬天）隐喻死亡。例（6）狄金森诗中第三节中的 Setting Sun 隐喻死亡的来临，而 the Dew，chill 都暗喻着夜晚，夜晚的寒冷自然隐喻着人死亡后的冰冷。该诗巧妙运用了 A LIFETIME IS A DAY 的概念隐喻。

下面我们再引用 Lakoff & Turner（1989）对狄兰·托马斯（Dylan Thomas）的《不要温和地走进那个良夜》（"Do Not Go Gentle into That Good Night"）的分析来理解隐喻作为认知模型中所蕴含的文化视野。

（7）**Do Not Go Gentle into That Good Night（Dylan Thomas）**

> Do not go gentle into that good night,
> Old age should burn and rave at close of day;
> Rage, rage against the dying of the light.
>
> Though wise men at their end know dark is right,
> Because their words had forked no lightning they
> Do not go gentle into that good night.
>
> Good men, the last wave by, crying how bright
> Their frail deeds might have danced in a green bay,
> Rage, rage against the dying of the light.
>
> Wild men who caught and sang the sun in flight,
> And learn, too late, they grieved it on its way,
> Do not go gentle into that good night.
>
> Grave men, near death, who see with blinding sight

Blind eyes could blaze like meteors and be gay,
Rage, rage against the dying of the light.

And you, my father, there on the sad height,
Curse, bless, me now with your fierce tears, I pray.
Do not go gentle into that good night.
Rage, rage against the dying of the light.

生与死的主题贯穿狄兰·托马斯的诗歌创作。该诗也是以 A LIFETIME IS A DAY 来结构全诗的表达逻辑，赋予了死亡新的意义。即使暮年面对不可避免的死亡，不要消极、顺从、温和（gentle into the good night）地接受，而要以积极的态度争取生命（rage, rage against the dying of light），发出最后的呐喊。该诗鼓励所有人与死亡搏斗，不仅仅为他们自己，更为他们的亲人留下希望。第一节表明了人应有的生命态度，"怒吼，怒吼，即使生命之火即将熄灭"是托马斯的名句，其中所蕴含的咆哮般的呼唤和热情令人振奋，随后四节诗分述了四种不同的人的生命态度。值得注意的是这四种人的人生中出现了诸如"雷电""海湾""太阳"和"流星"等意象，这些具有冲击力的意象强化了人生的价值，也使人对生命更加留恋。

Lakoff & Turner（1989：4）进一步阐发了死亡的西方文化传统意义。在希腊神话中，人死后，摆渡人 Charon 就会将他从 Styx 河（冥界之河）的河岸渡到地下世界；而在基督教神话中，则会进入天堂或下地狱。

（8）**Crossing the Bar**（Alfred Tennyson）

Sunset and evening star,
And one clear call for me!
And may there be no moaning of the bar,
When I put out to sea,

But such a tide as moving seems asleep,
Too full for sound and foam,
When that which drew from out the boundless deep
Turns again home.

Twilight and evening bell,
And after that the dark!

And may there be no sadness of farewell,

When I embark;

For tho' from out our bourne of Time and Place

The flood may bear me far,

I hope to see my Pilot face to face

When I have crost the bar.

该诗在运用 A LIFETIME IS A DAY 的隐喻过程中，还巧妙地嵌入了希腊神话中关于死亡的故事，第四行到第八行讲述了这个从此岸到彼岸的摆渡故事。标题"Crossing the Bar"暗喻诗人在经历了人生的风霜后，平静地迎接死亡的来临，毫无恐惧和哀伤。约翰·济慈（John Keats）在描写死亡时也运用了这个神话故事：

（9）When I Have Fears（John Keats）

When I have fears that I may cease to be

Before my pen has glean'd my teeming brain,

Before high-piled books, in charactery,

Hold like rich garners the full ripen'd grain;

When I behold, upon the night's starr'd face,

Huge cloudy symbols of a high romance,

And think that I may never live to trace

Their shadows, with the magic hand of chance;

And when I feel, fair creature of an hour,

That I shall never look upon thee more,

Never have relish in the faery power

Of unreflecting love; —then on the shore

Of the wide world I stand alone, and think

Till love and fame to nothingness do sink

诗人即将离去（死亡）的时候，孤独地站在广袤世界的岸边，顿悟出爱情、名誉，甚至时间都将烟消云散（to nothingness do sink），表达出深深的忧伤和孤独。全诗运用了 LIFE IS A JOURNEY 和 DEPARTURE AS DEATH 这样两个概念隐喻。那么 shore 就隐喻着离去（departure）的起点。

2.3 隐喻叠加成就经典

伟大的作品在艺术手法上一定有其不同凡响之处。隐喻既是表达创新的手段，也是构建新的意义的方式。例（6）中，狄金森在诗中通过隐喻层层叠加的方式，从不同的角度表达了她对死亡的理解，除了LIFE IS A JOURNEY，DEPARTURE AS DEATH，A LIFETIME IS A DAY之外，还运用了本体隐喻 PEOPLE ARE PLANTS（Fields of the Gazing Grain）来进一步丰富人生壮年阶段的内涵，Fields of the Gazing Grain 植物开花结果意味着成熟，由此隐喻壮年阶段的成熟。莎士比亚的第73首十四行诗用隐喻叠加的方式表达对死亡的认识，可谓登峰造极。

（10）**Sonnet 73**（**William Shakespeare**）

That time of year thou mayst in me behold
When yellow leaves, or none, or few, do hang
Upon those boughs which shake against the cold,
Bare ruined choirs, where late the sweet birds sang.

In me thou seest the twilight of such day
As after sunset fadeth in the west；
Which by and by black night doth take away,
Death's second self that seals up all in rest.

In me thou seest the glowing of such fire,
That on the ashes of his youth doth lie,
As the deathbed whereon it must expire,
Consumed with that which it was nourished by.

This thou perceiv'st, which makes thy love more strong,
To love that well, which thou must leave ere long.

这首诗可以分析出八个概念隐喻（Lakoff & Turner 1989：27-30）。宏观层次是：A LIFETIME IS A YEAR 和 A LIFETIME IS A DAY，对全诗起着结构化的作用。第一节（前四行）以秋天来暗示人生的暮年，植物的生长周期对应一年的轮回。第二节（第五至八行）中，twilight、 sunset、night 隐喻 A LIFETIME IS A DAY。

其他六个概念隐喻内嵌于宏观层次的概念隐喻中，实现生动、深刻的描写与启迪：PEOPLE ARE PLANTS，LIGHT IS A SUBSTANCE THAT CAN BE TAKEN AWAY，LIFE IS A PRECIOUS POSSESSION，NIGHT IS A COVER，STATES ARE LOCATIONS，DEATH IS REST。分别分析如下。

第一节中，yellow leaves、boughs 表达的是一棵树的意象，yellow leaves 一般出现在秋天或冬天，表明植物的生长周期已经接近其结束阶段，隐喻人生的老年阶段。残枝败柳的树的意象淋漓尽致地由以下隐喻性表达衬托出来：树叶没有几枝（none，or few），残枝挂树（do hang）暗示出孤零零几片叶子毫无生气，从叶黄到叶落再到叶稀，象征着生命的衰弱。这是一个 PEOPLE ARE PLANTS 的概念隐喻。第一节中深秋早冬的凋零，由 cold 和 bare 进一步强化。另外，枝繁叶茂时甜蜜的鸟鸣也消失了，只是过去的歌声（sang）。所有这一切景象都意味着生命的消失。

第二节运用了 A LIFETIME IS A DAY 这一隐喻，sunset、twilight 隐喻死亡的来临，night 隐喻死亡。为了表达死亡的无奈和悄无声息，诗人从不同侧面巧用 light 构建了 LIGHT IS A SUBSTANCE THAT CAN BE TAKEN AWAY 和 LIFE IS A PRECIOUS POSSESSION 两个概念隐喻。黎明的晨曦比较弱，正午的光强烈，黄昏时逐渐暗淡，夜晚无光，这样一个变化隐喻生命的变化过程。光是太阳发射出来的，因此，可以视为一种物质（substance），物质可以予夺，隐喻生命的诞生和拿走（消失）（night takes away the light）。生命是最宝贵的，当被拿走后，即意味着珍贵物品的消失（生命的消失）。night 本来隐喻死亡本身，但当它拿走 light 的时候，它就具有施动者的力量，成了 second self。第八行中的 seals up all in rest 暗示着一个密封的容器，隐喻着死者被安葬于地下或棺材之中。所有的东西都被夜晚密封在容器中，隐喻着所有的一切都必将死亡或消失。这又构成了 NIGHT IS A COVER 的概念隐喻。in rest 又表示处于某种状态之中，这又形成了 STATES ARE LOCATIONS，死亡就是一种状态，夜晚是人们进入死亡（rest）状态的位置。

第三节以火隐喻生命，但同时也隐喻着人生的阶段，因为火的燃烧也有阶段性。刚开始燃烧的火隐喻青年的热情，稳定的火焰隐喻中年，发光的余烬隐喻老年，冷却的灰烬隐喻死亡。最后两行点题，乘着火还没熄灭之前，好好地爱我吧，否则来不及了。

第三节　概念隐喻诗学功能的实现方式

传统修辞学认为，隐喻是语言表达中新奇的说话方式，但实际上隐喻对人们的日常话语和思维方式起着十分重要的作用（Gibbs 1994）。Lakoff & Turner（1989：67-72）对隐喻作用于日常话语、文学表达和思维的实现方式作了很好的阐述，主要体现在以下几个方面：拓展（extending）、阐释（elaborating）、质疑（questioning）、组构（composing）。下面分别讨论。

3.1　拓展

隐喻的工作机制是映射，但正如 Lakoff（1979/1993）所指出的那样，隐喻映射的是事物的基本构成要素，具有选择性，以 THEORIES ARE BUILDINGS 为例（Grady、Taub & Morgan 1996）：

（11）a. You have failed to *buttress* your arguments with sufficient facts.

　　　b. Recent discoveries have *shaken* the theory to its *foundations*.

　　　c. Their theory *collapsed/caved in* under the weight of scrutiny.

　　　d. ? This theory has no *windows*.

　　　e. ? The *tenants* of her theory are behind in their *rent*.

在该概念隐喻的映射中，windows、tenants、rent 不能被映射，因为它们并不是一个建筑物的必备要素。但是在文学作品中，这样的常规概念隐喻（conventional metaphor）可以发生扩展，包含新的内涵，如 DEATH IS SLEEP 在莎士比亚的《哈姆雷特》的独白中发生了扩展（Lakoff & Turner 1989：67）。

（12）To sleep? Perchance to dream! Ay, there's the rub;

　　　For in that sleep of death what dreams may come?

"睡"的基本要素有不动（inactivity）、不能产生感知活动（inability to perceive）、水平姿势。但哈姆雷特却把死亡隐喻成了"梦"。这种隐喻扩展打开了新的视野。

3.2　阐释

在将常规的思想诗意化过程中，如果添加了新的元素，这是扩展。阐释则是将常规隐喻以非常规的方式将新的内涵添加到概念图式中，如：

（13）**Carmen（Horace，Book 2. 25-28）**

> We are all driven to the same place—
> sooner or later, each one's lot is tossed from the urn—
> the lot which will come out
> and will put us into the eternal exile of the raft.

死亡是人生之旅的终点，也许在死亡之旅中，可以搭乘某种交通工具，但贺拉斯（Horace）在此处用的是筏（raft）。它作为一种交通工具，在波涛汹涌、暗流涌动的大海中，无法保证一定的航向，只能随流而动，且随时都有倾覆的危险。永恒的放逐（exile）则表明没有旅行的终点，或无法达到旅行的终点。那么，死亡就是一种惩罚，一种心灵的磨难，无法得到灵魂的安息，到达彼岸世界。贺拉斯为死亡的非同寻常之旅注入了新的内涵。

3.3　质疑

当作者或诗人超越常规隐喻的内涵，对重要的概念和现象的常规理解质疑时，新的文学内涵由此而产生，如：

（14）**Othello（William Shakespeare，Chapter I）**

> If l quench thee, thou flaming minister,
> I can again thy former light restore,
> Should I repent me; but once put out thy light,
> Thou cunning'st pattern of excelling nature,
> I know not where is that Promethean heat
> That can thy light relume.

当 Othello 在犹豫是否要杀死 Desdemona 的时候，他心中在反复地追问自己，人的生命之光一旦被熄灭，能不能像蜡烛一样重新点燃呢？

3.4 组构

在文学创作中，当我们把不同的常规概念隐喻架床叠屋地组合在一起时，新的视野、新的内涵便随之涌现。前面例（6）和例（10）已经充分地体现出了常规概念隐喻组合以后强大的表现力。下面我们以一篇关于戏剧批评的杂文来说明隐喻的组构性对表达张力的作用。

（15）天下第一裙（川上曰）（《读书》2000 年第 6 期，3-6）

很久以前，有位既聪明又勤快的裁缝。他一天到晚比呀量呀裁呀剪呀。一天他做成了一款好漂亮的裙子。这裙子被人穿到街上，立刻引起了骚动，交通阻塞了，就连拉车的骡马都停下来嘶鸣。消息不胫而走，城里的风流娘儿们，小的拿了爹娘的存折，老的取出积年的私房，四面八方赶来订做"天下第一裙"。昔日的小铺哪里经得起今日的阵势，门窗一下就不翼而飞了。裁缝晚上边数钱边问自己一个问题："有了这天下第一裙，今后的生意还用愁么？"等把钱数到第二遍，他已有了明确的答案，并且谱了曲："不用啦，不用啦，不——用——啦——"。从此以后，只要有顾客上门，裁缝便照例捧出"天下第一裙"，也不管人家窄肩还是肥臀，细高还是五短。对面的老街坊见一个活泼泼的孩子也被罩在裙子里面，行动极为不便，摇着头发出长长的叹息。

不久以前，这出关于名实的不朽寓言剧在戏剧界又重演了一次。这一次里面还套了个剧中剧。剧中剧的名字叫《盗版浮士德》。

大家看了《盗版浮士德》，都纳闷："形式主义者"孟京辉怎么玩不出新形式来了？都慨叹，一个生机勃勃的导演怎么转眼就"老"了？

孟京辉的问题值得讨论，因为它在一定程度上也是实验戏剧的问题。这问题我看包括三个方面：形式主义、市场、导演中心制。

形式主义 形式主义的问题不在于重视了形式，而在于轻视了思想，在于用形而下的生活碎片替代了形而上的"气韵"、"理法"。看这些年"有小说感"、"有诗歌感"、"有戏剧感"的作品，真就像面对一堆无骨无神无声无气的细皮嫩肉。实验戏剧最初的用意不坏：它感受到生活的流变不居，觉得新画面不能嵌在旧画框里，于是跟旧形式主义的老套子分庭抗礼，在小马褂中山装的对门叫卖起西服裙。多年前上演的《我爱×××》有一段青青春意，有一股虎虎生气，它为那时年轻人不明不白的精神世界，找到了一种不伦不类的舞台表达，裁了一件合体的衣裳。但实验戏剧走离了老套子没两步，就顺着形式主义走向了新套子。这里要说说形式主义的"主体论"大环境。"主体论"听上去像是哲学界的事情，其实是指在各类文艺作品中实行"清党"：把心胸头脑礼送出境，让脂肪海绵体睾丸激素之类当家做主。前台的变化最后落实为后台的利益再分配：一些人提了级，一些人没出成国。至于戏剧主体，那就是把戏剧当魔方一样摆弄，换句话，就是惟美、惟感官、惟技术、惟形式。出门去看这类戏剧，脑子可以留家里，但眼睛耳朵鼻子最好都带上，那将是一次感官的小吃一条街甚至满汉全席。另外别忘套件衣裳，因为听说有的先锋戏剧会直接在观众的胴体上搞名堂。对思想的轻视，孟京辉自不例外，他曾说导演的任务是截取生活的片断，把它们原封不动地搬上舞台，让观众自己去寻找答案。

市场　　市场其实并不真的利于"双百"。市场讲流行，讲规模效应，讲投入产出比。在真正的市场环境下，形式主义实验戏剧的无病呻吟，就算哼出 C 大调 E 小调，只要不卖钱，都得取缔。市场实行起专政来是不下于日丹诺夫的。实验戏剧家见势不妙许多转了业。剩下还想续呻吟的只好兼学化缘，用行话就是"扎钱"。据我猜测，洋鬼子正巴不得中华举国呻吟，土财主也乐见别人半死不活，所以明知有去无回他们也能布施若干，算是补上了捉襟见肘的剧团财政拨款。与计划体制边缘处的托钵僧们相比，孟京辉称得上当代英雄。他蹲在熙熙攘攘的市场里面，盯着小康青年上下打量，心里琢磨着隔衣提款之术，随后一头扎进他屡屡要划清界限的大众文化，跟传媒混得如胶似漆。终于，他确立了孟式商标，炒红了孟式品牌。用品牌把大众拉回剧场，实在是近两年最有意思的戏剧事件。孟京辉在这方面功不可没。不过，品牌是变化多样的反义，是量体裁衣因物赋形的对头。你想，牛仔裤那样的形式只要推出一种，剩下的工作就是保护专利了。所以，品牌既是形式主义实验戏剧的胜利，也是它的失败，它为一种形式赢得了市场，为其他形式输掉了机会。关于这一点，看看《思凡》中的插科打诨，再看看《恋爱的犀牛》中的滑稽表演，就清楚了。

导演中心制 戏剧是综合了各种艺术手段的舞台艺术，导演作为不同手段的牵头人和协调者，自有其举足轻重的作用。但导演中心制夸大了这种作用，滥用了正当的权利。导演中心制跟形式主义有内在的联系。戏剧演出中的内容与形式关系，在一定程度上表现为剧本与舞台呈现之间的关系，表现为编剧与导演之间的关系。导演是单数，代表相对固定的风格模式；编剧是复数，代表丰富变化的生活内容。导演本应根据不同的剧本内容摸索不同的舞台表达，这才是康庄大道。可他们自信能以一当百，点石成金，以不变应万变。须知这种本领，只有佛陀基督才具备。可导演中心制硬是要把凡人的导演放在神人的位置上，硬是要用一种裙子去套无数腰身，其结果只能把戏剧引向艺术思想的末路。此外，导演中心制也可以和市场完成某种勾结：导演个人风格作为培养和稳定某部分市场需求，造成品牌效应的手段，也倾向于让导演搞独裁，让他们代表市场的那部分需求对剧本进行所谓的艺术"再创造"或什么"素材创造"（制作人有时也充当这种角色）。这里说的"市场"是广义的，既包括场场爆满的"大众"市场，也包括三五对蓝眼睛十来个高等华人外加记者评论家的"小众"市场。大众市场讲的是量，小众市场图的是质，殊途而同归。大众市场戏剧获得了轰轰烈烈的媒体、纷纷扬扬的人民币：小众市场戏剧赢来的虽只是几声英法德文的嘉许，但按一比八的牌价折过来，也非同小可。无论大众戏剧还是小众戏剧，里面都可能含着一种让人上瘾的鸦片味道，而某些导演的固定风格已经成为那汤那煲中的罂粟壳了。

再来看看《盗版浮士德》。沈林提供的剧本是歌德原著的借尸还魂、故事新编。它立场鲜明，对资本主义的前世今生采取了批判的态度，大凡科学主义、殖民主义、文化霸权、体现着商业社会基本价值的电视文化、包括了女权主义中国版的精英文化，等等等等，无不在冷嘲热讽之列。思想意趣上的纵横淋漓，结构谋篇上的不拘不羁——也许还包括粗糙庞杂，使这篇戏剧"杂文"达到某种自由的境界。它不仅为舞台的思想阐释指示了明确的方向，也为舞台的形式表达提供了充足的空间。应该说，如果小孟师傅收到剧本后不是立即捧出"天下第一裙"，而是放出眼光，拿来皮尺，将沈林的两裆三围认真比量，沉吟良久，看是用哪种面料最相宜，然后再下剪刀，那么舞台上的《盗版浮士德》很有可能成为一部风姿摇曳动人心魄的佳作。只可惜，在形式主义创作路线的指引下，孟京辉更热衷于一些纯感官、形式的东西，更迷恋惊叹号而不是惊叹号前面的部分。例如那桶兜头一浇的凉水，除了让观众皮肤隐约觉得"爽"外，实在不清楚它想说什么。只可惜，在市场需求的裹胁下，孟京辉为迎合小脸绷了多日今晚可要松上一松的白领回头客，不惜"误读"剧本的思想情感。例如，剧本中关于"吃进青草挤出牛奶的人，毫不利己专门利人的人，不是'人'的人，机器人！"的那段议论。本来是对世风堕落、理想扫地的社会现实的有力抨击，结果放在油滑表演、轻浮音乐的氛围中，便不伦不类的又像是在开尼姑和尚们的玩笑。只可惜，在导演为中心的创作体制内，编剧的作用只相当于给首长起草发言稿。首长觉得浮士德与甘丽卿那段凄艳的爱情故事很好嘛，于是絮絮叨叨占去了演出的一半时间；首长一时来了惟美的兴致，于是一篇讽刺作品曲终奏雅，结束在人文颂歌声中，观众直纳闷：刺儿球怎么长到后来长成了小茉莉？

目前戏剧舞台的问题众多，但数这几个最突出；这几个问题非孟京辉所独有，但数他最典型。这是为什么要选孟京辉做讨论点的寓意所在。其实我们还有另一层关心。孟是这一时期戏剧事业的有生力量，以他的戏剧才华和热情，断不致十年就走完从城边野草到店中干花的生命周期。但形式主义、市场和导演中心制确实正联手将他往绝处逼。这些话也许不过杞人之忧，但愿那个《天下第一裙》的故事到后来能峰回路转，而不是通向这样一个结尾：

那个裁缝店，后来丁丁当当就像黑白铁门市部。原来，天下第一裙常常遇到让大胖子撑开线、小瘦子又撑不住的难题。伙计们建议把裙子装上松紧。师傅冷笑道：那门上"天下第一裙"的金字黑漆匾也是可以装松紧的么！他吩咐把布料针线通通扫地出门，请进铁皮焊锡烙铁之类。这样打制出来的铠甲不但从外面攻不破，从里面也攻不破。问题解决了。伙计们用扳子钳子给顾客披挂好，将他们搬运到街上。哎呀，就像在动画片里，一个个都成了变形金刚！城里的孩子无不欢天喜地。裁缝店变成了儿童乐园，对过儿的老街坊看到这儿也笑了，说只要孩子们高兴，他就高兴。

本文可以分为三个部分。第一至第三段构成第一部分，本部分充当全文的源域。该源域本身是一个寓言性故事，裁缝做出天下第一裙，以后所有人需要的都是这个第一裙的尺寸和款式。第二部分由形式主义、市场和导演中心制组成，是整个文章的靶域部分，即三个方面都在扎扎实实走形式主义的路子。第三部分是最后一段，是对靶域内容的延展。宏观上看，第一部分充当源域，第二和第三部分充当靶域。源域部分的几个核心要素是，天下第一裙作为最好的形式，无视需求差异，只有同一个尺寸，同一个款式。靶域部分包含形式主义、市场、导演中心制，无视需求差异，只有同一种路径、同一个模式，同一种思路。全文构成"天下第一裙作为一成不变的最好模式"的隐喻。

源语本身又是一个隐喻，"形式即内容"。最后一段裁缝店转变为黑白铁门市部，也是一个隐喻，"形式变化即内容变化"，隐喻没有根本性改变或进步。中间"形式主义、市场、导演中心制"各又是框架性隐喻，在各自的框架内，又包含次隐喻。

本讲小结

本讲阐述了隐喻的本质特征、隐喻映射的基本原则与方式，主要讨论了概念隐喻的认知与诗学功能，以及诗学功能的实现方式。本讲的主要目的在于阐明怎样运用概念隐喻的基本原理和方法分析、理解、欣赏文学作品的创新美感与深刻的思想内涵。

思考题

1. 概念隐喻与文学创新的关系是什么？
2. 常规隐喻、新创隐喻与表达张力的关系是什么？
3. 如何继续阐释例（15）中的其他概念隐喻？

拓展阅读参考书目

Lakoff, G. & M. Turner 1989. *More Than Cool Reason: A Field Guide to Poetic Metaphor.* Chicago: University of Chicago Press.

Turner, M. 1996. *The Literary Mind.* New York/Oxford: Oxford University Press.

Turner, M. 2000. *Death Is the Mother of Beauty.* Christchurch: Cybereditions Corporation.

参考文献

Abualadas, O. A. 2019. Deictic shifts in fiction translation: Evidence of a more marked perspective in the translated narrative. *Indonesian Journal of Applied Linguistics* 9(2): 424–433.

Aldama, F. L. & P. C. Hogan. 2019. *Conversations on Cognitive Cultural Studies*. Shanghai: Shanghai Foreign Language Education Press.

Aristotle, A. 1927. *The Poetics*. W. H. Fyfe (tran.). London: W. Heinemann.

Aristotle, A. 2007. *On Rhetoric: A Theory of Civic Discourse*. G. A. Kennedy (tran.). New York: Oxford University Press.

Beaugrande, R. de. & W. Dressler. 1981. *Introduction to Text Linguistics*. London: Longman.

Berberović, S. & N. D. Džanić. 2020. The president and the viper: Political satire and conceptual blending theory. *Jezikoslovlje* 21(3): 371–393.

Berlin, B. & P. Kay. 1969. *Basic Color Terms: Their Universality and Evolution*. Berkeley: University of California Press.

Bizup, J. M. & E. R. Kintgen. 1993. The cognitive paradigm in literary studies. *College English* 55(8): 841–857.

Bloomfield, L. 1933. *Language*. New York: Holt, Rinehart & Winston.

Bolinger, D. 1968. *Aspects of Language*. New York: Harcourt Brace Javanovich.

Booth, M. 2017. *Shakespeare and Conceptual Blending: Cognition, Creativity, Criticism*. Cambridge, MA: Palgrave.

Bracher, M. 2012. Schema criticism: Literature, cognitive science, and social change. *College Literature: A Journal of Literary Studies* 39(4): 84–117.

Brandt, L. & P. A. Brandt. 2005. Making sense of a blend: A cognitive semiotic approach to metaphor. In Mendoza, R. (Ed.), *Annual Review of Cognitive Linguistics 3*. Amsterdam: John Benjamins, 216–249.

Brone, G. & J. Vandaele (Eds.). 2009. *Cognitive Poetics: Goals, Gains, and Gaps*. Berlin/New York: Mouton de Gruyter.

Bühler, K. 1982. The deictic field of language and deictic worlds. In Jarvella, R. J. & W. Klain (Eds.), *Speech, Place and Action: Studies in Deixis and Related Topics*. Chichester: John Wiley, 9–30.

Cacciari, C. 1998. Why do we speak metaphorically? Reflections on the functions of metaphor in discourse and reasoning. In Katz, A. N., Cacciari, C., Gibbs, R. W. & M. Turner (Eds.), *Figurative Language and Thought*. New York/Oxford: Oxford

University Press, 119–157.

Chomsky, N. 1965. *Aspects of the Theory of Syntax*. Cambridge, MA: MIT Press.

Company, C. C. 2002. Grammaticalization and category weakness. In Wischer, I. & G. Diewald (Eds.), *New Reflections on Grammaticalization*. Amsterdam/Philadelphia: John Benjamins, 201–216.

Coulson, S. & T. Oakley. 2000. Blending basics. *Cognitive Linguistics* 11 (3/4): 175–196.

Croft, W. 1990/2003. *Typology and Universals*. Cambridge: Cambridge University Press.

Croft, W. & D. A. Cruse. 2004. *Cognitive Linguistics*. Cambridge: Cambridge University Press.

Deane, P. D. 1995. Metaphor of center and periphery in Yeats' *The Second Coming*. *Journal of Pragmatics* 24: 627–642.

Evans, V. & M. C. Green. 2006. *Cognitive Linguistics: An Introduction*. Edinburgh: Edinburgh University Press.

Eysenck, M, W. & M. T. Keane. 1997. *Cognitive Psychology: A Student's Handbook* (3rd edition). Hillsdale, NJ: Lawrence Erlbaum.

Eysenck, M, W. & M. T. Keane. 2000. *Cognitive Psychology: A Student's Handbook* (4th edition). Hillsdale, NJ: Lawrence Erlbaum.

Fauconnier, G. 1994. *Mental Spaces: Aspects of Meaning Construction in Natural Language*. Cambridge: Cambridge University Press.

Fauconnier, G. 1997. *Mappings in Thought and Language*. Cambridge: Cambridge University Press.

Fauconnier, G. 1999. Methods and generalizations. In Janssen, T. & G. Redeker (Eds.), *Scope and Foundations of Cognitive Linguistics*. The Hague: Mouton De Gruyter, 95–128.

Fauconnier, G. 2007. Mental spaces. In Geeraerts, D. & H. Cuyckens (Eds.), *The Oxford Handbook of Cognitive Linguistics*. Oxford: Oxford University Press, 351–376.

Fauconnier, G. & E. Sweetser. 1996a. Cognitive links and domains. In Fauconnier, G. & E. Sweetser(Eds.), *Spaces, Worlds, and Grammar*. Chicago: University of Chicago Press.

Fauconnier, G. & E. Sweetser. 1996b. *Spaces, Worlds, and Grammars*. Chicago: University of Chicago Press.

Fauconnier, G. & M. Turner. 1996. Blending as a central process of grammar. In Goldberg, A. (Ed.), *Conceptual Structure, Discourse, and Language*. Stanford: CSLI Publications, 113–130.

Fauconnier, G. & M. Turner. 1998a. Conceptual integration network. *Cognitive Linguistics* 22(2): 133–187.

Fauconnier, G. & M. Turner. 1998b. Principles of conceptual integration. In Koenig,

J. -P. (Ed.), *Discourse and Cognition: Bridging the Gap.* Stanford: CSLI Publications, 269–283.

Fauconnier, G. & M. Turner. 2002. *The Way We Think: Conceptual Blending and the Mind's Hidden Complexities.* New York: Basic Books.

Fillmore, C. J. 1997. *Lectures on Deixis.* Stanford: CSLI Publications.

Finegan, E. 1995. Subjectivity and subjectivisation: An introduction. In Stein, D. & S. Wright (Eds.), *Subjectivity and Subjectification: Linguistic Perspectives.* Cambridge: Cambridge University Press, 1–15.

Fischer, O. & M. Nänny. 1999. Introduction: Iconicity as a creative force in language use. In Nänny, M. & O. Fischer (Eds), *Form Miming Meaning: Iconicity in Language and Literature.* Amsterdam/Philadelphia: Benjamins, xv–xxxvi.

Fischer, O. & M. Nänny (Eds.). 2001. *The Motivated Sign: Iconicity in Language and Literature 2.* Amsterdam: Benjamins.

Freeman, D. C. 1995. "Catch[ing] the nearest way": *Macbeth* and cognitive metaphor. *Journal of Pragmatics* 24: 689–708.

Freeman, M. H. 1995. Metaphor making meaning: Dickinson's conceptual universe. *Journal of Pragmatics* 24: 643–666.

Freeman, M. H. 2005. The poem as complex blend: Conceptual mappings of metaphor in Sylvia Plath's 'The Applicant'. *Language and Literature* 14(1): 25–44.

Freeman, M. H. 2007. Cognitive linguistic approaches to literary studies: State of the art in cognitive poetics. In Geeraerts, D. & H. Cuyckens (Eds.), *The Oxford Handbook of Cognitive Linguistics.* Oxford and New York: Oxford University Press, 1175–1202.

Freeman, M. H. 2009. Momentary stays, exploding forces: A cognitive linguistic approach to the poetics of Emily Dickinson and Robert Frost. *Journal of English Linguistics* 30: 73–90.

Furrow, M. 1988. Listening reader and impotent speaker: The role of deixis in literature. *Language and Style* 21(3): 365–378.

Galbraith, M. 1995. Deictic shift theory and the poetics of involvement in narrative. In Duchan, J. F., Bruder, G. A. & L. E. Hewitt (Eds.), *Deixis in Narrative: A Cognitive Science Perspective.* New York/London: Routledge, 19–60.

Gavins, J. & G. Steen(Eds.). 2003. *Cognitive Poetics in Practice.* London/New York: Routledge.

Gibbs, R. W. 1994. *The Poetics of Mind: Figurative Thought, Language and Understanding.* New York: Cambridge University Press.

Gibbs, R. W. 2000. Making good psychology out of blending theory. *Cognitive Linguistics* 11: 347–358.

Gibbs, R. W. 2003. Prototypes in dynamic meaning construal. In Gavins, J. & G. Steen (Eds.), *Cognitive Poetics in Practice.* London/New York: Routledge, 27–40.

Gibbs, R. W. 2005. The psychological status of image schemas. In Hampe, B. (Ed.),

From Perception to Meaning: Image Schemas in Cognitive Linguistics. Berlin/New York: Mouton de Gruyter, 15–33.

Gibbs, R. W. 2008. *The Cambridge Handbook of Metaphor and Thought*. Cambridge: Cambridge University Press.

Gibbs, R. W. & H. L. Colston. 1995. The cognitive psychological reality of image schemas and their transformations. *Cognitive Linguistics* 6: 347–378.

Givón, T. 1984. *Syntax: A Functional-Typological Introduction Vol. 1*. Amsterdam/Philadelphia: John Benjamins.

Givón, T. 1986. Prototypes: Between Plato and Wittgenstein. In Craig, C. (Ed.), *Noun Classes and Categorization*. Amsterdam/Philadelphia: John Benjamins, 77–102.

Gomola, A. 2018. *Conceptual Blending in Early Christian Discourse: A Cognitive Linguistic Analysis of Pastoral Metaphors in Patristic Literature*. Berlin/Boston: Mouton de Gruyter.

Grady, J. 1997. *Foundations of Meaning: Primary Metaphors and Primary Scenes*. Ph. D. Dissertation, University of California, Berkeley.

Grady, J. 2005. Image schemas and perception: Refining a definition. In Hampe, B. (Ed.), *From Perception to Meaning: Image Schemas in Cognitive Linguistics*. Berlin/New York: Mouton de Gruyter.

Grady, J., Taub, S. & P. Morgan. 1996. The Primitive and compound metaphors. In Goldberg, A. (Ed.), *Conceptual Structure, Discourse, and Language*. Stanford: CSLI Publications, 177–188.

Graesser, A., Pomeroy, V. & S. Craig. 2002. Psychological and computational research on theme comprehension. In van Peer, W. & M. Louwerse (Eds.), *Thematics in Psychology and Literary Studies*. Amsterdam: Benjamins, 19–34.

Grygiel, M. 2004. Semantic change as a process of conceptual blending. *Annual Review of Cognitive Linguistics* 2: 285–304.

Haiman, J. 1980. The iconicity of grammar: Isomorphism and motivation. *Language* 56: 515–540.

Haiman, J. 1983. Iconic and economic motivation. *Language* 59: 781–819.

Hampe, B. 2005. *From Perception to Meaning: Image Schemas in Cognitive Linguistics*. Berlin/New York: Mouton de Gruyter.

Hanks, W. F. 2005. Explorations in the deictic field. *Current Anthropology* 46(2): 191–220.

Heine, B., Claudi, U. & F. Hünnemeyer. 1991. *Grammaticalization: A Conceptual Framework*. Chicago: University of Chicago Press.

Hiraga, M. K. 2005. *Metaphor and Iconicity: A Cognitive Approach to Analysing Text*. New York: Palgrave Macmillan.

Hopper, P. J. & S. A. Thompson. 1980. Transitivity in grammar and discourse. *Language* 56: 251–299.

Huang, Y. 2014. *Pragmatics* (2nd edition). Oxford: Oxford University Press.

Hudson, R. 2008. Word grammar, cognitive linguistics, and second language learning and teaching. In Robinson, P. & N. Ellis (Eds.), *Handbook of Cognitive Linguistics and Second Language Acquisition*. London: Routledge, 89–113.

Jeffries, L. 2008. The role of style in reader involvement: Deictic shifting in contemporary poems. *Journal of Literary Semantics* 37: 69–85.

Johansen, J. D. 1996. Iconicity in literature. *Semiotica* 110(1/2): 37–55.

Johansen, J. D. 2003. Iconizing literature. In Müller, W. G. & O. Fischer (Eds.), *From Sign to Signing Iconicity in Language and Literature 3*. Amsterdam/Philadelphia: John Benjamins, 379–410.

Johnson, C. 1997. Metaphor vs. conflation in the acquisition of polysemy: The case of SEE. In Hiraga, M. K., Sinha, C. & S. Wilcox (Eds.), *Cultural, Typological and Psychological Issues in Cognitive Linguistics: Current Issues in Linguistic Theory*. Amsterdam: John Benjamins, 155–170.

Johnson, M. 1993. *Moral Imagination: Implications of Cognitive Science for Ethics*. Chicago: University of Chicago Press.

Johnson, M. 1987. *The Body in the Mind: The Bodily Basis of Meaning, Imagination, and Reason*. Chicago: University of Chicago Press.

Johnson, M. 2005. The philosophical significance of image schemas. In Hampe, B. (Ed.), *From Perception to Meaning: Image Schemas in Cognitive Linguistics*. Berlin/New York: Mouton de Gruyter, 15–33.

Joseph, B. D. 2020. System-internal and system-external phonic expressivity: Iconicity and Balkan affricates. In Perniss, P., Fischer, O. & C. Ljungberg (Eds.), *Operationalizing Iconicity: Iconicity in Language and Literature 17*. Amsterdam/Philadelphia: John Benjamins, 105–124.

Kimmel, M. 2005. Culture regained: Situated and compound image schemas. In Hampe, B. (Ed.), *From Perception to Meaning: Image Schemas in Cognitive Linguistics*. Berlin/New York: De Gruyter Mouton, 285–312.

Kristiano, J. T. 2021. Personal and social deixis as a political campaign strategy used in Donald Trump's rally. *Journal of English Language Literature and Teaching* 5(2): 140–154.

Krzeszowski, T. 1997. *Angels and Devils in Hell: Elements of axiology in semantics*. Warsaw: Wydawnictwo Energeia.

Kuno, S. 1987. *Functional Syntax: Anaphora, Discourse and Empathy*. Chicago: University of Chicago Press.

Lakoff, G. 1979/1993. The contemporary theory of metaphor. In Ortony, A. (Ed.), *Metaphor and Thought*. Cambridge: Cambridge University Press, 202–251.

Lakoff, G. 1987. *Women, Fire, and Dangerous Things: What Categories Reveal about the Mind*. Chicago: University of Chicago Press.

Lakoff, G. 1990. The Invariance hypothesis: Is abstract reason based on image-schemas? *Cognitive Linguistics* 1: 39−47.

Lakoff, G. & M. Johnson. 1980. *Metaphors We Live by*. Chicago: University of Chicago Press.

Lakoff, G. & M. Johnson. 1999. *Philosophy in the Flesh: The Embodied Mind and Its Challenge to the Western Thought*. New York: Basic Books.

Lakoff, G. & M. Turner. 1989. *More Than Cool Reason: A Field Guide to Poetic Metaphor*. Chicago: University of Chicago Press.

Lakoff, G. & R. Nunez. 2000. *Where Mathematics Comes from: How the Embodied Mind Brings Mathematics into Being*. New York: Basic Books.

Langacker, R. W. 1985. Observations and speculations on subjectivity. In Haiman, J. (Ed.), *Iconicity in Syntax*. Amsterdam/Philadelphia: John Benjamins, 109−150.

Langacker, R. W. 1987. *Foundations of Cognitive Grammar*. Stanford: Stanford University Press.

Langacker, R. W. 1990. Subjectification. *Cognitive Linguistics* 1: 5−38.

Langacker, R. W. 1999a. Losing control: Grammaticization, subjectification, and transparency. In Blank, A. & P. Koch (Eds.), *Historical Semantics and Cognition*. Berlin/New York: Mouton de Gruyter, 147−175.

Langacker, R. W. 1999b. *Grammar and Conceptualization*. Berlin/New York: Mouton de Gruyter.

Langacker, R. W. 2008. *Cognitive Grammar: A Basic Introduction*. Oxford: Oxford University Press.

Lester, M. 1969. The relation of linguistics to literature. *College English* 30 (5): 366−370.

Levinson, S. C. 1979. Pragmatics and social deixis. In Chiarello, C. (Ed.), *Proceedings of the Fifth Annual Meeting of the Berkeley Linguistics Society*. Berkeley: Berkeley Linguistics Society, 206−233.

Levinson, S. C. 1983. *Pragmatics*. Cambridge: Cambridge University Press.

Levinson, S. C. 2006. Deixis. In Horn, L. & G. Ward (Eds.), *The Handbook of Pragmatics*. Oxford: Blackwell Publishing, 97−121.

Liberman, A. 2022. Poetic style and innovation in old English, old Norse and old Saxon. *Scandinavian Studies* 94(1): 129−131.

Lin, Y.-Y. & I.-S. Chen. 2012. How semantics is embodied through visual representations: Image schemas in the art of Chinese calligraphy. In Carpenter, K. et al. (Eds.), *Proceedings of the Annual Meeting of the Berkeley Linguistic Society 38*. Berkeley: Berkeley Linguistics Society, 328−336.

Lyons, J. 1977. *Semantics, VoL 2*. Cambridge: Cambridge University Press.

Macrae, A. 2019. *Discourse Deixis in Metafiction*. New York/London: Routledge.

Marmaridou, S. 2000. *Pragmatic Meaning and Cognition*. Amsterdam/Philadelphia:

John Benjamins.

McIntyre, D. 2006. *Point of View in Plays: A Cognitive Stylistic Approach to Viewpoint in Drama and Other Text-types.* Amsterdam: John Benjamins.

Moyle, J. 2020. Language that thinks us: Iconicity and Christian BÖk's Eunoia. In Perniss, P., Fischer, O. & C. Ljungberg (Eds.), *Operationalizing Iconicity: Iconicity in Language and Literature 17.* Amsterdam/Philadelphia: John Benjamins, 137−152.

Nash, W. 1985. *The Language of Humor.* London: Longman.

Narayanan, S. 1997. *Embodiment in Language Understanding: Sensory Motor Representations for Metaphoric Reasoning about Event Descriptions.* Ph. D. Dissertation, Department of Computer Science, University of California, Berkeley.

Neisser, U. 1976. *Cognition and Reality.* San Francisco: W. H. Freeman.

Nida, E. 1958. Analysis of meaning and dictionary making. *IJAL* 24: 279−292.

Oakley, T. 2007. Image Schemas. In Geeraerts, D. & H. Cuyckens (Eds.), *Handbook of Cognitive Linguistics.* Oxford: Oxford University Press, 214−235.

Oakley, T. 1998. Conceptual blending, narrative discourse and rhetoric. *Cognitive Linguistics* 9(4): 321−360.

Obama, B. 2012. Speech at Carnegie Mellon University, Pittsburgh, Pennsylvania.

Peirce, C. S. 1932. *Collected Writings, 2: Elements of Logic.* Cambridge, MA: Harvard University Press.

Peirce, C. S. 1940. *The Philosophy of Peirce: Selected Writings.* J. Buchler (Ed.). London: Routledge and Kegan Paul.

Perniss, P., Fischer, O. & C. Ljungberg (Eds.). 2020. *Operationalizing Iconicity: Iconicity in Language and Literature 17.* Amsterdam/Philadelphia: John Benjamins.

Poe, E. A. 1983. The tale-tell heart. *Pioneer* 1 (1): 64−67.

Richard, A. & F. F. Steen. 2002. Literature and the cognitive revolution: An introduction. *Poetics Today* 23(1): 1−8.

Rosch, E. 1978. Principles of categorization. In Rosch, E. & B. Lloyd (Eds.), *Cognition and Categorization.* Hillsdale, New Jersey: Lawrence Erlbaum, 27−48.

Rosch, E. & B. Lloyd (Eds.). 1978. *Cognition and Categorization.* Hillsdale, N J: Lawrence Erlbaum.

Rosch, E. & C. Mervis. 1975. Family resemblances: Studies in the internal structure of categories. *Cognitive Psychology* 7(4): 573−605.

Rosch, E., Mervis, C. B., Gray, W. D., Johnson, D. M. & P. Boyes-Braem. 1976. Basic objects in natural categories. *Cognitive Psychology* 8: 382−439.

Saeed, J. I. 2009. *Semantics*(3rd edition). Oxford: Wiley-Blackwell Publishers.

Segal, E. 1995. Narrative comprehension and the role of deictic shift theory. In Duchan J., Bruder, G. & L. Hewitt (Eds.), *Deixis in Narrative: A Cognitive Science Perspective.* New York/London: Routledge, 3−18.

Segal, E. 2009. A cognitive-phenomenological theory of fictional narrative. In Duchan,

J., Bruder, G. & L. Hewitt (Eds.), *Deixis in Narrative: A Cognitive Science Perspective.* London and New York: Routledge, 61–78.

Semino, E. 2003. Possible worlds and mental spaces in Hemingway's 'A very short story'. In Gavins, J. & G. Steen (Eds.), *Cognitive Poetics in Practice.* London/New York: Routledge, 83–98.

Semino, E. & J. Culpeper. 2002. *Cognitive Stylistics: Language and Cognition in Text Analysis.* Amsterdam/Philadelphia: John Benjamins.

Semino, E. 1999. *Language and World Creation in Poems and Other Texts.* London/New York: Routledge.

Shen, Y. 2007. Foregrounding in poetic discourse: Between deviation and cognitive constraints. *Language and Literature* 16: 169–181.

Srinivasan, M. & H. Rabagliati. 2015. How concepts and conventions structure the lexicon: Cross-linguistic evidence from polysemy. *Lingua* 157: 124–152.

Steen, G. & J. Gavins. 2003. Contextualizing cognitive poetics. In Gavins, J. & G. Steen (Eds.), *Cognitive Poetics in Practice.* London/New York: Routledge.

Stein, D. & S. Wright (Eds.). 1995. *Subjectivity and Subjectification: Linguistic Perspectives.* Cambridge: Cambridge University Press.

Stockwell, P. 2002. *Cognitive Poetics: An Introduction.* London/New York: Routledge.

Stubbs, M. 1986. "A matter of prolonged field work": Notes toward a modal grammar of English. *Applied Linguistics* 7: 1–25.

Szwedek, A. 2018. The OBJECT image schema. In Żywiczyński, P., Sibierska, M. & W. Skrzypczak (Eds.), *Beyond Diversity: The Past and the Future of English Studies.* Berlin/New York: Peter Lang, 57–90.

Szwedek, A. 2019. Image schema: A definition. *Styles of Communication* 11(1): 7–27.

Tabakowsa, E. 2013. (Cognitive) grammar in translation: Form as meaning. In Rojo, A. et al. (Eds.), *Cognitive Linguistics and Translation: Advances in Some Theoretical Models and Applications.* Berlin/Boston: Mouton de Druyter, 229–250.

Talmy, L. 2000. *Toward a Cognitive Semantics I: Concept Structuring System.* Cambridge, MA/London: MIT Press.

Talmy, L. 2007. Attention phenomena. In Geeraerts, D. & H. Cuyckens (Eds.), *The Oxford Handbook of Cognitive Linguistics.* Oxford: Oxford University Press, 264–293.

Taylor, J. 2002. *Cognitive Grammar.* Oxford: Oxford University Press.

Taylor, J. 1989/1995. *Linguistic Categorization: Prototypes in Linguistic Theory.* Oxford: Oxford University Press.

Traugott, E. C. 1989. On the rise of epistemic meanings in English: An example of subjectification in semantic change. *Language* 65(1): 31–55.

Traugott, E. C. 1995. Subjectification in grammaticalization. In Stein, D. & S. Wright (Eds.), *Subjectivity and Subjectification in Language: Linguistic Perspectives.* Cambridge: Cambridge University Press, 31–54.

Traugott, E. C. & R. B. Dasher. 2002. *Regularity in Semantic Change.* Cambridge: Cambridge University Press.

Tseng, M-Y. 2007. Exploring image schemas as a critical concept: Toward a critical-cognitive linguistic account of image-schematic interactions. *Journal of Literary Semantics* 36: 135-157.

Tsur, R. 1992. *Toward a Theory of Cognitive Poetics.* Amsterdam/London/New York: Elsevier Science Publishing Company.

Tsur, R. 2003. Deixis and abstractions: Adventures in space and time. In Gavins, J. & G. Steen (Eds.), *Cognitive Poetics in Practice.* London/New York: Routledge, 41-54.

Tsur, R. 2017. *Poetic Conventions as Cognitive Fossils.* Oxford: Oxford University Press.

Turner, M. 1991. *Reading Minds: The Study of English in the Age of Cognitive Science.* Princeton: Princeton University Press.

Turner, M. 1996. *The Literary Mind.* New York/Oxford: Oxford University Press.

Turner, M. 2000. *Death Is the Mother of Beauty.* Christchurch: Cybereditions Corporation.

Turner, M. 2002. The cognitive study of art, language and literature. *Poetics Today* 23(1): 9-20.

Turner, M. 2007. Conceptual integration. In Geeraerts, D. & H. Cuyckens (Eds.), *The Oxford Handbook of Cognitive Linguistics.* Oxford: Oxford University Press, 377-393.

Turner, M. 2014. *The Origin of Ideas: Blending, Creativity, and the Human Spark.* Oxford: Oxford University Press.

Turner, M. & G. Fauconnier. 1995. Conceptual integration and formal expression. *Metaphor and Symbolic Activity* 10(3): 183-204.

Turner, M. & G. Fauconnier. 1999. A mechanism of creativity. *Poetics Today* 20(3): 297-418.

Werner, H. & B. Kaplan. 1963. *Symbol-Formation: An Organismic-Developmental Approach to Language and the Expression of Thought.* New York/London: Wiley.

Widlok, T. 2015. Ethnicity as social deixis. In Krämer, M. (Ed.), *Ethnicity as Social Deixis: Ethnicity as a Political Resource Conceptualizations across Disciplines, Regions, and Periods.* Berlin/New York: Mouton de Gruyter.

Winter, S. 2001. *A Clearing in the Forest: Law, Life and Mind.* Chicago: University of Chicago Press.

Wittgenstein, L. 1953. *Philosophical Investigations.* G. E. M. Anscombe (trans). New York: MacMillan.

Yule, G. 1996. *Pragmatics.* Oxford: Oxford University Press.

Zukowska, K. 2016. Embodied criticism: The theoretical foundations of cognitive poetics. *Culture and Education*(2): 102-111.

阿恩海姆. 1994.《艺术心理学》(郭小平、翟灿译). 北京：商务印书馆.

陈惇. 1980. "高度悲剧性"的喜剧——读莫里哀的《悭吝人》.《北京师范大学学报》（9）：26-33.

陈群. 2000. "我（你、他）+姓名"的表达功用，载《语文学习》编辑部编《语言大观》. 上海：上海教育出版社：343-348.

陈秋红. 1997.《白鲸》象征意义的文化阐释.《外国文学研究》（2）：96-99.

陈智勇. 2004. 试论莎士比亚、巴尔扎克、果戈理笔下的三个吝啬鬼的艺术形象.《西南民族大学学报》（人文社科版）（9）：154-156.

崔传明、石磊. 2010. 莎士比亚十四行诗中的异离.《时代文学》（8）：146-147.

邓忠、刘正光. 2017. 认知视角对深化"文学性"研究的意义. *Interdisciplinary Studies of Literature* 1（3）：83-95.

封宗信. 2020. 现代语言学理论与文学批评理论的交集.《北京第二外国语学院学报》（1）：3-18.

冯广艺. 2004.《变异修辞学》. 武汉：湖北教育出版社.

傅庚生. 1983.《中国文学欣赏举隅》. 西安：陕西人民出版社.

高晓成. 2016. 试论晚唐"物象比"理论及其在诗歌意象化过程中的意义.《文学评论》（6）：41-49.

耿占春. 1993.《隐喻》. 北京：东方出版社.

韩蕾. 2009. "人称代词+称谓"序列的话题焦点性质.《汉语学习》（5）：35-42.

黄奕、白永权、蒋跃. 2007. 汉英访谈节目中第一人称代词的指称模糊.《外国语》（2）：53-59.

黄瓒辉. 2003. 人称代词"他"的紧邻回指和紧邻预指，载中国语文杂志社编《语法研究和探索》（十二）. 北京：商务印书馆：65-82.

蒋寅. 2009.《古典诗学的现代诠释（增订本）》. 北京：中华书局.

寇程鹏. 2014. 共鸣：一个更需重视的悲剧生成审美机制——从"中国无悲剧说"谈起.《云南师范大学学报》（社会科学版）46（1）：137-144.

李利敏. 2015. 论典型理论对文学中原型的解释力.《外国语文》31（6）：97-103.

李宇明. 2002.《语法研究录》. 北京：商务印书馆.

梁华荣. 2005. 从《叔尸钟》看铭文人称代词使用的混乱.《学习与探索》（2）：112-114.

刘正光. 1998. 共是悲秋客，哪知此路分——中英诗歌"悲"秋意象探源.《湖南大学学报》（社科版）12（2）：39-42.

刘正光. 1999. 论话语的连贯功能.《外国语》（5）：20-24.

刘正光. 2002. Fauconnier的概念合成理论：阐释与质疑.《外语与外语教学》（10）：8-12.

刘正光. 2003. 认知语言学的哲学观：认知无意识、体验心智与隐喻思维.《湖南大学学报》（社会科学版）17（3）：75-80.

刘正光. 2006.《语言非范畴化——语言范畴化理论的重要组成部分》. 上海：上海外语教育出版社.

刘正光. 2007.《隐喻的认知研究——理论与实践》. 长沙：湖南人民出版社.

刘正光. 2008. 非范畴化与汉语诗歌中的名词短语并置.《外国语》31(4):22-30.

刘正光. 2021.《英汉认知语义对比研究》. 北京:外语教学与研究出版社.

刘正光、陈弋、徐皓琪. 2016. 亚瑟·韦利《论语》英译"偏离"的认知解释.《外国语》39(2):89-96.

刘正光、崔刚. 2005. 语法原型与及物性.《外语与外语教学》(1):8-12.

刘正光、邓忠 2019.《导读》,载 Aldama, F. L. & P. C. Hogan《认知文化研究对话录:文学、语言和美学》. 上海:上海外语教育出版社:XV-XXXII.

刘正光、邓忠、邓若瑜. 2020. 认知对等及其认识论意义.《外国语》43(1):34-47.

刘正光、李雨晨. 2012. 主观化与人称代词指称游移.《外国语》35(6):27-35.

刘正光、李雨晨. 2019.《认知语言学十讲》. 上海:上海外语教育出版社.

刘正光、刘润清. 2003. Vi+NP 的非范畴化解释.《外语教学与研究》35(4):243-250.

刘正光、张紫烟、孙玉慧. 2022. 识解、时间维度与英语一般现在时的指称和陈述功能.《外语教学与研究》54(4):483-495.

卢卫中. 2003. 试论英诗的篇章象似性修辞特点.《四川外语学院学报》19(1):67-70.

吕叔湘. 2005.《现代汉语八百词》(修订版). 北京:商务印书馆.

罗建生. 2007. 文学研究的语言学方法探究.《中南民族大学学报》(人文社会科学版)27(3):162-165.

麻晓燕. 1994. "二人称"叙述及其审美效果.《学术交流》(4):106-107.

秦秀白. 1986.《文体学概论》. 长沙:湖南教育出版社.

任大玲. 2004. 试论文学作品中的语篇象似性及其文体功能.《四川外语学院学报》20(5):107-111.

阮堂明. 2005. 一幅脱去形迹的桃源图——读王维《蓝田山石门精舍》.《名作欣赏》(1):23-27.

邵璐、吴怡萱. 2022. 陌生化与文学性的联觉建构——以《生死疲劳》葛浩文英译本为例.《小说评论》(2):176-182.

沈家煊. 2002. 如何处置"处置式"?——论把字句的主观性.《中国语文》(5):387-400.

沈廷赏. 1997. "我"的特殊用法.《修辞学习》(1):41-42.

盛林. 1998. 言语中的视点变换.《语文建设》(4):35-37.

史伟. 2021. 西学东渐中的观念、方法与民国时期中国古典文学研究——以语言学的输入为中心.《文学评论》(1):153-160.

宋雅玲、刘嶷. 2007. 第三人称指示语在汉、英双语中的语用变异考察.《山西师大学报》(社会科学版)(3):146-148.

田长友. 2016.《影视剧本创作基础》. 长春:吉林人民出版社.

王红梅. 2008. 第二人称代词"你"的临时指代功能.《汉语学习》(4):59-62.

王怀平. 2012. "桃花源"文学原型的图像置换.《湖南社会科学》(6):214-217.

王希杰. 1990. 论潜量词的显量词化.《语言教学与研究》(1):81-88.

吴俊忠. 1999. 文学鉴赏的主体介入.《晋阳学刊》(5):69-73.

亚里斯多德. 2016.《亚里斯多德〈诗学〉〈修辞学〉》(罗念生译). 上海:上海人民出

版社.

杨恒达(主编).2010.《外国诗歌鉴赏辞典 3 现当代卷》.上海:上海辞书出版社.

杨宁.2024.陌生化:一个文学经典概念的再考察.《俄罗斯文艺》(2):123-137.

杨树达.2007.《高等国文法》.上海:上海古籍出版社.

曾凡跃.2017.《中国民间故事》.南昌:二十一世纪出版社.

张春泉.2005.第一人称代词的虚指及其心理动因.《浙江大学学报》(人文社会科学版)(3):106-112.

张首映.1999.《西方二十世纪文论史》.北京:北京大学出版社.

张旺熹.2010.汉语"人称代词+NP"复指结构的话语功能——基于电视剧《亮剑》台词的分析.《当代修辞学》(5):50-62.

赵永刚.2008.当代文学批评的语言学转向及动态研究.《文艺理论与批评》(6):103-106.

朱东润.1981.《中国历代文学作品选》.上海:上海古籍出版社.